本书为教育部人文社科研究规划基金项目"模因视域下莎剧在中国的经典化研究"（项目批准号：19YJA760001）的最终成果
湖北大学外国语学院学术专著出版基金资助

莎剧在中国的经典化

安鲜红 著

长江出版传媒
湖北人民出版社

图书在版编目（CIP）数据

莎剧在中国的经典化 / 安鲜红著. -- 武汉：湖北人民出版社, 2024.8. -- ISBN 978-7-216-10889-8

Ⅰ. I561.073

中国国家版本馆CIP数据核字第2024UU4420号

责任编辑：赵世蕾
　　　　　李诺舟
封面设计：董　昀
责任校对：范承勇
责任印制：杨　锁

出版发行：湖北人民出版社	地址：武汉市雄楚大道268号
印刷：武汉科源印刷设计有限公司	邮编：430070
开本：787毫米×1092毫米 1/16	印张：13.75
字数：225千字	插页：2
版次：2024年8月第1版	印次：2024年8月第1次印刷
书号：ISBN 978-7-216-10889-8	定价：48.00元

本社网址：http://www.hbpp.com.cn
本社旗舰店：http://hbrmcbs.tmall.com
读者服务部电话：027-87679656
投诉举报电话：027-87679757
（图书如出现印装质量问题，由本社负责调换）

目录
CONTENT

绪　论 / 1

第一章　莎剧在中国经典化的历程 / 6

  第一节　莎剧经典剧目在近代中国的遴选 / 8
  第二节　"十七年"间莎剧文学经典的确认 / 28
  第三节　莎剧经典化进程的暂停与重启 / 42
  第四节　新时期以来莎剧经典化进程的推进 / 55

第二章　经典内质与莎剧在中国的经典化 / 77

  第一节　思想内容与语言表达的典范性 / 78
  第二节　伦理精神的典范性 / 101
  第三节　传奇风格的典范性 / 119
  第四节　美感形态与舞台呈现的典范性 / 134

第三章　文化语境与莎剧在中国的经典化 / 153

  第一节　早期大学英语文学教学与莎剧推介 / 154
  第二节　近代文化转型与莎翁名作的遴选 / 168
  第三节　红色语境与莎剧文学经典的建构 / 182
  第四节　多元共生与莎剧经典化的推进 / 194

结　语 / 215

绪　　论

从中国引入莎士比亚到莎剧在中国的经典化,前后经历百年历程。莎剧在中国的经典化首先是一种文学和艺术的交流与双向互动过程,同时又是外国文学经典在中国的传播、接受、遴选和重新认定的过程,这一过程经历了中西文化价值观的碰撞和融合。中国文化人以一种吸纳海川的包容精神、一种纵览全局的伟大心灵和一种对大师的诚挚敬畏态度,以巨大的热情传播和接受西方经典名家莎士比亚的剧作。莎剧不仅是我国外国文学教学内容的重要组成部分,也是学术研究的热点,还是剧作家们效仿的重要对象,因而莎剧译著出版不断,舞台演出频繁。

与莎剧在西方的经典化相比,莎剧在中国的经典化有其独特性:第一,莎剧在中国的经典化是自上而下的,即始于官员、译者、文学教育者、艺术实践者等精英的传播和遴选,后逐步走向大众化。第二,莎剧经典以其博大丰富的内容和深邃宽广的思想,征服了包括中国人在内的世界读者,体现了跨越时空、地域、文化的巨大能量,为人类提供了精神食粮。第三,莎剧在中国的经典化是双向互动的,莎剧经典因子与中国文化因子的碰撞和融合,是推动莎剧经典在中国获得广泛认同的基础。

莎剧在中国的经典化是一个系统工程,这一进程是在系统中的不同层面展开的。莎剧译介、莎剧出版、莎剧教学、莎剧演出、莎剧批评与莎剧经典化之间存在互动关联。近代以来,中国"别求新声于异邦"[1],这样的文化语境为莎剧经典的传播与接受提供了良好的外在文化因缘。从20世纪初莎剧译介的出现到21

---

[1] 鲁迅:《鲁迅全集》(第1卷),花城出版社2021年版,第32页。

世纪以前,莎剧在中国的经典化大体经历了四个阶段。

第一,初始期。20世纪初期,林纾等人的莎剧故事译介拉开了莎剧在中国经典化的序幕。在近半个世纪的传播与接受过程中,莎剧经历了"只闻其名不见原作"的莎剧故事传播、莎剧概貌认知及莎剧经典剧目初步体认的过程。新中国成立以前,莎剧全集译介的姗姗来迟严重影响了莎剧经典化的进程,国人对莎剧"经典性"的认知相对有限,可莎士比亚名家身份却得以体认,莎剧经典剧目也被初步遴选出来,为后来莎剧文学经典的确认奠定了基础。

第二,发展期。新中国成立后的前17年,部分莎剧剧目被遴选出来,成为现实主义文学的典范。"十七年"间,社会生活内容的现实性、人物塑造的典型性、思想蕴涵的人民性和阶级性被视为遴选经典和解读经典的重要尺度。符合这一尺度的莎剧剧目被尊奉为文学经典,不太符合这一尺度的则被排除在经典之外。

第三,低谷期。1966—1976年间,莎剧在中国经典化的语境发生了改变。被视为"资产阶级大毒草"的外国文学几被禁绝,莎剧在中国经典化的进程几乎中断。但由于马克思列宁主义经典作家对莎翁和莎剧的极力推崇,莎剧传播在这十年间并未被完全禁绝,革命导师所赞赏的以现实主义为内核的"莎士比亚化"仍是文艺创作的不二法门,革命导师提及的莎剧仍被视为经典,但人们很难再自主确认新的经典,经典化进程处于暂停状态。

第四,繁荣期。进入改革开放的新时期,暂停的莎剧经典化历程得以重启,莎剧经典化回归文学艺术本体,莎剧经典剧目获得更新,经典性得到多维阐释,莎剧经典不仅被频繁搬上舞台,还走向包括少年儿童在内的大众市场,特别是图书市场。这对这一时期莎剧经典化的进程、方式、特点均有较大影响,莎剧经典化有泛化的倾向。

莎剧在中国的经典化形成自身的发展轨迹,既经历了纵向的历时过滤,也面临横向的共时群选,体现了鲜明的"中国特色"。

第一,莎剧在中国的经典化经历了从"只闻其名不见原著"到概貌认知再到经典认同的过程。中国文化对莎剧经典剧目的选择和认同是主动的,坚持了自己的标准,体现了我国文化的主体性。新中国成立前的经典化是由致力于开启民智的文化精英主导的;新中国成立后的前17年经典化是由主流文化群体推动的;进入改革开放的新时期,暂停的莎剧经典化得以重启,莎剧经典不仅是"象牙塔"里文化精英们言说的话题,而且走近包括少年儿童在内的大众,"群选"的作用得到更充分的发挥,这一时期的莎剧经典化是由文化精英、广大群众和市场所形成的合力共同推进的。其中,出版的产业化对莎剧经典化的影响巨大,一方面出版的产业化推动了莎剧经典化的进程,另一方面也导致了经典认定的泛化和随意性。为了制造卖点,追逐利润,一些此前并不太为人所知的莎剧剧目被随意贴上"名著"和"莎剧经典"的标签,致使"莎剧经典"泛滥。

第二,莎剧在中国经典化与中国文化精英和广大民众的接受视野有密切关联,莎剧在中国的经典化,是文化精英、文化主流群体和广大民众共同参与"群选"的结果。20世纪初至新中国成立前,莎剧经典化与文化启蒙立场和视野密切相关,新中国成立后的前17年莎剧经典化是在社会学视野下展开的,对剧作社会生活和思想蕴涵的关注超过对其艺术性的关注。进入改革开放的新时期,莎剧经典化回归文学艺术本体,国人从思想与社会生活蕴涵及艺术质素两个层面对莎剧经典剧目进行了遴选和解读。

第三,文学艺术作品的经典化是其经典因子与适当的外在条件相互作用的过程。莎剧蕴含的思想伦理化与丰富性、剧情的传奇性与生动性、文本的文学性与诗性、审美形态的悲喜一体、表现形式的虚拟性及写意性等与中国的社会文化语境相契合,如果没有近代中国"别求新声于异邦"的文化新潮,没有马克思主义经典作家对莎士比亚的推崇,没有中国的改革开放,莎剧在中国的经典化就不可能实现。可以说,莎剧在中国的经典化是中国近代以来新的思想文化运动的果实。

整体而言,伴随着对莎翁和莎剧的推介,莎剧在中国的经典化是在传播与接受过程中实现的,它离不开近现代中国独特的历史文化语境及不同阶段中国文化主体的群体遴选。同时,莎剧在中国的经典化有别于莎剧在中国的传播与接受,其关注点不在传播与接受本身,而是追问其与莎翁经典身份的认同、与莎剧经典剧目遴选、与莎剧经典内质认同的关系。莎剧在中国的经典化研究,既呈现了中国文化的百年变迁,又深度挖掘了莎剧微深的经典内质,特别是莎剧经典模因的传递与中国文化语境的双向互动,造就了莎剧经典在异质文化土壤中的再生。可以说,莎剧在中国的经典化是莎剧的优良内质与中国特有的文化语境相互作用的过程与结果。

在漫长的传播与接受过程中,国人如何选择莎剧,选择什么样的剧目,直接影响莎剧经典认同。莎剧的典范性、伦理性、传奇性及其与戏曲表现形式的相似性,为莎剧与中国文化的碰撞和嫁接提供了基础。莎剧所蕴含的人文精神、深广的社会生活内容、生动形象的语言,使莎剧具有较高的典范性。莎剧的伦理性是沟通莎剧与中国读者和观众的重要纽带,是中国文化主体遴选莎剧经典剧目的隐形尺度。莎剧对婚恋伦理的关注、对王者伦理的反思及其对伦理亲情的呼唤,与中国文化的伦理精神相契和,与"文以载道"的中国文化具有对话的可能。莎剧不仅描写奇人、奇事、奇情、奇景,还使用误会、巧合等艺术技巧,因此具有很强的传奇性。莎剧的传奇性是中国读者和观众亲近莎剧的重要触媒,是推动莎剧剧目早期选择的重要因素,与中国传统文学艺术也具有相似性,满足了近代中国读者尚奇喜怪的审美需求。同时,莎剧具有悲喜交错和以丑为美的审美形态,舞台呈现具有虚拟性,这与中国传统戏曲具有相似性,为戏曲改编莎剧提供了方便。莎剧走上戏曲舞台推动了莎剧经典走向本土。莎剧丰富的经典内涵是其在中国得以繁荣的基础。

莎剧在中国的经典化又是在复杂多变的文化语境中实现的。不同的文化语境既影响中国文化主体对莎剧经典的遴选,又影响其对莎剧经典性的阐释与认同。中国近代文化的转型为莎剧在中国的经典化提供了机遇。在开启民智、救亡图存的文化语境中,一批先进的知识分子对莎翁启蒙思想和剧作地位的肯定与推介,确立了莎翁作为经典作家的身份。早期英文教育者不仅引入了莎剧,还推动莎剧教学从英文课堂走向中文课堂,且为莎剧经典化培养了一批推手。文学研究者根据学术研究的需要,引入西方显学"莎学",标举了莎翁的名作,实现了对莎剧经典的初步遴选。中国戏剧在近代转型中,利用和借鉴了莎剧元素发展新剧和革新戏曲,莎剧走上中国舞台。新中国成立后的前17年,苏俄文艺家推崇的"现实主义"成为莎剧经典遴选的重要尺度,被革命导师推崇的莎翁在中国享有显赫地位,相当多的莎剧剧目被尊奉为现实主义文学的典范。之后的十年间,尽管莎翁亦被视为"资产阶级的代表作家",但因有马克思的"护身符"而免遭荼毒,但莎剧经典化的进程被迫暂停。改革开放以来,社会与文化语境改善,莎剧经典化得以重启,莎剧经典剧目的遴选、阐释回归文学艺术本体,莎剧的艺术特质得到充分体认,莎剧经典剧目获得更新,莎剧的经典性实现多维阐释。活跃的跨文化交流催生了一批莎剧舞台剧目,越来越多的莎剧经典被搬上戏剧舞台,莎剧与中国文化实现本土嫁接。

莎剧在中国的经典化持续了百来年,其间虽有十年的暂停,但总体看来莎翁的名家身份及其剧作的经典地位始终没有遭到大的挑战,这与莎剧在西方的境遇似乎不太一样。尽管西方也肯定莎翁及其剧作的不朽地位,但臧否莎翁、挑战莎剧的名流并不少见,例如,俄国的屠格涅夫、列夫·托尔斯泰,法国的阿尔托等都曾尖锐地批评莎士比亚的剧作。然而,这种情况在中国很少出现,莎剧在中国的经典化大体上是持续进行的。这既与马列主义经典作家对莎士比亚的推崇有关,也与我国敬畏经典、珍视传统的价值取向有关。

第一章　莎剧在中国经典化的历程

据现有的史料,中国引入莎士比亚最早可追溯到19世纪30年代。1839年,林则徐命人翻译休·慕瑞(Hugh Murray)的《世界地理大全》,其中英国文学部分出现了莎士比亚的名字,这一译著以《四洲志》的书名出版,莎士比亚被译为"沙士比阿"。1856年,上海墨海书院刻印了《大英国志》,这是英国传教士慕维廉(William Muirhead)根据托马斯·米尔纳(T.Milner)编译的英国史著《英格兰史》编译的,此书在描述英国文化时说道:"儒林中如锡的尼、斯本色、拉勒、舌克斯毕、倍根、呼格等,皆知名士。"[①]此处的"舌克斯毕"即指莎士比亚。还有其他一些史学译著也提到过莎士比亚。比如,美国牧师谢卫楼(D.Z.Sheffield)在《万国通鉴》(1882)中指出自"侯美尔"(荷马)之后,英国的"骚客沙斯皮耳"(文人莎士比亚)的戏文无人能及。英国传教士艾约瑟(Joseph Edkins)在《西学略述》(1885)卷四文学部分,也声称"筛斯比尔"是英国最著名的词人,并评价其词曲"善恶尊卑尤能各尽其态,喜怒哀乐无不口吻逼肖"。英国传教士李提摩太(Timothy Richard)主编的《广学类编》(1903)第一卷《泰西历代名人传》,提到英国"诗中之王"和"戏文之大名家"——"莎基斯庇尔"。另一位英国传教士李思(John Lambert Rees)在其编译的《万国通史》之《英吉利志》(1904)中,也提到英国著名的诗人"夏克思芘尔",认为其人"瑰词异藻,声振金石,其集传诵至今,英人中鲜能出其右者"[②]。此外,还有《历代海国尚友录》(1903)提到英吉利的优孟"索士比尔",《东西洋尚友录》(1903)中称"索士比尔"为"英国第一诗人"。由上可知,莎士比亚主要由外国传教士介绍到我国,通常伴随着英国史书的不断译介

[①][英]慕维廉:《大英国志》(卷五下),上海墨海书院1856年版,第49—50页。

[②]戈宝权:《莎士比亚作品在中国》,载中国莎士比亚研究会编:《莎士比亚研究》创刊号,浙江人民出版社1983年版,第333页。

而出现。

除了史学译著中出现过莎士比亚相关的译名外,中国早期的外交官、留学生、游历欧美人士的笔记中,也出现过与莎士比亚相关的记录。清代第一任外交官郭嵩焘在伦敦观看印刷机器时,目睹了"舍色斯毕尔"(莎士比亚)作品在英国受欢迎的程度。他在光绪三年七月初三的日记中写道:"闻其最著名者,一为舍色斯毕尔,为英国二百年前善谱出者,与希腊诗人何满得齐名。"[1]郭嵩焘不仅将莎士比亚与希腊"何满得"(荷马)媲美,还在光绪四年十二月二十六日的日记中评价莎翁戏文说:"观所演舍克斯毕尔戏文,专主装点情节,不尚炫耀。"[2]此外,另一位外交使臣曾纪泽《使西日记》也有类似的评述:"所演为丹国某王,弑兄、妻嫂,兄子报仇之事。"[3]郭嵩焘和曾纪泽是较早记录莎剧的中国人,特别是郭嵩焘对莎剧演出印象的描述,被阮珅看作中国最早的莎评。容闳在《西学东渐记》中,回忆美国孟松学校的校长海门君时,称"其于古诗人中,尤好莎士比亚"[4]。同文馆学生张德彝多次出国游历,其《五述奇》《八述奇》先后有《哈姆雷特》和《罗密欧与朱丽叶》的观演记录。1905年,戴鸿慈《出使九国日记》有观看《罗密欧与朱丽叶》的记载。1909年,康有为在游历伦敦时,提到"昔士卑亚"的戏剧表演。

上述有关莎士比亚和莎剧的记录,主要出现在史学、地理学及私人笔记中,多是片言碎语。尽管有些著作在当时影响很大,如《大英国志》就是当时研习西史的重要文献,在士大夫群体中产生过广泛的影响,但以上书籍提到的"舌克斯毕",在中国文化界并未产生太大影响,正如黄诗芸所说,"19世纪亚洲接触西方文化中最令人感兴趣的事例之一,是中国人在半个世纪中一直把'莎士比亚'当作一种观念而不是文本或是表演艺术来接受的"[5]。莎士比亚对中国文化的影响,是从严复、梁启超、林纾等人"主动拿来"开始的,而且这些文化先驱主要是将

---

[1] (清)郭嵩焘:《伦敦与巴黎日记》,岳麓书社1984年版,第275页。
[2] (清)郭嵩焘:《伦敦与巴黎日记》,岳麓书社1984年版,第873页。
[3] (清)曾纪泽:《使西日记》,湖南人民出版社1981年版,第66页。
[4] (清)容闳:《西学东渐记》,湖南人民出版社1981年版,第6页。
[5] See Alexander C. Y. Huang. Chinese Shakespeares: Two Centuries of Cultural Exchange, Columbia University Press, 2009, pp.47-48.

莎士比亚当作先进文化符号引入中国。20世纪初的文化人在传播西学和寻求救亡图存之道的过程中,推介和宣传了莎士比亚及其剧作,特别是两部莎剧故事译著《澥外奇谭》(1903)和《吟边燕语》(1904)的出版,进一步扩大了莎翁在中国的影响力。中国文化名流的推介,以及莎剧译著的出版,推动了莎士比亚及其剧作在中国的传播与被接受,也拉开了莎士比亚在中国经典化的序幕。

无论是以梁启超推介莎士比亚开始,还是以《澥外奇谭》的出版为起点,莎剧在中国的经典化已走过百年历程。百年来,莎剧在中国的经典化与中华民族的复兴、中国文化的现代化转型相伴随。每一次社会历史的变革或文化的转型,都会影响中国文化主体对外来经典的选择。莎剧在中国的经典化,因时代语境、文艺政策和文学思潮的变化和发展而呈现出不同的特点。鉴于此,笔者将对其作历时性考察,并结合莎剧在中国经典化的特点,将莎剧经典化的历程区分为几个阶段。

第一阶段:20世纪初至新中国成立前夕,莎剧经历了漫长的传播与接受过程。在此期间,莎翁经典作家身份获得初步体认,莎剧经典剧目获得大致认同,此为莎剧经典化的初始期。

第二阶段:新中国成立后的17年,莎剧文学经典的经典性得到阐释和认同,莎剧文学经典在新中国获得了确认,此为莎剧经典化的发展期。

第三阶段:1966—1976年间,莎剧在中国的传播受到抑制,莎剧的接受范围缩小,莎剧在中国的经典化"暂停",莎剧经典化处于低谷期。

第四阶段:改革开放以来,莎剧文学经典剧目获得更新,莎剧演出走向繁荣,莎剧通俗读物大量产生,莎剧文学经典在中国逐渐走向包括少年儿童在内的大众,此为莎剧经典化的推进期和繁荣期。

第一节 莎剧经典剧目在近代中国的遴选

莎剧经典剧目在近代中国的遴选,是在传播与接受过程中实现的。从1904年林纾所译的《吟边燕语》的初版到1949年朱生豪翻译的《莎士比亚戏剧全集》的再版,莎剧在近代中国大体经历了莎剧故事的流播、莎剧概貌的呈现和莎剧经典剧目的初步体认三个阶段。1904—1920年,林译莎剧的风行和舞台莎剧演出的繁荣,推动了"莎剧故事"的大众化传播和莎剧剧目的初步筛选。1921—1935年,国内出现一批贬低莎士比亚、否定莎剧价值和抵制莎剧译介的学者,他们对莎剧的偏见未能阻止莎剧在中国传播与接受的步伐,由于众多译者和批评者合力推介,国人对莎剧概貌有了一定了解,一些莎剧"名作"被标举出来。1936—1949年,高水平莎译出现,英美、日本、苏俄莎评纷纷引入,莎剧"原貌"日益清晰,莎剧价值和莎翁的名家身份获得初步体认,如同日本学者濑户宏所说,"'莎士比亚'这个译名却一直都是统一的,因为在1949年之前这个译名早已得到公认"[①]。在译者、批评者和搬演者的合力"群选"中,莎翁经典作家身份获得了认同,部分莎剧经典剧目得以体认,莎剧在中国的经典化伴随着莎翁及其作品的引入,在近代中国拉开了序幕。

一、莎剧故事的流播

1904—1920年,莎剧借助翻译中介在中国传播。这时的"莎译"并非原著翻译,而是林纾等人据英国人兰姆姐弟《莎士比亚戏剧故事集》和库奇《莎士比亚历史剧故事集》的改译。在1904年林纾《吟边燕语》出版之前,已有周桂笙据《威尼斯商人》译出的《一斤肉》(1902)[②]、无名氏据兰姆莎剧故事改译的《澥外奇谭》(1903),这些译作影响并不大。林纾以古文笔法完成《莎士比亚戏剧故事集》全本改译,流传甚广。林译莎剧有以中国古代文学的"志怪"视野审视和接受莎剧故事的突出特点,试以《鬼诏》为例来加以说明。这一莎剧故事原以哈姆雷特王子为父复仇为中心情节,亡父"鬼魂"只是偶尔露面,不是剧作关键人物,可林纾却以"鬼诏"命名,凸显鬼魂的重要性,有意放大神怪因素。从其他莎剧故事译名中亦可见出这一特点,如《肉券》《驯悍》《李误》《婚诡》《情惑》《狱配》《林集》《医

---

① [日]濑户宏:《莎士比亚在中国:中国人的莎士比亚接受史》,陈凌虹译,广东人民出版社2017年版,第2页。

② 此文刊于1902年《寓言报》,后收入《新庵谐译初编》。参见郑锦怀、岳峰峰:《莎剧故事的最早中译再考》,载刘文彬、李亚舒主编:《英汉比译研究二十年》,中国海洋大学出版社2011年版,第164页。

谐》《女变》《珠还》《环证》《礼哄》《仇金》《黑瞀》《神合》《蛊征》《仙狯》《飓引》等,均以二字命名,与牛僧儒《玄怪录》、李复言《续玄怪录》相仿①,而且多数题目有意凸显故事的志怪色彩。林纾在《吟边燕语》序中说:"莎氏之诗,直抗吾国之杜甫。乃立义遣词,往往托象于神怪。"②林纾放大莎剧故事的神怪元素,并将"莎诗"与"杜诗"相提并论,肯定莎剧价值。为了吸引读者,出版商不仅在《吟边燕语》封面上标注"神怪小说"字样,还将其列入"神怪小说"书目进行广告宣传。放大莎剧的神怪元素,大大提升了译作的接受度。《吟边燕语》出版后非常畅销,商务印书馆将其选入"说部丛书"初集第8编,后又编入林译小说丛书第1篇和小本小说第11册,1923年再版多达6次③。1915—1916年,林纾又译库奇《莎士比亚历史剧故事集》中的《科利奥兰纳斯》④《亨利六世》《亨利四世》《裘力斯·凯撒》和《理查二世》,特别是《亨利第六遗事》被商务印书馆标为"历史小说"列入"说部丛书"第3集第1编出版。

  林纾不谙英语,他的"莎译"是与合作者共同完成的,经过几次转译后的"林译莎剧"与莎剧故事原著相去甚远,与莎剧原著的距离更难以道里计。为展现"莎氏乐府原貌",一批莎剧爱好者重译了兰姆姐弟的莎剧故事。1910年,甘永龙以英汉对照方式完成《原文莎氏乐府本事》,附有2000条释义,被商务印书馆列入"汉文释义丛书"出版。1916—1917年,《英文杂志》连载甘作霖《威内萨之商人》《麦克伯》和《丹麦太子哈姆来德》,亦为中英文对照本。英汉对照本便于读

---

①《玄怪录》《续玄怪录》为晚唐志怪故事集,内篇多以二字命名,如《王老》《张佐》,少数篇章用三个字命名。不过,其篇名大多是人名,而林纾莎译故事的篇名则大多凸显故事的神异性。

②孟宪强:《中国莎学简史》,东北师范大学出版社2014年版,第7页。

③参见北京图书馆:《民国时期总书目(1911—1949)》(外国文学分册),书目文献出版社1987年版,第65页。

④此故事被林纾译为《欧史遗闻——罗马克野司传》,连载在1915年《上海亚细亚报》上,1920年《广肇周报》第69、70、71、74、76、77期再刊了部分译文。可林译《科利奥兰纳斯》被人遗忘,目前收录林译文献均未见此文。参见安鲜红:《林译〈欧史遗闻〉:一部被封存的〈科里奥兰纳斯〉译本》,《中国翻译》2019年第1期,第141—149页。

者了解"莎氏乐府原貌",《原文莎氏乐府本事》十余年间再版流行[①],是畅销的莎剧故事读本。1916年后还出现各种"莎氏乐府"的改译本,比如,若飞《如此风波》(《存心》1917年第6期)、雪影《残月重圆记》(《大世界》1917—1919年)、鹃圆《夏之梦》(《盛京时报》1919年11月5—15日连载),等等[②]。这些"莎氏乐府"风格不一,译者大多在文化误读的基础上以已意对莎剧故事进行改作,其流行程度不逊《吟边燕语》。

莎剧故事的流行吸引了剧人,以莎剧故事为蓝本的剧目应运而生。1911年《女学生杂志》刊包天笑据《吟边燕语》之《威尼斯商人》改编的《女律师》一剧。1913年,上海城东女学上演此剧。1914年武昌文华大学学生搬演《肉券》(见表1-1)。社会上的剧团也纷纷编演莎剧故事。1913年,新民社郑正秋编演新剧《肉券》;同年,春柳社同人吴我尊等与湘春园汉调剧团合作,在长沙寿春园演出《驯悍》,这是中国戏曲搬演莎剧之嚆矢。1920年前,中国戏剧舞台搬演的莎剧故事还有《铸情》《倭赛罗》《杀兄夺嫂》《借债割肉》《韩姆列王子》《窃国贼》《黑将军》《假面具》等,这些大多是"林译莎剧"的改编本,如《威尼斯商人》(林译"肉券")、《驯悍记》(林译"驯悍")、《罗密欧与朱丽叶》(林译"铸情")、《哈姆雷特》(林译"鬼诏")、《奥赛罗》(林译"黑瞀")、《麦克白》(林译"蛊征")、《一报还一报》(林译"狱配")、《金环铁证》(林译"环证")等。中国戏剧舞台演出的莎剧以"新剧"(话剧)为主,也有"戏曲莎剧"《驯悍》《杀兄夺嫂》,上演频率最高的是《威尼斯商人》和《哈姆雷特》,其次是《驯悍记》《麦克白》等剧(见表1-2)。舞台演出推动了莎剧故事的大众化传播。

表1-1　1911—1920年校园汉语莎剧演出剧目

演出时间	莎剧剧目	相关说明
1913年初	《女律师》	包天笑据《威尼斯商人》改编,上海城东女学演出

---

① 参见潘小松辑录:《晚清民国双语词典文献录》,山东画报出版社2012年版,第33页。
② 参见张治:《中西因缘:近现代文学视野中的西方"经典"》,上海社会科学院出版社2012年版,第184页。

续表

演出时间	莎剧剧目	相关说明
1914年	《肉券》	武昌文华大学学生演出

(资料来源于曹树钧、孙福良：《莎士比亚在中国舞台上》，东北师范大学出版社2014年版，第136页；孙家琇主编：《莎士比亚辞典》，河北人民出版社1992年版，第406—407页；朱雯、张君川主编：《莎士比亚辞典》，安徽文艺出版社1992年版，第700—702页）

表1-2　1911—1920年社会剧团汉语莎剧演出剧目

演出时间	莎剧剧目	相关说明
1913年7月	《肉券》	新民社郑正秋改编，上海文明戏职业剧团演出
1913年12月	《驯悍》	春柳社同人吴我尊等与湘春园汉调剧团合作，在长沙寿春园演出
1914年	《女律师》《倭赛罗》《铸情》《驯悍》	春柳剧场演出
1914年4月	《肉券》	上海成立新剧公会，新民社、民鸣社、开明社、启民社、民兴社、春柳剧场六家剧团联合公演
1914年	《杀兄夺嫂》	王国仁据《哈姆雷特》改编，四川雅安川剧团演出
1915年2月16日	《女律师》	春柳社胡恨生、吴惠仁等在宁绍码头演出
1915年5月12日	《借债割肉》	民鸣社在上海大新街中舞台原址演出；主要演员有郑正秋、徐半梅、冰血、汪优游、朱双云等
1916年农历正月十四	《女律师》	春柳剧场演出；主要演员有能忍、周维新、胡恨生、苍梅、天涯等
1916年春	《韩姆列王子》	据《哈姆雷特》改编，徐半梅、朱双云等在上海广西路汕头路口笑舞台演出
1916年春	《篡位盗嫂》，又名《乱世奸雄》	据《哈姆雷特》改编，导社在上海乾坤大剧场公演，抨击袁世凯称帝

续表

演出时间	莎剧剧目	相关说明
1916年春	《窃国贼》	据《麦克白》改编,郑正秋主持的药风新剧社演出。有剧团在演出此剧时更名为《巫祸》,讽刺袁世凯称帝
1916年5月	《女律师》	笑舞台公演
1916年7月31日	《金环铁证》	笑舞台公演
1916年7月	《黑将军》	据《奥赛罗》改编,笑舞台公演
1917年农历二月十四	《假面具》	据《一报还一报》改编,笑舞台公演,主要演员有汪优游、邹剑魂、徐半梅等

(资料来源于曹树钧、孙福良:《莎士比亚在中国舞台上》,东北师范大学出版社2014年版,第136—137页;孙家琇主编:《莎士比亚辞典》,河北人民出版社1992年版,第406—407页;朱雯、张君川主编:《莎士比亚辞典》,安徽文艺出版社1992年版,第700—705页)

除译者、剧人传播莎剧故事之外,还有文学研究者的推介。1920年以前,除了东润《莎氏乐府谈》论述过莎剧《裘力斯·凯撒》《罗密欧与朱丽叶》等剧之外,其他莎评均以莎士比亚介绍为主,虽涉及剧目,但少有分析。比如,王国维《莎士比传》(1907)在推介莎士比亚时列举其剧目,并指出其代表作为"四大悲剧"和其他"十篇左右杰作"。孙毓修《欧美小说丛谈:莎士比之戏曲》(1916)亦列出莎剧代表剧目,并评价说16世纪以后"为莎士比之世界","盖至今莎士比之曲,凡有文字者莫不翻译,则心思之被转移者,固不独一英国也"[1]。孙毓修还介绍莎剧在国外受欢迎之情状,肯定其在外国文学史上的地位。其他学者在推介莎士比亚及其剧目时,多标举"莎剧名作"并肯定其地位,如无名氏《史传:英国大戏曲家希哀苦皮阿传》(1904)、汤志谦《莎士比亚之历史》(1918)、杨介夫《大戏曲家莎士比亚小传》(1920)等。

1904—1920年间,中国流传的莎剧并非莎剧原著,而是"只闻其名未见原作"的莎剧"故事"。"莎剧译本"的出版传播和莎剧故事的舞台传播,推动了莎剧

---

[1] 柳和城:《孙毓修评传》,上海人民出版社2011年版,第133页。

的接受。批评者对莎剧"名作"《威尼斯商人》《哈姆雷特》《麦克白》《罗密欧与朱丽叶》《驯悍记》等的标举，对莎剧进行了初步的筛选。

二、莎剧概貌的呈现

1921—1935年，依据莎剧原著的译介开始出现，国外莎评被继续引入，对莎剧的质疑之声也不绝于耳。在推崇与非议声中，莎剧概貌也逐渐为国人所知，莎剧价值受到关注，莎翁名作被标举出来。

1921年，田汉的译作《哈孟雷特》在《少年中国》刊出，开启莎剧原著译介之先河。《威尼斯商人》《罗密欧与朱丽叶》《驯悍记》《麦克白》等译本随后出现，《皆大欢喜》《温莎的风流娘们》《第十二夜》等此前少有关注的剧目也进入译者视野。据不完全统计，1921—1935年间的莎译近20部，涉及莎剧剧目11个。其中，《裘力斯·凯撒》四译，频率最高，《威尼斯商人》《罗密欧与朱丽叶》各三译，《麦克白》《哈姆雷特》各二译（见表1-3）。1922年，田译《哈孟雷特》由中华书局出版，后多次再版。诚冠怡、曾广勋、邵挺、张采真、戴望舒、余楠秋等学者纷纷加入译者行列（见表1-3），推动了中国莎译的发展和莎剧的传播。

表1-3 莎剧译介目录（1920—1935年）

译作名称	译者	出版时间及出处	相关说明
《哈孟雷特》	田汉	《少年中国》1921年第2卷第12期；1922年上海中华书局初版，1923年再版，1930年6版，1932年7版，1936年8版	五幕悲剧，白话文译本
《凯撒》	田汉	《革新评论》1923年第2卷第3期	
《罗蜜欧与朱丽叶》	田汉	《少年中国》1923年第4卷第4期；1924年上海中华书局出版	"少年中国学会丛书"六种
《陶冶奇方》	诚冠怡	1923年燕京大学出版社出版	《驯悍记》文言文译本

续表

译作名称	译者	出版时间及出处	相关说明
《威尼斯商人》	曾广勋	1924年上海新文化书社出版	《威尼斯商人》译本
《天仇记》（上、下）	邵挺	1924年上海商务印书馆出版	《哈姆雷特》文言文译本
《罗马大将该撒》	邵挺、许绍珊	1925年译者自刊	五幕悲剧，文言文译本
《如愿》	张采真	1927年上海北新书局出版	《皆大欢喜》散文体译本
《若邈久矣新弹词》	邓以蛰	1924年载《晨报副刊》；1928年上海新月书店出版	《罗密欧与朱丽叶》中《园会》一段
《恋爱神圣》	缪览辉	1929年出版，具体信息不详	《温莎的风流娘们》译本
《乌赛罗》	朱维基	1929年刊《金属》；1933年刊《诗篇》	《奥瑟罗》诗体片段
《麦克倍斯》	戴望舒	1930年上海金马书堂出版	《麦克白》译本
《威尼斯商人》	顾仲彝	1930年新月书店初版；1931年商务印书馆再版	散文体译本
《第十二夜》	彭兆良	1930年新教社出版	
《墨克白丝与墨夫人》	张文亮	1930年广州青野书店出版	《麦克白》译本
《周礼士凯撒》	袁国维	1931年泰山书局出版	《裘力斯·凯撒》译本
《罗米欧与朱丽叶》	徐志摩	1932年《诗刊》第4期；1932年《新月》第4卷	诗体（片段）
《乔装的女律师》	陈治策	1933年中华平教会出版	《威尼斯商人》译本
《暴风雨》	余楠秋、王淑瑛	1935年上海黎明书局出版	
《该撒大将》	曹未风	1935年商务印书馆出版	

（资料来源于朱雯、张君川主编：《莎士比亚辞典》，安徽文艺出版社1992年版，第695页；读秀图书库和CADAL民国图书库）

1921—1935年间的中国莎译尚处于探索阶段，译文语体不尽相同，有白话，有文言，有散文，还有诗歌。在笔者统计的20部莎译中，除了少数节译，大多数属全本翻译，田汉《哈孟雷特》、张采真《如愿》、曹未风《该撒大将》、顾仲彝《威尼斯商人》等代表同时期莎译的最高水平。莎译质量参差不齐,梁实秋评邵挺译作说:"译文是十足的古文……古文白话,倒没有关系,我所不满者是邵君对于莎士比亚的原文十二分的不能了解,所以译文竟是疵谬百出,不胜列举。原文艰晦处固每译必错,即文法简单的地方也往往弄出意想不到的错误。这译本是整个的要不得!"①梁实秋评田汉译本说:"田汉先生是当代很有才气的作家,对于戏剧富有研究,所以他译的《哈孟雷特》大致上是很可读的。"②梁实秋又指出田译本的不足和多处错误。从梁实秋对邵挺译本的批评不难看出,这一时期的莎译的水平参差不齐。尽管现有的莎译文本离莎剧"原貌"还有距离,但这一时期的莎译多依原著,呈现了莎剧的"概貌",特别是剧体特征得以凸显,使得莎剧在中国的传播与接受从故事走向了戏剧本体。

值得注意的是,此时的莎译伴随着抵制莎译、否定莎剧价值的声浪。1921年,郑振铎就此发表意见:"在现在的时候,来译但丁(Dante)的《神曲》,莎士比亚的《韩美雷特》(Hamlet),贵推(Goethe)的《法乌斯特》(Faust)似乎也有些不经济吧。翻译家呀!请先睁开眼睛来看看原书,看看现在的中国,然后再从事于翻译。"③郑振铎认为但丁、莎士比亚、歌德等的作品对中国文学改良用处不大,因此认为译莎"不经济"。茅盾声援说,翻译要"审时度势",要有选择,分"缓急"④。郑振铎和茅盾站在实用主义立场上,指出中国社会变革需要"血和泪的文学"⑤、"怨以怒"⑥的文学,故认为译莎"不合时宜"。胡适的意见更偏执也更尖锐:"萧士比亚的《威尼思商》,《麦克白传》……都是和现在欧美的新思潮毫无关系……"⑦胡适把莎剧归入落伍的"古文学",强调文学"研究的问题一定是社会人生最切要的问题,最能使人注意,也最能使人觉悟"⑧。在胡适看来,莎剧在揭

---

① 杨迅文主编:《梁实秋文集》(第8卷),鹭江出版社2002年版,第555页。
② 杨迅文主编:《梁实秋文集》(第8卷),鹭江出版社2002年版,第555—556页。
③ 西谛:《盲目的翻译家》,《文学旬刊》1921年第6期,第1页。
④ 参见孙中田、周明:《茅盾书信集》,文化艺术出版社1988年版,第62页。
⑤ 西谛:《血和泪的文学》,《文学旬刊》1921年第6期,第1页。
⑥ 郎损:《社会背景与创作》,《小说月报》1921年第12卷第7期,第16页。
⑦ 欧阳哲生编:《胡适文集》(第2卷),北京大学出版社1998年版,第471页。
⑧ 何卓恩编:《胡适文集》(文明卷),长春出版社2013年版,第7页。

示社会病症和反映现实方面不如易卜生的剧作直接而深刻,故不利于文学改良和社会革新,因此,他贬斥莎翁"最大"的"哀剧"《奥赛罗》为"丑剧",哈姆雷特"是一个大傻子"[1],对莎剧价值进行了彻底否定。

洪深对莎士比亚也颇有微词,他曾以《哈姆雷特》和《威尼斯商人》为例,指责莎剧剧情庞杂,在结构方面,不算是十分好的,不如易卜生剧作结构紧凑[2]。洪深还攻击莎士比亚"是一个为了利禄而戏剧的作者",不配与"为人生而戏剧"的"幼里披底"相提并论[3]。鲁迅在与英美学派的论战中经常提及莎士比亚,他的《"莎士比亚"》《又是"莎士比亚"》等文章与其说是莎评,不如说是讨伐英美学派的檄文:"严复提起过'狭斯丕尔',一提便完;梁启超说过'莎士比亚',也不见有人注意,田汉译了这人的一点作品,现在似乎不大流行了。到今年,可又有些'莎士比亚''莎士比亚'起来……"[4]这里针对的是莎士比亚的推崇者——英美学派,对莎士比亚的鄙视态度溢于言表。

五四运动前后,借文学革命推动社会变革成为新文化人的共识,政治实用主义的视野造成了郑振铎、胡适、茅盾等一批学者对莎剧的误判。但1926年以后,他们对莎剧的态度发生了改变。1927年,郑振铎在《文学大纲》中列专章介绍莎士比亚,肯定莎剧价值。胡适1930年后多次敦促梁实秋等人翻译莎剧全集。茅盾不仅在《西洋文学通论》(1930)中肯定莎剧的价值,还撰写《莎士比亚与现实主义》(1934)和《莎士比亚的〈哈孟雷特〉》(1935),重点推介莎士比亚的现实主义精神和《哈姆雷特》。莎剧非议者们的态度转向,不仅维护了莎翁的声誉,还吸引了更多学者关注莎剧。非议莎剧之声未能阻挡莎剧在中国传播与接受的步伐,广大文学研究者一如既往推介莎翁与莎剧。比如,志廉在《英国戏剧与莎士比亚》(1921)中称莎士比亚为"戏剧名家""剧界巨子",认为世界文学史上只有"何墨"(荷马)和"但狄"(但丁)

---

[1] 胡适著,曹伯言整理:《胡适日记全编1919—1922》,安徽教育出版社2001年版,第290—291页。
[2] 参见洪深:《洪深戏剧论文集》,东方出版中心2011年版,第12页。
[3] 参见洪深:《希腊的悲剧》,《文学季刊》1934年第1卷第3期,第19页。
[4] 鲁迅:《鲁迅全集》(第5卷),花城出版社2021年版,第391页。

能与之媲美①。志廉还指出莎翁"名剧"是《哈姆雷特》《李尔王》《麦克白》《奥赛罗》和《裘力斯·凯撒》。温彻斯特(C.T Winchester)《莎士比亚的人格》(1924)肯定"莎氏是世界最有名的戏曲家",并对莎剧价值给予高度的肯定。余上沅在《翻译莎士比亚》(1930)中称"莎士比亚就是近代剧的始祖"②,莎剧是"不绝的源泉"和"无底的宝藏"③。类似的推介文章还有田汉《莎士比亚剧演出之变迁》、梁实秋《莎士比亚传略》、东声《托尔斯泰论莎士比亚》等。这些文章传递了国外主流莎评的声音。1930年以后,仍有少数学者研究莎剧,比如,史晚青《沙士比亚的〈哈姆莱脱〉》(1932)指出《哈姆雷特》是四大悲剧的代表,而四大悲剧又是莎剧"代表的代表"④,并对此剧的剧情和人物展开具体分析。施章《莎士比亚名剧〈凯撒〉之介绍》(1934)先介绍了《凯撒》的剧情,后指出剧作蕴含的罗马民族精神具有教育意义。杜衡《莎剧凯撒传里所表现的群众》(1934)同样有剧情和人物介绍,特别关注此剧中的群众力量。杜衡评《凯撒》说"其价值是不在《哈孟雷特》那几个杰作之下"⑤。梁实秋《〈马克白〉的意义》(1934)从历史和艺术两个方面肯定《麦克白》的价值。国内外的莎评多肯定莎翁的名家身份,列举其名作,肯定其价值。推崇者以绝对优势压倒了否定莎剧的声音,莎剧在中国的传播与接受程度更加广泛深入。

1921—1935年间,莎剧舞台演出远不如早期活跃,除了燕京大学女生1921年演过《第十二夜》及社会剧团分别于1928年、1930年演过《威尼斯商人》外,其他莎剧演出十分罕见。

在译者、批评者合力推介下,莎翁头上已有"名家"光环,部分莎剧的价值得到初步认定,《裘力斯·凯撒》《威尼斯商人》《罗密欧与朱丽叶》《麦克白》《哈姆雷特》《李尔王》等已享有"名剧"或"杰作"的美誉,与1920年以前相比,国人对莎剧的了解有所加强。不过,绝大多数莎剧剧目还未进入批评家的视野。因受莎译水平、所译剧目数量的限制,"莎剧原貌"尚不太清晰或不够完整。

---

① 参见志廉:《英国戏剧与莎士比亚》,《学林》1921年第1卷第1期,第1页。
② 余上沅:《翻译莎士比亚》,《新月》1930年第3卷第5—6期,第5页。
③ 参见余上沅:《翻译莎士比亚》,《新月》1930年第3卷第5—6期,第3页。
④ 参见史晚青:《沙士比亚的〈哈姆莱脱〉》,《文艺创作讲座》1932年第2期,第16页。
⑤ 杜衡:《莎剧凯撒传里所表现的群众》,《文艺风景》1934年第1卷第1期,第5页。

三、莎剧经典剧目的初步体认

1936—1949年,高水平莎译接连出现,英美、日本、苏俄莎评大量引入,莎剧演出再度兴起。莎剧原貌日渐清晰,莎剧价值和莎剧地位逐渐获得国人的认同,莎剧传播与接受进入新的阶段,莎剧经典剧目逐步获得中国文化主体的认同。

1936—1938年,梁实秋的莎剧译作《奥赛罗》《马克白》《李尔王》《丹麦王子哈姆雷特之悲剧》《威尼斯商人》《如愿》《第十二夜》《暴风雨》陆续出版。1938—1940年间,孙伟佛的《该撒大将》,周庄萍的《哈梦雷特》和《马克白》、蒋镇的《暴风雨》和邢云飞的《铸情》等莎译紧跟其后。1942—1946年间,曹未风的《暴风雨》《微尼斯商人》《马克白斯》《汉姆莱特》《李耳王》《凡隆纳的二绅士》《如愿》《仲夏夜之梦》《错中错》《罗米欧及朱丽叶》《安东尼及枯娄蓖》《第十二夜》12部莎译接踵出版①。1947年,朱生豪的《莎士比亚戏剧全集》问世。1944—1949年间,还有柳无忌《该撒大将》、邱存真《知法犯法》、杨晦《雅典人台满》、曹禺《柔蜜欧与幽丽叶》、张常人《好事多磨》、孙大雨《黎琊王》等莎译出现(见表1-4)。1936—1949年间,莎译人才荟萃,名家辈出,信达雅的莎译名著接连问世。莎剧全集译者梁实秋、曹未风、朱生豪莎译数量之多、水平之高在中国莎译史上均属罕见。

曹未风、朱生豪译本均标注"全集",莎剧全集译介的出现标志着莎剧在中国被全面接受的开始。尽管译者对莎剧依然有所选择,比如《哈姆雷特》《麦克白》《李尔王》《罗密欧与朱丽叶》《威尼斯商人》《暴风雨》《第十二夜》《仲夏夜之梦》《如愿》等是复译频率较高的剧目(见表1-4),可除了历史剧外,莎士比亚的其他悲剧、喜剧、传奇剧译本也均已出现。除了少数改写本,如萧叔夜据莎剧《罗密欧与朱丽叶》和《仲夏夜之梦》改写的"电影小说",这一时期的莎译基本保留了莎剧原貌,忠于莎剧原著成为译者的自觉。梁实秋几乎在每本莎译《例言》中都强调说:"凡原文为散文,则仍译为散文;凡原文为'无韵诗'体,则亦译为散文……所以译文一以散文为主,求其能达原意,至于原文节奏声调之美,则译者力有未逮,

---

① 孟宪强在《中国莎学简史》中认为《第十二夜》1955年出版,笔者在CADAL民国图书库中发现文通书局的版本标有"莎氏比亚全集"字样,未见具体出版日期,推测是1944年。

未能传达其万一,惟读者谅之。"[①]"传达原意"是第一原则。朱生豪亦认为翻译的第一要务是"最大可能之范围内,保持原作之神韵;必不得已而求其次,亦必以明白晓畅之字句,忠实传达原文之意趣"[②]。忠于莎剧原貌的莎译,特别是朱生豪《莎士比亚戏剧全集》的出版,为莎剧原著的传播接受提供了基础。

表1-4 莎剧译著目录(1936—1949年)

译作名称	译者	出版时间及出处	相关说明
《奥赛罗》	梁实秋	1936年上海商务印书馆出版	
《马克白》	梁实秋	1936年上海商务印书馆出版	
《李尔王》	梁实秋	1936年上海商务印书馆出版	
《如愿》	梁实秋	1936年上海商务印书馆出版	
《威尼斯商人》	梁实秋	1936年上海商务印书馆出版,1937年再版	
《暴风雨》	梁实秋	1937年上海商务印书馆出版	
《丹麦王子哈姆雷特之悲剧》	梁实秋	1938年上海商务印书馆出版	
《该撒大将》	孙伟佛	1938年上海启明书局出版,1939年、1940年再版	标有"莎翁杰作集"
《马克白》	周庄萍	1938年上海启明书局出版,1940年再版	参照坪内逍遥《马克白》译文
《第十二夜》	梁实秋	1939年上海商务印书馆出版	

[①] 白立平:《梁实秋翻译研究》,商务印书馆2021年版,第54页。
[②] [英]莎士比亚:《仲夏夜之梦》,朱生豪译,中国青年出版社2013年版,第125页。

续表

译作名称	译者	出版时间及出处	相关说明
《哈梦雷特》	周庄萍	1938年上海启明书局出版	主要依靠英文本,参考了日本坪内逍遥、浦口太治的日译本和柴门霍夫的世界语译本
《暴风雨》	蒋镇	1940年上海启明书局出版	
《铸情》	邢云飞改编	1938年上海启明书局出版,1940年再版	标有"足本莎翁杰作集"
《暴风雨》	曹未风	1942年文通书局出版,1946年文化合作有限公司出版	先后标注"莎氏比亚全集""曹译莎士比亚全集"
《微尼斯商人》	曹未风	同上	同上
《仲夏夜之梦》	曹未风	同上	同上
《如愿》	曹未风	同上	标有"莎士比亚全集"
《该撒大将》	柳无忌	1943年《世界文学》第1卷第2期刊第2幕1—4场译文	
《知法犯法》	邱存真	1944年重庆商羊书屋出版	《一报还一报》译本
《雅典人台满》	杨晦	1944年重庆新地出版社出版	《雅典的泰门》译本
《柔蜜欧与幽丽叶》	曹禺	1944年上海文化生活出版社出版,1945年再版	

续表

译作名称	译者	出版时间及出处	相关说明
《马克白斯》	曹未风	1944年文通书局出版,1946年文化合作有限公司出版	先后标注"莎氏比亚全集""曹译莎士比亚全集"
《汉姆莱特》	曹未风	同上	同上
《错中错》	曹未风	同上	同上
《马克白斯》	曹未风	1944年文通书局出版,1946年文化合作有限公司出版	同上
《第十二夜》	曹未风	时间不详,文通书局	标有"莎氏比亚全集"
《罗米欧及朱丽叶》	曹未风	1946年文化合作有限公司出版	标有"莎士比亚全集"
《凡隆纳的二绅士》	曹未风	同上	同上
《李耳王》	曹未风	同上	同上
《安东尼及枯娄葩》	曹未风	同上	同上
《莎士比亚戏剧全集》(共三辑)	朱生豪	1947年上海世界书局出版,1949年再版	除10部历史剧外的27部剧作
《好事多磨》	张常人	1947年上海大东书局出版	五幕喜剧
《黎琊王》(上、下)	孙大雨	1948年商务印书馆出版	《李尔王》诗体译本
《罗密欧与朱丽叶》	萧叔夜	1948年上海永丰书局出版	根据莎剧改写的小说,作者称"电影小说"

续表

译作名称	译者	出版时间及出处	相关说明
《仲夏夜之梦》	萧叔夜	1949年上海永丰书局出版	同上

(资料来源于朱雯、张君川主编:《莎士比亚辞典》,安徽文艺出版社1992年版,第696—698页;读秀图书库和CADAL民国图书库)

  莎剧译者在翻译莎剧的同时,还标出译作的地位,且表达了对莎剧价值的认同。朱生豪在《莎士比亚戏剧全集》第2辑指出莎翁四大悲剧"开前所未有之境",并称三部罗马剧与四大悲剧相比也毫不逊色[①]。柳无忌《莎士比亚的该撒大将》称《该撒大将》是"伟大的作品"[②];梁实秋不仅在莎译序言中介绍了莎剧著作年代、版本历史、故事来源、相关评论,还深入探究了莎剧的"经典元素"。梁实秋评《李尔王》的"伟大"在于表现人性的"普适性"和"永恒性"[③],评《奥赛罗》说:"在艺术方面讲,奥赛罗是莎氏悲剧中最完美的一篇,最富戏剧性,编制得最紧凑,但不一定是最伟大的一篇。《奥赛罗》和《李尔王》正相反,《李尔王》是极伟大的,但在艺术上不是最完美的。"[④]与梁实秋不同,杨晦不仅在译序中指出《雅典人台满》是"莎士比亚作品中最重要的一篇"[⑤],是一部"黄金的悲剧"[⑥],还立足于社会背景分析,肯定莎剧思想的社会意义。译者们用不同的尺度,发掘了莎剧的不同价值。译者对莎剧经典元素的探究,既引导国人接受莎剧,又推动莎剧经典剧目的遴选。

  莎剧译本的大量出版,为演剧界改编莎剧原著提供了可能。1936年后,莎剧重新活跃在中国舞台上。据笔者不完全统计,在上演的莎剧中,除了《威尼斯商人》,其他均为悲剧。《罗密欧与朱丽叶》上演频率最高,多达7次,话剧、越剧、

[①] 朱生豪:《莎士比亚戏剧全集》(第2辑),世界书局1947年版,第2页。
[②] 参见柳无忌:《莎士比亚的该撒大将》,《时与潮文艺》1943年第1卷第3期,第48页。
[③] 参见梁实秋:《李尔王》,上海商务印书馆1936年版,第6—7页。
[④] 梁实秋:《奥赛罗》,上海商务印书馆1936年版,第6页。
[⑤] 杨晦:《雅典人台满》,新地出版社1944年版,第14页。
[⑥] 杨晦:《雅典人台满》,新地出版社1944年版,第17页。

沪剧、京剧均编演过此剧。莎士比亚的四大悲剧均已出现在中国戏剧舞台上，《哈姆雷特》上演3次，《李尔王》上演2次，《奥赛罗》《麦克白》各1次(见表1-5)。可见，重悲剧成为这一时期莎剧演出的显著特点。其次，莎剧演出日渐规范，逐渐走向艺术自律。社会剧团和学校剧团(主要是国立剧专)是莎剧演出的主力，莎剧演出汇集了一批优秀的剧界精英，有导演名家章泯、余上沅、焦菊隐、张骏祥、黄佐临等，有训练有素的学生演员和一批一流的表演大师，如沪剧"皇帝"解洪元、越剧泰斗袁雪芬、越剧大师傅全香等，还有莎剧翻译家和编剧梁实秋、邢云飞、顾仲彝等人。与早期随意性莎剧演出不同，这时期的莎剧演出从改编、导演到演出，日渐规范和精细，艺术性增强。此外，接受莎剧的主体自觉意识形成。中国演剧者站在新兴话剧发展和戏曲革新立场，借莎剧以丰富和完善自身，体现明确的主体意识。无论是外来式的莎剧演出，如上海业余实验剧团上演的《罗密欧与朱丽叶》，国立剧专演出的《威尼斯商人》《哈姆雷特》，上海新生活话剧研究社演出的《铸情》等，还是本土化的莎剧演出，如上海艺术剧团演出的《三千金》、黄佐临导演的《乱世英雄》，还有沪剧、越剧、京剧等搬演的"戏曲莎剧"《窃国盗嫂》《情天恨》《铁汉娇娃》《孝女心》《铸情记》等，都致力于通过吸收莎剧精华，发展中国话剧或革新戏曲。比如，越剧《情天恨》就是袁雪芬等人革新越剧的一次实验。再比如，国立剧专的系列莎剧演出，多是剧专学生的"毕业公演"，也是培养戏剧改革人才、推动中国戏剧改革的实验。中国演剧界以"洋为中用"的方式改造了莎剧，推动了舞台对莎剧的筛选，一些生命力旺盛的莎剧剧目凸显出来，获得演剧界的认同。

表1-5　莎剧演出表(1936—1949年)

演出时间	莎剧剧目	相关说明
1937年春夏之交	《罗密欧与朱丽叶》	上海业余实验剧团在卡尔登戏院演出，章泯导演，采用田汉译本，赵丹、俞佩珊、沙蒙、吕复、章曼蘋等主演
1937年6月18日	《威尼斯商人》	余上沅、王家齐联合导演，采用梁实秋译本，国立剧专第一届毕业生在南京香铺营中正堂公演九场

续表

演出时间	莎剧剧目	相关说明
1938年5月初	《铸情》	邢云飞据《罗密欧与朱丽叶》改编，上海新生活话剧研究社在兰心大戏院募捐演出
1938年7月1日	《奥赛罗》（又名《黑将军》）	余上沅导演，采用梁实秋译本，国立剧专第二届毕业公演
1940年4月14日	《罗密欧与朱丽叶》	上海海燕剧社在上海辣斐戏院早场公演
1941年12月24日	《窃国盗嫂》（又名《银宫惨史》，沪剧，幕表戏）	据《哈姆雷特》改编，解洪元领衔的上海沪剧社演出
1942年6月2—7日	《哈姆雷特》	焦菊隐导演，采用梁实秋译本，国立剧专第五届毕业生在四川江安剧校公演
1942年10月	《情天恨》（越剧）	于吟据《罗密欧与朱丽叶》编导，袁雪芬等人在上海大来剧场演出
1942年11月17日	复演《丹麦王子哈姆雷特》	焦菊隐导演，国立剧专以"附属剧团"名义在重庆黄家垭口实验剧场演出，12月9—19日重庆国泰大剧院复演
1944年1月3日	《柔蜜欧与幽丽叶》	航委会神鹰剧团在成都排演，张骏祥导演，采用曹禺译本，由于当局的刁难，此剧未能在本年上演。1944年1月3日在成都国民剧院公演21场
1944年4月10日	《铁汉娇娃》（沪剧）	赵燕士据《罗密欧与朱丽叶》改编，文滨剧团上演
1944年5月12日—7月15日	《三千金》	上海艺术剧团在卡尔登大剧院公演，共演出65天；顾仲彝根据《李尔王》和中国戏曲中王宝钏的故事编写的一出四幕现代讽刺悲剧，其人物和情节均被"现代化"和"中国化"
1945年4月	《乱世英雄》	由黄佐临在上海建立的苦干戏剧修养学馆于辣斐大戏院公演，李健吾据《麦克白》改编，原名《王德明》

续表

演出时间	莎剧剧目	相关说明
1946年	《孝女心》（越剧）	《李尔王》改编本，傅金香越剧团在上海龙门大戏院演出
1947年夏天	《铸情记》（又名《生死鸳鸯》，京剧）	焦菊隐据《罗密欧与朱丽叶》改编，中华戏曲学校校友剧社师生在北京演出
1948年4月25日	《威尼斯商人》	余上沅导演，南京国立剧专为纪念莎士比亚384周年诞辰，由剧场艺术组（两年制）毕业班演出；6月，剧专《威尼斯商人》在中央大学礼堂公演两场，后在校内小礼堂又公演数场

（资料来源于曹树钧、孙福良：《莎士比亚在中国舞台上》，东北师范大学出版社2014年版，第138—141页；孙家琇主编《莎士比亚辞典》，河北人民出版社1992年版，第421—423页；朱雯、张君川主编：《莎士比亚辞典》，安徽文艺出版社1992年版，第712—724页）

1936年后，国外莎评被大量引入，国人对莎翁与莎剧的认识日益深入。无论是苏俄莎评，如A. 斯米尔诺夫《论莎士比亚及其遗产》（克夫译）、史巴斯基《苏联民众为什么爱好莎士比亚》（阿集译）、代尔卡耐基《莎士比亚，托尔斯泰》（李木译）、兹克金柯《莎士比亚在苏联》（李束丝）、M. 莫罗梭夫《莎士比亚剧作在苏联舞台》（秦似译）等，还是英、美、日等国的莎评如斯米吞《莎士比亚的版本》《论莎士比亚的冬的故事》《论莎士比亚的马克柏司》《论莎士比亚的奥忒罗》《论莎士比亚的雅典的泰梦》《论莎士比亚的利尔王》（东方蓝译），佛里戴尔《略谈莎士比亚与戏剧》（一平摘译），菲尔德《莎士比亚》（履泰译），郎威帘《莎士比亚论》（金沙译），外村史郎《莎士比亚剧作的方法问题》（一丁译），小泉八云《莎翁作品中的典型人物》（李忠霖译）等，大都以推崇和赞美的口吻评介莎翁与莎剧，特别是苏俄莎士比亚崇拜及莎剧热，对国人接受莎剧产生了重要影响。

1940年后，国内论及莎翁与莎剧者，无不认同莎翁名家身份和肯定莎剧价值。以柳无忌《莎士比亚的该撒大将》为例，作者首先肯定莎士比亚的"伟大"，并指出《该撒大将》是除四大悲剧外，"在故事的紧张动人，在场面的堂皇浩荡，在辞句的流畅雄辩,他实在是高出作者的任何其他剧本"①。又如,田篱《"莎士比亚"与戏剧》(1943)评价《哈姆雷特》是世界伟大悲剧,是被世界公认为文学上伟大典型的创造,是我国最熟悉的一个剧本。②觉元在《近代文艺先锋——莎士比亚》同样认为《威尼斯商人》《罗密欧与朱丽叶》为"莎氏第一流的作品",《哈姆雷特》《麦克白》《奥赛罗》《雅典的泰门》这些伟大的悲剧,不独震动一时人们的耳目;其思想之深沉博大,结构之繁复完整,且摇荡了人们的心灵,此为壮丽崇高的杰作。③蓝天《从文学时代的反映说到莎士比亚的〈铸情〉》指出《铸情》是时代反映说的"标本"。无论从莎剧本身探究其本来意义,还是从现实主义立场揭示莎剧的社会价值,1940年后的莎评大都能从莎剧原著出发,力求准确真切。在文学批评者的批评和阐释中,莎剧的价值和"伟大性"凸显出来。

1936—1949年间,莎剧翻译、莎剧演出和莎学批评的繁荣,推动了莎剧原著的传播与接受,也促进了莎剧经典剧目的遴选。尽管译者、批评者和演剧者对莎剧的选择各有侧重,可《威尼斯商人》《罗密欧与朱丽叶》《麦克白》《哈姆雷特》《李尔王》《奥赛罗》《雅典的泰门》《裘力斯·凯撒》等剧目以其独特的魅力吸引了众人的视线,成为公认的"名作"。

新中国成立以前,莎剧在中国的经典化处于初始阶段。中国莎剧原著译介姗姗来迟,特别是莎剧全集译介出现迟缓,严重影响了莎剧在中国经典化的进程。朱生豪所译之《莎士比亚戏剧全集》并非"全集",许多公认的莎剧经典多停留在剧目和名气层面,国人对莎剧经典性的探究也不够深入。可在传播与接受过程中,莎翁名家身份、莎剧名作地位和莎剧的价值获得初步体认,部分莎剧剧目在译者、批评者和演剧者的群选中凸显出来,这为莎剧文学经典在新中国的确认奠定了坚实的基础。

---

① 柳无忌:《莎士比亚的该撒大将》,《时与潮文艺》1943年第1卷第3期,第49页。
② 参见田篱:《"莎士比亚"与戏剧》,《长风文艺》1943年第1卷第4—5期,第52页。
③ 参见觉元:《近代文艺先锋——莎士比亚》,《文境丛刊》1944年第1期,第11页。

第二节 "十七年"间莎剧文学经典的确认

"十七年",指的是从1949年新中国成立到1966年"文化大革命"开始之前的17年,这一时期莎剧在中国的经典化出现新变化、新格局。莎剧译者继续复译、选译莎剧作品,外国文学教学依旧选讲莎翁"名作",戏剧教学也以莎剧为训练素材,但莎学批评对莎剧"经典性"的阐释远比此前具体深入,在强调"文艺为政治服务"的语境中,莎剧剧目经受住政治和艺术双重标准的检验,成为公认的外国文学经典。

一、莎译出版对莎剧剧目的筛选

新中国成立以后,莎剧译者对莎剧的选译、重译或校订,是在党的文艺方针指导下完成的,承载着为政治服务、为人民服务的历史重任。出版莎剧译著的人民文学出版社、作家出版社及上海文艺出版社(新文艺出版社)[①]等机构,是弘扬时代主旋律的机构。译者和权威出版社对莎剧剧目的选择及其对莎剧"文学性"的评价,是对莎剧"文学经典"的认同,也是对莎剧"文学经典"的宣传和推介。

新中国成立以前,国人翻译莎剧全集的梦想并未完全实现,朱生豪翻译的《莎士比亚戏剧全集》并非全集,仅含莎翁的27部剧作。1949年后,曹未风继续为莎剧全集的翻译而努力。1953—1962年间,上海文艺出版社(新文艺出版社)出版曹未风莎译《如愿》《仲夏夜之梦》《汉姆莱特》《马克白斯》《第十二夜》《尤利斯·恺撒》《错中错》《安东尼和克柳巴》《凡隆纳的二绅士》等15种,其中包括1958年和1962年出版的莎剧新译《奥赛罗》和《无事生非》。1963年,曹未风病逝,"曹译莎剧全集"也因此中断。不过,方平、方重、章益、杨周翰等学者从前辈手中接过"接力棒",先后补译朱生豪未译的《亨利五世》《理查三世》《亨利六世》《亨利八世》等剧,"莎剧全集"终成"全璧"。1964年,人民文学出版社原本计划在纪念莎士比亚诞辰400周年之时出版莎剧全集,最终因特殊原因而搁置,《莎士比亚全

[①] 1952年新文艺出版社成立,1958年更名为上海文艺出版社。

集》被搁置到1978年才得以问世。《莎士比亚全集》的出版虽然迟缓,可莎剧全集译介在新中国成立后"十七年"间大体完成。1949—1966年,中国莎剧译者还复译了部分莎剧剧目,如《哈姆雷特》《仲夏夜之梦》《亨利四世》《威尼斯商人》《无事生非》等。另外,中国莎剧译者方重、方平、吴兴华等对朱生豪《莎士比亚戏剧全集》进行了校订。早期莎剧译者的作品如曹禺的《柔蜜欧与幽丽叶》、张采真的《如愿》及朱生豪的《莎士比亚戏剧全集》也多次再版和重印,特别是朱生豪译本的出版数量创历史新高,达到30多万册(见表1-6)。

表1-6 莎译剧目出版表(1949—1966年)

莎译剧目	译者	相关说明
《柔蜜欧与幽丽叶》	曹禺	1949年11月,文化生活出版社再版;1961年,文化生活出版社、作家出版社、人民文学出版社三家出版印刷了5次,共印行31000册
《亨利五世》	方平	1955年平明出版社出版,印3500册;1958年人民文学出版社出版,印8000册;1978年收入《莎士比亚全集》第5卷
《捕风捉影》	方平	1953年新文艺出版社出版,印2次,共8000册;1957—1958年上海文艺出版社(新文艺出版社)印2次,共8000册;1961年上海文艺出版社出版,印1000册
《威尼斯商人》	方平	1954年平明出版社出版,印2000册;1957年新文艺出版社出版,印2000册;1961年上海文艺出版社重新出版,印1000册
《汉姆莱特》等15种	曹未风	1953—1962年,上海文艺出版社(新文艺出版社)印81700册
《莎士比亚戏剧集》	朱生豪	1954年作家出版社首版朱生豪31部莎译,第一次每册印20000册,共印行了20多万册;1958—1962年人民文学出版社又印行了两次,加上第一次印刷的共印行30多万册
《仲夏夜之梦》	吕荧	1954年由作家出版社出版与重印,一共印了12000册
《如愿》	张采真	1955年由作家出版社重印

续表

莎译剧目	译者	相关说明
《丹麦王子哈姆雷特悲剧》	卞之琳	1956年、1958年先后由作家出版社和人民文学出版社出版,共17200册
《亨利四世》(上、下)	吴兴华	1957年人民文学出版社出版,共10000册
《亨利六世》(上、中、下)等10部历史剧	虞尔昌(中国台湾)	1957年4月台北世界书局出版了朱生豪、虞尔昌合译的《莎士比亚全集》,这是我国第一部完整可读的莎翁戏剧全集
《理查三世》	方重	1959年由人民文学出版社出版,共8500册;1978年收入《莎士比亚全集》第6卷
《亨利六世》(上、中、下)	章益	1964年,为了纪念莎士比亚诞辰400周年,人民文学出版社请吴兴华、方重、方平等人校订增补朱生豪《莎士比亚戏剧全集》,方平重译了《亨利五世》,方重重译了《理查三世》,章益新译了《亨利六世》(上、中、下),杨周翰新译了《亨利八世》,使这套书合成全璧,1978年正式出版
《亨利八世》	杨周翰	同上,1978年收入《莎士比亚全集》第7卷

(资料来源于张泗洋主编:《莎士比亚大辞典》,商务印书馆2001年版,第1337—1348页;孟宪强:《中国莎学简史》,东北师范大学出版社1994年版,第104—105页;朱雯、张君川主编:《莎士比亚辞典》,安徽文艺出版社1992年版,第693页)

新中国成立后的"十七年"间,译者对莎剧剧目的选择非常谨慎。从新译和复译的莎剧剧目来看,除了《威尼斯商人》《仲夏夜之梦》《无事生非》《哈姆雷特》等喜剧、悲剧外,中国译者重点选译和重译了莎翁的历史剧。与喜剧、悲剧和传奇剧相比,莎士比亚历史剧与政治关系最为密切。《亨利四世》《亨利五世》《理查三世》等历史剧,无论是从正面描写亨利五世,还是从反面刻画理查三世,都表现了强烈的民族情感和爱国精神,符合国家稳定和民族团结的政治诉求。与此同时,莎翁历史剧突出了人民群众的力量,反映民众的生活,与群众关系密切,选译莎翁历史剧因此也与党的文艺政策——"文艺为人民服务"的方针一致。不仅历史剧如此,重译的悲剧《哈姆雷特》也是与政治及家庭伦理有关,喜剧《威尼斯商人》《仲夏夜之梦》《无事生非》等剧同样与民众生活关系紧密。莎翁历史剧成为译者关注的焦点,彰显了自身的价值和意义。莎翁历史剧与中国主流意识形态话语具有对话的空间,在一定程度上满足了时代的需求和译者的期待。

此外,这一时期的莎剧译著主要由人民文学出版社、作家出版社和上海文艺出版社(新文艺出版社)出版,由新华书店统一发行。人民文学出版社和作家出版社是出版莎剧译本最多的机构,其次是上海文艺出版社(新文艺出版社)及文化生活出版社、新文化出版社和平民出版社等(见表1-6)。人民文学出版社、作家出版社是文化部和出版总署共同领导的出版机构,上海文艺出版社(新文艺出版社)[①]当时也是国家级的出版机构,这些出版社汇集了一批著名的翻译家、作家、文艺理论家,是当时出版界的权威机构。除了严格的质量检查,莎剧译著出版还要经过严格的政治审查与行政审批。可见,权威出版社对莎译单行本和朱生豪《莎士比亚戏剧集》的选择,标志着主流意识形态对莎剧"名作"的接受与认可。

出版社和莎剧译者在推出莎剧译本的同时,宣传并凸显莎士比亚的名家身份及剧作的文学价值。比如,1954年,作家出版社在宣传《莎士比亚戏剧集》时说:"莎士比亚是世界最伟大的诗人和戏剧家,英国文艺复兴的伟大代表者。他的三十七种剧作,继承了人民戏剧的传统,以现实主义和对于人类的高度同情心,创造了许多不朽的典型,反映了人类多方面的生活活动和思想感情。他的光辉灿烂的戏剧是全人类的宝贵的文学遗产。"[②]这段简短的售书广告不仅指出莎翁的"世界名家"身份,还从思想内容、表现手法等多方面评价莎剧是"人类文化的遗产",肯定莎剧在世界文学史上的崇高地位。再以《亨利四世》序为例,译者吴兴华从《亨利四世》创作背景入手,介绍了故事来源、版本历史,并说《亨利四世(上下篇)》"成为不朽的文学作品的主要因素:宏伟的结构,鲜明的人物形象,深刻的思想内容和丰富多彩的语言"[③]。译者吴兴华立足于"文学元素"指出《亨利四世》的"不朽"。同样,方重在《理查三世》序中也从主题思想、人物、结构等方面

[①] 文化生活出版社、平明出版社后来并入新文艺出版社,1958年更名为上海文艺出版社,1964年改为人民文学出版社上海分社。1978年1月上海文艺出版社恢复建制。

[②] 此售书广告登载在《世界电影》1954年第5期底面。

[③] 吴兴华:《吴兴华诗文集》(诗卷),上海人民出版社2005年版,第174页。

肯定《理查三世》的"文学价值","莎士比亚的遒劲的笔法和坚定的人民立场,使这部早期作品也具有政治内容和艺术形式的统一这一特点"①。这一时期的译者主要以"政治"和"艺术"的双重标准评价和重审莎剧的"文学性",推动莎剧"文学经典"认同的建立。

新中国成立后的"十七年"间,译者和权威出版机构对莎剧的译介和出版,是对莎剧"文学地位"的肯定,也是对莎剧"文学经典"的筛选。《罗密欧与朱丽叶》、《威尼斯商人》、《如愿》(又名《皆大欢喜》)、《捕风捉影》(又名《无事生非》)、《哈姆雷特》、《亨利五世》、《亨利四世》、《理查三世》等剧因译者和出版机构的推崇,成为读者熟知的外国文学名著。

二、校园教学对莎剧经典剧目的确认

新中国成立以后,莎翁名作不仅是外国文学课堂必讲的内容,也是戏剧艺术教学使用的素材。外国文学教学和戏剧教学对莎剧名作的挑选,推动了莎剧经典剧目的确认。

1956年,教育部审定的《英国文学史教学大纲草案》明确规定外国文学教学的方法:"用马克思列宁主义的立场、观点、方法,概括地讲授英美现实主义文学的发展过程,集中在主要的作家及其作品。"②大纲还规定英国文学史教学的目的是培养学生爱国主义和国际主义的精神,研究对象是"中世纪文学、文艺复兴、资产阶级革命时期文学、启蒙运动时期文学、浪漫主义、批判现实主义、帝国主义时期文学和现代文学"③。其中,文艺复兴时期的文学教学还列举了莎翁代表作《哈姆雷特》《麦克白》《奥赛罗》《李尔王》《罗密欧与朱丽叶》《雅典的泰门》《亨利四世》《亨利五世》《理查三世》《裘力斯·凯撒》《科利奥兰纳斯》以及《威尼斯商人》《无事生非》《皆大欢喜》《第十二夜》《驯悍记》《暴风雨》等剧。比如,北京师范大

---

①[英]莎士比亚:《查理三世》,方重译,人民文学出版社1959年版,第10页。
②中华人民共和国高等教育部:《英国文学史教学大纲草案》,高等教育出版社1956年版,第1页。
③中华人民共和国高等教育部:《英国文学史教学大纲草案》,高等教育出版社1956年版,第2页。

学《外国文学教学大纲》(1958)规定了外国文学教学要以毛泽东同志《在延安文艺座谈会上的讲话》为指导思想,要以"马列主义经典作家的著作及他们有关各国文学的评价为指导"[①]。英国文艺复兴文学教学仍然以"最伟大的代表作家"莎士比亚为中心,重点以四大悲剧和《罗密欧与朱丽叶》为重点讲授对象。大纲对每部剧作的授课内容均有提示,比如大纲规定《哈姆雷特》应重点关注:"哈姆雷特的人道主义理想与周围丑恶现实的矛盾。哈姆雷特的延宕、装疯以及悲观情绪的问题,批判资产阶级对哈姆雷特性格的歪曲。哈姆雷特的悲剧的历史根源,是在于当时先进的人道主义者脱离人民而进行孤独的斗争。哈姆雷特形象中的揭露力量。剧中其他人物形象。悲剧的思想意义。"[②]从北京师范大学的外国文学教学大纲不难看出,包括莎剧在内的外国文学教学,是在马列主义文艺理论指导下进行的。北京师范大学《外国文学教学大纲》的制定,是在教育部教学大纲的指导下且根据教学实践对莎剧剧目进行了筛选,挑出"最具代表性"的莎剧剧目。又比如,甘肃师范大学的《外国文学教学大纲草案》对莎剧教学内容与莎剧代表剧目进行了再遴选,基本上以四大悲剧和《罗密欧与朱丽叶》等剧为主。"十七年"间,莎士比亚作为欧洲文学的代表作家,经历了中国主流意识形态的过滤,成为各大高校外国文学教学必讲的作家,其代表剧目《哈姆雷特》《李尔王》《麦克白》《奥赛罗》《罗密欧与朱丽叶》被过滤出来,成为外国文学中的经典之作。

除了教学大纲对莎剧经典剧目的选择,外国文学教材对莎剧的遴选同样推进了莎剧文学经典的确认。新中国成立后的17年间,苏俄的外国文学译本,比如,茀里契《欧洲文学发展史》、阿尼克斯特《英国文学史纲》是比较流行的教材,这些教材有莎翁与莎剧的详细介绍和重点剧作的讲解。国内也出现许多自编的外国文学教材,如郑启愚《外国文学》、王忠祥与彭端智合编《世界文学作品选读》、周煦良《外国文学作品选》、石璞《外国文学史讲义》、杨周翰等《欧洲文学史》及其他集体编著的外国文学教材如《外国文学讲义》《外国文学》《外国文学参考资料:古代至十八世纪部分》,等等(见表1-7)。在教育制度、教材编写、教育方法等全方位向苏联学习的年代,国内外国文学教材对莎剧文学经典的选择大体与苏联保持一致。国内外的

[①]北京师范大学编:《外国文学教学大纲》,北京师范大学出版社1958年版,第2—3页。
[②]北京师范大学编:《外国文学教学大纲》,北京师范大学出版社1958年版,第7页。

教材在介绍莎翁时,不仅标出了莎翁文学名家身份,列举代表作,还重点选讲了莎翁经典名作。比如,莤里契《欧洲文学发展史》以马列主义的方法和观点重估了莎剧作品,列举出与阶级矛盾、贵族阶级心理相关的剧目,如《威尼斯商人》《雅典的泰门》《如愿》《李尔王》《哈姆雷特》等,并重点分析与"国民的情感"密切相关的《亨利四世》《亨利五世》《理查三世》《理查二世》等历史剧。阿尼克斯特《英国文学史纲》大量引用马克思、恩格斯、普希金、别林斯基等人的莎评观点,以《亨利四世》《亨利五世》《温莎的风流娘们》《威尼斯商人》《仲夏夜之梦》《雅典的泰门》《暴风雨》及四大悲剧为例,详细阐释莎剧情节、人物、结构及剧作蕴含的现实主义思想。国内学者编写的文学史教材也标出了莎剧代表作,并对莎剧的思想、人物、结构和语言进行分析和评价。比如,杨周翰等人编著的《欧洲文学史》认为莎翁是欧洲文艺复兴时期最有成就的作家之一[①],并选讲最有代表性的历史剧《亨利四世》[②]、最有代表性的喜剧《皆大欢喜》[③]及悲剧代表作《哈姆雷特》《麦克白》《李尔王》《奥赛罗》《雅典的泰门》等,深入分析和评述了莎剧的主题思想、人物形象、结构、语言等文学要素。这些外国文学教材对莎剧文学性和思想性的关注,凸显了莎剧的经典性内涵。

此外,各类外国文学作品读本对莎剧剧目的选编,推动了莎剧文学经典剧目的认同。比如,王忠祥等人编著的《世界文学作品选读》重点选编了《哈姆雷特》《奥赛罗》《罗密欧与朱丽叶》的片段;吉林师范大学编《外国文学》第1卷同样选取《哈姆雷特》和《罗密欧与朱丽叶》(见表1-7),等等。作为外国文学教学的补充,外国文学读本对《哈姆雷特》《李尔王》《麦克白》《奥赛罗》《罗密欧与朱丽叶》的选择,与外国文学教学大纲及外国文学教材大体一致。

表1-7 外国文学大纲及相关教材(1949—1966年)

出版时间	教材名称	编著者	出版单位	相关内容
1949年;1954年再版	《欧洲文学发展史》	(苏)莤里契著,沈起予译	群益出版社、新文艺出版社先后出版	有莎士比亚专章

[①] 参见杨周翰等主编:《欧洲文学史》(上),人民文学出版社1964年版,第161页。
[②] 参见杨周翰等主编:《欧洲文学史》(上),人民文学出版社1964年版,第164页。
[③] 参见杨周翰等主编:《欧洲文学史》(上),人民文学出版社1964年版,第167页。

续表

出版时间	教材名称	编著者	出版单位	相关内容
1956年	《外国文学》	郑启愚编	安徽师范学院中国语文系	有莎士比亚专题
1956年	《英国文学史教学大纲草案》	教育部审定	高等教育出版社	有莎士比亚专题
1957年	《世界文学作品选读》	王忠祥、彭端智编	华中师范学院	莎士比亚戏剧选,有《哈姆雷特》《奥赛罗》《罗密欧与朱丽叶》选段
1958年	《世界文学中的现实主义问题》	中国科学院文学研究所苏联文学组编	人民文学出版社	《论文艺复兴时代西欧文学中的现实主义》一文重点探讨莎剧中的现实主义思想
1958年	《外国文学教学大纲》	北京师范大学编	北京师范大学出版社	有莎士比亚教学的内容:《罗密欧与朱丽叶》《哈姆雷特》《麦克白》《奥赛罗》《李尔王》等
1958年	《外国文学讲义》(上、下)(手写本)	石璞编	四川大学中国语文学系	有莎士比亚专题
1959年	《甘肃师范大学外国文学教学大纲草案》	甘肃师范大学中文系编	甘肃师范大学中文系	有莎士比亚教学内容
1959年	《外国文学参考资料:古代至十八世纪部分》	北京师范大学中文系外国文学教研组编	高等教育出版社	英国文艺复兴时期文学有莎士比亚相关文章6篇
1959年	《英国文学史纲》	[苏]阿尼克斯特著,戴镏龄等译	人民文学出版社	有莎士比亚专章
1960年	《外国文学》(第1分册)	华中师范学院中文系外国文学战线编	华中师范学院	欧洲文艺复兴时期的文学中有"英国文艺复兴(莎士比亚)"专章
1962年	《外国文学作品选》(第2卷 近代部分上)	周煦良编	上海译文出版社	《罗密欧与朱丽叶》《如愿》《哈姆雷特》选段

续表

出版时间	教材名称	编著者	出版单位	相关内容
1962年；1963年再版	《外国文学》（第1卷）	吉林师范大学等学院外国文学教师编写	吉林师范大学出版社	介绍莎士比亚三个时期的戏剧创作及代表作《罗密欧与朱丽叶》《哈姆雷特》等
1962年	《外国文学史 欧洲部分提纲》	杨周翰、吴达元、赵萝蕤主编	人民文学出版社	有莎士比亚内容
1963年	《文艺理论专业外国文学学习参考材料》（1）	中共中央高级党校语言文学教研室编	中共中央高级党校语言文学教研室	收录：莫罗左夫《莎士比亚》，阿尼克斯特《论莎士比亚的悲剧〈哈姆雷特〉》，卞之琳《莎士比亚的悲剧〈哈姆雷特〉》《莎士比亚的悲剧〈奥瑟罗〉》
1963年	《外国文学史讲义》	石璞编	四川大学出版社	有莎士比亚专题
1964年	《欧洲文学史》（上）	杨周翰、吴达元、赵萝蕤编	人民文学出版社	有莎士比亚专题

（资料来源于读秀图书库）

在"十七年"间，外国文学教学推动莎剧文学经典剧目的筛选和认同，特别是《哈姆雷特》《麦克白》《奥赛罗》《李尔王》《罗密欧与朱丽叶》等莎剧剧目被外国文学教学大纲、外国文学教材遴选出来，并被赋予经典的光环。其他莎剧剧目，如《亨利四世》《亨利五世》《理查三世》《皆大欢喜》《第十二夜》《威尼斯商人》《无事生非》等也是大纲、教材、作品选关注度较多的剧目，被视为莎剧"文学名作"。

莎剧不仅是外国文学教学的重要内容，也是戏剧教学经常使用的素材。与文学教学不同，戏剧教学对莎剧的选择更加严格。从上演的莎剧剧目来看，出现在"十七年"间戏剧舞台上的莎剧剧目仅有6部：《罗密欧与朱丽叶》《无事生非》《第十二夜》《麦克白》《哈姆雷特》和《奥赛罗》。除了越剧搬演过《奥赛罗》的改编戏《公主与郡主》，粤剧搬演过《威尼斯商人》之外，其他莎剧均以话剧搬演为主。《麦克白》是一次片段性的演出，《哈姆雷特》仅仅上演过一场，另外三部剧目《无事生非》《第十二夜》和《罗密欧与朱丽叶》则上演频率较高。上演莎剧的主要团体是上海戏剧学院、中央戏剧学院、北京电影学院、上海电影专科学校等,戏剧和电影学校成为"十七年"间莎剧演出的主力军。戏剧和电影学校对莎剧的搬演,主要是出于戏剧教学的需要。比如,北京电影学院表演专修班上演的《第十二夜》就是毕业汇报演出,上海戏剧学院表演师资进修班上演的《无事生非》是结业公演。中央戏剧学院表演系上演的《罗密欧与朱丽叶》也是毕业公演(见表1-8)。上演《无事生非》的上海青年话剧团是上海戏剧学院附属话剧团,他们的莎剧演出也是上海戏剧学院学生艺术实践的组成部分。

表1-8 莎剧演出(1949—1966年)

演出时间	演出莎剧剧目	演出团体或演出者	相关说明
1950年	越剧《公主与郡主》	上海越剧团首演于上海	据《奥赛罗》改编
1950年4月	《乱世英雄》	石挥和丹妮演出《乱世英雄》的片段	李健吾据《麦克白》改编,黄佐临导演。此剧在庆祝莎士比亚诞辰386周年纪念会后演出
1952年	粤剧《一磅肉》	红线女领衔的真善美粤剧团上演	据《威尼斯商人》改编
1953年	粤剧《威尼斯商人》	红线女领衔的真善美粤剧团上演	马师曾、薛觉先据莎士比亚同名剧作改编
1953年4月	《罗密欧与朱丽叶》	上海人民艺术剧院陈奇、胡思庆演出"阳台会"一场	纪念莎士比亚诞辰的演出
1956年	《罗密欧与朱丽叶》	中央戏剧学院表演干部训练班在北京首演	苏联专家雷科夫和丹尼共同执导,采用曹禺译本;1957年到四川公演
1957年6月	《无事生非》	上海戏剧学院表演师资进修班结业公演	苏联戏剧专家叶·康·列普柯夫卡娅指导,采用朱生豪译本。同年9月赴京公演13场;8月、11月在上海再次公演
1957年	《第十二夜》	北京电影学院表演专修班毕业演出	斯坦尼嫡系弟子、专家卡赞斯基执导

续表

演出时间	演出莎剧剧目	演出团体或演出者	相关说明
1958年	《第十二夜》	上海电影演员业余剧团在上海公演	凌之浩导演,采用曹未风译本
1959年	《第十二夜》	上海电影演员业余剧团在上海公演	同上
1960年	《哈姆雷特》	中央戏剧学院演出	焦菊隐导演,采用曹未风译本
1961年	《罗密欧与朱丽叶》	中央戏剧学院表演系本科毕业公演	留苏专攻戏剧的张奇虹导演
1961年5月	《无事生非》	上海青年话剧团在上海艺术剧场两次公演	胡导、伍黎、金沙导演,采用朱生豪译本。7月、8月赴大连、沈阳巡回演出;同年11月第3次公演
1962年	《第十二夜》	上海电影专科学校表演专科首届毕业班公演	

(资料来源于孟宪强:《中国莎学简史》,东北师范大学出版社1994年版,第167—180页;曹树钧、孙福良:《莎士比亚在中国舞台上》,东北师范大学出版社2014年版,第141—143页;孙家琇主编:《莎士比亚辞典》,河北人民出版社1992年版,第424页)

在"斯坦尼表演体系"风靡中国的年代,斯坦尼斯拉夫斯基所倡导的舞台现实主义拉近了戏剧与文学的距离。中国戏剧教学根据舞台现实主义的需要,选择了现实主义的文学作品进行编演实践,其中包括《无事生非》《第十二夜》《罗密欧与朱丽叶》《哈姆雷特》等莎剧剧目,特别是《无事生非》《第十二夜》《罗密欧与朱丽叶》等剧不仅塑造了佩特丽斯、奥薇拉、朱丽叶等个性鲜明的女性形象,还揭示了社会的丑恶,蕴含着丰富的思想。同时,这三部剧作充满浓厚的生活气息和喜剧性,"剧场性"很强。可见,莎剧剧目进入戏剧教育者的视野,是经过舞台现实主义标准筛选的结果。《无事生非》《第十二夜》《罗密欧与朱丽叶》《哈姆雷特》等剧目也在反复搬演中,呈现了自身的艺术性、文学性和思想性,被公认为是现实主义戏剧的代表。

三、学术批评对莎剧文学经典的认同

新中国成立后的"十七年"间,中国莎评者从不同层面阐释了莎剧的先进思想、典型人物、现实主义特征等文学元素,莎剧的文学性在莎评者的反复阐释中得以凸显。

在"十七年"间,"文艺为政治服务"成为艺术评判的重要尺度,莎学批评者以"文艺为政治服务"和"文艺为人民服务"的接受视野,深度挖掘并阐释了莎剧的思想内涵。比如,陈嘉以《亨利四世》《亨利五世》《亨利六世》《理查二世》《理查三世》《雅典的泰门》等剧为例,深入发掘了莎翁的政治思想,并肯定"莎氏的进步性和人民性"[1]。赵澧用马克思主义的原则和方法深入剖析了《亨利五世》《哈姆雷特》《麦克白》《裘力斯·凯撒》《科里奥兰纳斯》等剧的政治思想,指出莎翁一方面"拥护君主专制、反对封建割据"[2],另一方面又对人民具有矛盾态度。赵澧通过政治思想分析,指出莎翁悲剧的"伟大"在于揭示"十分重大的政治问题"[3]。莎学批评者以莎翁历史剧和悲剧为主要研究对象,深度挖掘了莎翁历史剧和悲剧的社会认知价值及思想教育价值,同时也过度阐释并放大了莎剧的政治意涵及与之相关的"人民性"。

此外,莎剧蕴含的人文主义思想和人道主义思想也在莎评者的反复阐释中获得了群体认同。比如,卞之琳认为莎剧作品的中心思想就是"人道主义"[4],他多次以《李尔王》为例阐明莎剧揭示了社会现实,反映了追求正义的人道主义理想。张健在《莎士比亚和他的四大悲剧》中把莎剧的人文主义理想与现实社会的"不合理现象"联系起来,指出四大悲剧"暴露了现实世界的种种不合理现象",具有"为人文主义的理想而斗争"[5]的革命性。李赋宁认为《皆大欢喜》在莎士比亚全部创作道路上占一个重要地位[6],可以说明莎翁人文主义理想"如何由于当时

---

[1] 参见孟宪强:《中国莎士比亚评论》,东北师范大学出版社2014年版,第127页。
[2] 赵澧等:《论莎士比亚的社会政治思想及其发展》,《教学与研究》1961年第2期,第21页。
[3] 赵澧等:《论莎士比亚的社会政治思想及其发展》,《教学与研究》1961年第2期,第24页。
[4] 参见卞之琳:《莎士比亚戏剧创作的发展》,《文学评论》1964年第4期,第72页。
[5] 张健:《莎士比亚及其四大悲剧》,《文史哲》1954年第4期,第10页。
[6] 参见李赋宁:《莎士比亚的"皆大欢喜"》,《北京大学学报》(哲学社会科学版)1956年第4期,第66页。

英国社会矛盾的加深"①而变得更加深刻而成熟。钱争平通过列举《辛柏林》《约翰王》《雅典的泰门》等剧关于金钱的精彩描写,探讨了莎翁关于金钱的思想,"渗透着人道主义和现实主义的精神"②。钱争平另外一篇文章《莎士比亚作品中的反战思想》以《哈姆雷特》《亨利四世》《麦克白》《暴风雨》等剧为研究对象,指出莎翁从人道主义立场出发反对战争。赵澧同样以《罗密欧与朱丽叶》《皆大欢喜》《终成眷属》《一报还一报》《哈姆雷特》《李尔王》《奥赛罗》《雅典的泰门》《辛柏林》《暴风雨》等剧为例,指出莎剧反映了"个性、自由、平等"③的人文主义伦理道德思想。曹未风《谈莎士比亚的喜剧作品》,重点以《威尼斯商人》《仲夏夜之梦》《无事生非》《第十二夜》《皆大欢喜》等剧为例,关注莎剧的婚恋思想。以上莎评者把莎翁的人文主义思想、人道主义精神与政治斗争、伦理道德、民众生活结合起来,肯定莎剧思想的进步性和深刻性。

在马列主义文艺理论观照下,莎评者在探讨莎剧"思想性"的同时,也从社会反映论和阶级论两个层面展开莎剧社会背景、剧情结构、人物典型等各种文学元素的分析和探讨,概括了莎剧的现实主义特征。

首先,莎学批评者大都认为莎剧是现实主义文学。沈子文指出《李尔王》揭露了"资产阶级与封建贵族之间的矛盾以及人民和资本主义与封建主义之间的矛盾"④。徐述纶在《清除莎士比亚介绍中的资产阶级思想》中以《哈姆雷特》《奥赛罗》《李尔王》《麦克白》等剧为例,批判"资产阶级批评家"对这些剧作的歪曲,指出"四大悲剧"反映了英国现实社会的矛盾,揭示了社会的罪恶。李赋宁认为《皆大欢喜》是对资本主义原始积累时期英国社会关系的讽刺和批判。吴兴华指出《威尼斯商人》的"巨大意义"在于揭露"新旧犬牙交错的形式"⑤,反映了社会

---

①李赋宁:《莎士比亚的"皆大欢喜"》,《北京大学学报》(哲学社会科学版)1956年第4期,第51页。

②钱争平:《莎士比亚笔下的金钱》,《读书月报》1956年第11期,第24页。

③赵澧、孟伟哉:《论莎士比亚的伦理道德思想及其发展》,《文史哲》1963年第2期,第81页。

④沈子文等:《试谈李耳王性格的发展》,《复旦学报》(社会科学版)1960年第2期,第44页。

⑤吴兴华:《〈威尼斯商人〉——冲突和解决》,《文学评论》1963年第6期,第112页。

新旧势力的冲突。方鹏钧以"伟大的悲剧"《哈姆雷特》为例,阐明了此剧"反映的现实是十六世纪英国社会的缩影"[1]。戚叔含不仅指出莎士比亚是现实主义大师,还以哈姆雷特、麦克白、李尔王、奥赛罗等人物形象的塑造为例,指出他们与现实社会之间的关系。[2]这些莎评无一例外肯定了莎剧中的现实性,认定莎剧是现实主义作品。

其次,广大莎评者还从现实主义角度,指出莎剧人物的典范性。比如,陈嘉认为克劳狄斯和理查三世"都属于文艺复兴初期马基雅伐利式的混世魔王的典型"[3],易牙哥是莎氏剧作中"最奸恶的人物"[4],哈姆雷特是"最能代表文艺复兴时期的人文主义思想的人物形象"[5],"黛丝德蒙娜是莎氏全部剧作中最出色的女主人公之一,而哈姆雷特和奥赛罗,和莎氏其他戏剧中男性的正面人物相比,也属于最杰出的理想人物之列"[6]。吴兴华专门探讨了《亨利四世》中的"不朽人物"福斯塔夫,并评价说他和他的伙伴们是一股不容轻易抹杀的社会力量[7]。吴兴华通过对福斯塔夫这位新与旧、先进和落后交织的典型人物的分析,指出"福斯塔夫式背景"的意义及《亨利四世》的思想内涵。戴镏龄《〈麦克佩斯〉与妖氛》指出妖术、妖妇被莎翁写入戏中是为了引起观众的注意,不是主要部分,"作者所

---

[1] 方鹏钧:《莎士比亚的悲剧"汉姆雷特"》,《复旦学报》(社会科学版)1959年第1期,第81页。

[2] 参见戚叔含:《莎士比亚的悲剧人物个性塑造和他的现实主义》,《复旦学报》(社会科学版)1959年第1期,第68—80页。

[3] 陈嘉:《从〈哈姆雷特〉和〈奥赛罗〉的分析来看莎士比亚的评价问题》,《南京大学学报》(人文科学)1964年第2期,第35页。

[4] 陈嘉:《从〈哈姆雷特〉和〈奥赛罗〉的分析来看莎士比亚的评价问题》,《南京大学学报》(人文科学)1964年第2期,第37页。

[5] 陈嘉:《从〈哈姆雷特〉和〈奥赛罗〉的分析来看莎士比亚的评价问题》,《南京大学学报》(人文科学)1964年第2期,第47页。

[6] 陈嘉:《从〈哈姆雷特〉和〈奥赛罗〉的分析来看莎士比亚的评价问题》,《南京大学学报》(人文科学)1964年第2期,第51页。

[7] 参见吴兴华:《莎士比亚的亨利四世》,《北京大学学报》(人文科学)1956年第1期,第120页。

要暴露鞭挞的毕竟是以麦克佩斯为代表的封建社会统治阶层中追求权力地位的残暴野心家。他杰出地塑造了这样一个野心家的形象"[①]。另外,曹未风《谈莎士比亚的喜剧作品》指出莎翁塑造了个性鲜明的妇女形象,朱虹《西方关于汉姆雷特典型的一些评论》介绍哈姆雷特的"典型性",等等。莎评者把莎剧的典型人物放置于广阔的社会历史背景中加以考察,揭示了莎剧人物塑造的现实主义方法与深刻的现实意义。

文学批评者以马列主义的观点和方法,重新评估了莎剧作品,提炼了莎剧的先进思想、现实主义特征和人物的典型性。尽管莎士比亚被许多学者认为是资产阶级思想家,具有阶级局限性,但《哈姆雷特》《奥赛罗》《李尔王》《麦克白》《罗密欧与朱丽叶》《亨利四世》《亨利五世》《雅典的泰门》《皆大欢喜》《威尼斯商人》《无事生非》等剧的深刻思想内涵及其文学性,在反复的批评阐释中获得了广大莎评者的认同。

新中国成立后的"十七年"间,中国文化主体以马列主义的接受视野审视和重估了莎剧价值,他们根据政治、文化和教育发展的需要,重新选择了与时代价值观念相契合的莎剧作品,推动莎剧经典剧目在新中国的遴选。在译者、文学教育者、戏剧教育者和文学批评者的反复选择和阐释中,莎翁四大悲剧及《罗密欧与朱丽叶》《亨利四世》《皆大欢喜》《第十二夜》《无事生非》《威尼斯商人》《亨利五世》《理查三世》《雅典的泰门》等剧成为公认的文学经典。中国文化主体对莎剧思想、人物和现实主义特征的关注和提炼,使莎剧成为写实主义文学的典范,莎翁也因此被尊奉为现实主义作家。

第三节　莎剧经典化进程的暂停与重启

1966—1976年,文坛冷寂,艺苑萧条。莎剧在中国的传播虽然并未完全停止,但受到了抑制,莎剧的传播与接受陷入低谷,莎剧的经典化进程被迫暂停。在外国文学作品严重缺失的年代,莎士比亚是屈指可数"不倒"的作家,依然以资

[①] 戴镏龄:《戴镏龄文集:智者的历程》,广东人民出版社2004年版,第129页。

产阶级文学家的身份在某些场合"亮相"。1976年后,文艺政策略有调整,一些学校文学史教学开始出现,一些出版社恢复出版莎剧全集,一些文艺期刊开始复刊,莎剧重新回到课堂,莎剧教学逐渐恢复,莎学研究开始复苏,莎剧在中国的经典化进程重新启动。

一、莎剧经典化进程的暂停

1966—1976年,国内文化生态发生重大变化,校园教学秩序遭到破坏,文学刊物被迫停刊,许多教育工作者和文艺工作者暂时离开工作岗位,莎剧在中国的经典化处于暂停状态。

这段时期,除了马克思、恩格斯、列宁、斯大林等革命导师的论著,几乎所有外国文学作品都停止发行。这时期,国内出现了一批迎合阶级斗争和"三突出"原则的文艺作品,公开出版的外国文学主要是"无产阶级革命文学",如高尔基《童年》《人间》《母亲》《一月九日》,法捷耶夫《青年近卫军》《毁灭》,奥斯特罗夫斯基《钢铁是怎样炼成的》,绥拉菲莫维奇《铁流》,鲍狄埃《鲍狄埃诗选》,小林多喜二《沼尾村》《蟹工船》《在外地主》及《生活的道路》《老挝短篇小说集》《阿尔巴尼亚短篇小说集》《朝鲜短篇小说选》《越南短篇小说集》《越南南方短篇小说集》《柬埔寨通讯集》《巴勒斯坦战斗诗集》《阿果里诗选》《莫桑比克战斗诗集》等社会主义国家的文学作品。这些作品要么是革命导师们推崇过的,要么是与中国交好国家的名著选编,国家意识形态主导遴选的特色十分鲜明。其他少数外国文学作品,比如,苏俄文学《人世间》《他们为祖国而战》《礼节性访问》《生者与死者》《最后一个夏天》《白轮船》《现代人》《普隆恰托夫经理的故事》《你到底要什么》《费多西娅·伊凡诺芙娜》《小勺子》《苏修短篇小说集》《夜晚记事》《不受审判的哥尔查科夫》《柏林卫戍司令》等,日本文学《金色稻浪今何在》《忧国》《恍惚的人》《日本的沉没》《虚构的大义——一个关东军士兵的日记》等,德国文学《弗兰茨·冯·济金根》,玻利维亚文学雷纳托·普拉达·奥鲁佩萨《点燃朝霞的人》,美国文学《海鸥乔纳森·利文斯顿》《爱情的故事》《乐观者的女儿》《阿维马事件》《战争风云》等,埃及文学《代表团万岁》等,均是内部发行供参考或供批判用的外国文学读本。无论以何种身份出场,这些外国文学作品都承载着政治宣传和为主流意识形态服务的重任。在这样的年代,莎剧出版陷于停顿。

这一时期的外国文学批评,是以政治批评为导向的政治话语为主的。以外国文学评论《从〈一个人的遭遇〉看苏修文学的"现实主义"》为例,此文是对短篇小说《一个人的遭遇》的政治批判。作者周景洛将《一个人的遭遇》定性为"苏修毒草""反动思潮的代表作",将作家肖洛霍夫称为"苏联现代修正主义文学鼻祖"[①]。不仅如此,周景洛明确指出写此文的目的是"用马列主义、毛泽东思想解剖肖洛霍夫的反动作品,批判其反动文艺思想……为反修防修而斗争"[②]。钟英《在"复杂""迷人"的背后——评〈静静的顿河〉中的葛利高里形象》也对肖洛霍夫的"毒草"《静静的顿河》进行了批判。在钟英笔下,葛利高里的形象是"反革命分子"的典型,肖洛霍夫成了"反革命"作家。1966—1976年间,除了个别批判欧美作家的评论,如柯汉琳《商品交换原则和资本主义的社会丑剧——读巴尔扎克的〈人间喜剧〉》(1975),其他均为批判"苏修"的文章。如,施炎《难逃历史审判的江洋大盗——评苏修剧本〈不受审判的哥尔查科夫〉》(1974)、李从宗《病入膏肓的政治 不可救药的文学——评苏修剧本〈趁大车还没有翻倒的时候〉》(1975)、舒延思《在"纪念"反法西斯战争胜利的幌子下——苏修描写战争题材的部分作品述评》(1975)、齐力文《苏修社会帝国主义的自供状——评苏修文艺界鼓吹写战争题材的〈对话〉和〈纪要〉》(1975)、山川《苏修农业危机的一面镜子——评苏修剧本〈幸运的布肯〉》(1975)、许桂亭《资本主义旧土壤产生出来的新毒草——评苏修小说〈普隆恰托夫经理的故事〉》(1975)、文彦《攻击无产阶级专政的大毒草——〈静静的顿河〉批判》(1975)、齐冰《谁是今日苏联企业的主人？——从苏修的几部文学作品看苏联企业中的新资产阶级》(1975)、严书实《资产阶级两面派、暴发户的典型——肖洛霍夫》(1975),等等。这些研究与其说是文学批评,不如说是对苏俄文学的政治批评。不过,这时期也有少数颂扬"无产阶级革命文学"的评论,如仲文《学习高尔基的〈海燕〉》称高尔基为"伟大的无产阶级作家",评价《海燕》是群众运动艺术的反映,"是为无产阶级革命斗争服务的优秀作

[①] 周景洛：《从〈一个人的遭遇〉看苏修文学的"现实主义"》,《福州师范大学学报》(哲学社会科学版)1975年第2期,第106页。

[②] 周景洛：《从〈一个人的遭遇〉看苏修文学的"现实主义"》,《福州师范大学学报》(哲学社会科学版)1975年第2期,第109页。

品"①。《海燕》因为列宁的推崇,被认为是表现时代精神、宣传列宁革命路线且充满革命浪漫主义精神的战斗诗篇,被看作是鼓舞革命斗志和号召人民革命的思想武器,因此受到热烈的歌颂。另外,还有颂扬《钢铁是怎样炼成的》的评论文章,如《为捍卫和巩固无产阶级专政战斗不息——〈钢铁是怎样炼成的〉新译本〈前言〉》《英雄形象不容歪曲》《"只要我的心脏还在跳动……"——谈保尔的革命生死观》等。在许多外国文学经典遭遇"围剿"之时,莎学批评仅仅存在于外国文学教材中,中国莎学研究一片荒漠。

在对"封资修"的批判中,尽管莎士比亚并未像肖洛霍夫那样成为被批斗的对象,但早期参与莎学活动的学者却未能逃脱受批斗的厄运。比如,莎剧导演黄佐临、莎学批评者陈嘉等人均遭到批判,早年排演莎剧也成为其罪状之一。这期间的莎剧出版、莎剧演出一片寂寥,但莎士比亚并未完全从中国文化时空里消失,莎剧依旧"活"在革命导师马克思、恩格斯的著作里,托马克思、恩格斯的"福",它们还不时在外国文学课堂里出现。

1973年前后,一些学校开始恢复文学教学,无产阶级革命文学是外国文学课堂教学选讲的重点,莎士比亚也是屈指可数的可讲的资产阶级文学家。1966—1976年,在笔者搜索到的有限的几部外国文学教材中,《外国文学简编》《外国文学作品选读》《外国文学专题》《外国文学专题讲座》等都有莎士比亚的相关内容(见表1-9)。以1974年编写的《外国文学简编》为例,此教材共分为13章,前6章分别选讲文艺复兴时期文学家莎士比亚及其剧作《哈姆雷特》、启蒙运动时期文学家歌德及其《浮士德》、浪漫主义时期文学家拜伦及其《恰尔德·哈洛尔德游记》、前期批判现实主义文学家巴尔扎克及其《高老头》、后期批判现实主义文学家托尔斯泰及其《复活》、美国批判现实主义文学家马克·吐温及其《竞选州长》和《败坏了的赫德莱堡的人》等代表作家和作品;后6章选讲无产阶级革命文学家及其作品:巴黎公社文学家代表作家鲍狄埃及其《国际歌》、苏联无产阶级文学家高尔基及其作品《母亲》、奥斯特洛夫斯基及其《钢铁是怎样炼成的》、阿尔巴尼亚无产阶级文学家皮塔尔卡及其《渔人之家》、朝鲜无产阶级文学家赵基天

---

① 仲文:《学习高尔基的〈海燕〉》,《北京师范大学学报》(哲学社会科学版)1974年第2期,第81页。

及其《白头山》、战斗的越南文学家素友及其《党领导我们三十年》等;最后一章则集中火力批斗了苏修文学的鼻祖肖洛霍夫及其"毒草"《一个人的遭遇》。通过外国文学教材的选编,可以看出无产阶级革命文学比重较大,欧美文学多以资产阶级文学的面貌出现在外国文学教学课堂中,属于政治批判的对象。在莎士比亚专题中,《外国文学简编》指出莎士比亚是文艺复兴时期的代表作家,"他的戏剧在欧洲戏剧发展史或文艺发展史上占据重要地位,值得我们去总结和批判地借鉴。但是,他全部作品的中心思想是人文主义,其理论基础是资产阶级人性论,其思想实质是资产阶级个人主义,对今天的读者起着毒害作用,则是我们应该严加批判的"[1]。编者列举了莎剧代表作《亨利四世》《威尼斯商人》《罗密欧与朱丽叶》《哈姆雷特》《麦克白》《李尔王》《奥赛罗》《雅典的泰门》《暴风雨》,并以"最重要的作品"[2]《哈姆雷特》为例指出,哈姆雷特是资产阶级知识分子的典型形象,他与封建旧势力代表人物克劳迪奥之间的斗争具有历史进步性,值得学习和借鉴;同时,哈姆雷特又具有资产阶级的软弱性,脱离群众,因此要受到批判。编者以阶级斗争的理论解读莎剧,外国文学教材被打下深深的政治批评印记。

此外,外国文学教材选编莎士比亚及其剧作的立场、方法大体相同,都肯定莎翁思想的进步性,批评莎翁思想的阶级局限性,并列举了莎翁代表作。如陕西师范大学使用的《外国文学简论》同样选编了文艺复兴时期的代表作家莎士比亚及其代表剧目《哈姆雷特》,列举了"代表剧目"《亨利四世》《亨利五世》《仲夏夜之梦》《威尼斯商人》《罗密欧与朱丽叶》《雅典的泰门》及四大悲剧[3],还认为《哈姆雷特》的思想性在于批判和斗争,"充分暴露了文艺复兴时期人文主义代表人物的两面性"[4]。四川六院校使用的《外国文学专题讲座》重点选讲了《哈姆雷特》,同样用阶级斗争

---

[1]《外国文学简编》编写组:《外国文学简编》,内蒙古新华印刷厂1974年印刷,第12—13页。

[2]《外国文学简编》编写组:《外国文学简编》,内蒙古新华印刷厂1974年印刷,第22页。

[3] 参见陕西师范大学中文系外国文学教学小组:《外国文学简论》(内部发行),陕西师范大学1975年印刷,第40页。

[4] 参见陕西师范大学中文系外国文学教学小组:《外国文学简论》(内部发行),陕西师范大学1975年印刷,第55页。

的方法和立场评价了莎剧作品的进步性,并专门就"莎士比亚的局限性"展开深入的探讨。通过外国文学教材对莎翁与莎剧的介绍和评论,可以判断出主流意识形态对莎剧采取既借鉴又批判的态度。

表1-9 外国文学教材或读本(1967—1976年)

出版时间	书目	编著者	出版(印刷)单位	相关说明
1973年	《外国文学作品选读》	华中师范学院中文系外国文学教研室	华中师范学院中文系	重点选讲《哈姆莱特》
1973年	《外国文学》	延边大学中文系	延边大学中文系	有莎士比亚专题
1974年	《外国文学简编》(试用教材)	《外国文学简编》编写组	内蒙古新华印刷厂	有莎士比亚专题,重点选讲《哈姆莱特》
1974年	《外国文学专题》	华中师范大学中文系外国文学教研室	华中师范大学中文系	有莎士比亚专题
1975年	《外国文学专题讲座》(上)	四川六院校《外国文学》教材编写组	南充报社印刷厂	有莎士比亚专题,重点选讲《哈姆莱特》
1975年	《外国文学简论》(试用教材)	陕西师范大学中文系外国文学教学小组	陕西师范大学中文系	有莎士比亚专题,重点选讲《哈姆莱特》

(资料来源于读秀图书库)

在阶级斗争理论和"三突出"原则的重审下,莎剧的"阶级局限性"被放大,但莎剧思想蕴含的先进性和莎剧的艺术价值又受到主流话语的肯定。尽管莎士比亚经典化暂停,但莎士比亚却并未消失,一直存活在马列主义革命导师的著作里。显然,因有马克思、恩格斯等革命导师的极力推崇,莎剧经受住了中国"红色文化"严苛的重审,成为少数可讲的外国文学作品,莎翁也成为屈指可数的"不倒"的外国资产阶级文学家。

二、莎剧经典化进程的重启

1976年以后,中国文化生态发生重大改变。中断10年的高考制度得以恢复,教育秩序逐渐恢复正常,外国文学教学渐渐展开,外国文学教材纷纷出版,莎剧重新回到文学课堂。随着思想界真理标准大讨论的展开,文艺界也开展了关于人性和人道主义的论争,与之紧密关联的莎剧再度成为文学批评者关注的对象。莎剧译著的出版逐渐启动,人民文学出版社不仅推出莎剧译著单行本,被搁置10多年的完整的莎剧全集译本《莎士比亚全集》终于出版。1977—1980年间,在莎剧教学、莎学批评和莎剧译著出版的推动下,莎剧在中国经典化的进程重新启动,现以外国文学教材为线索略作说明。

据读秀图书搜索统计,这一时期,与莎剧教学有关的外国文学教材及读本约37部:1977年5部、1978年3部、1979年13部、1980年16部。1977—1980年间,我国高校使用的《外国文学史》《外国文学选读》《外国文学》等教材,主要是内部发行。比如,苏皖鲁九院校合编的《外国文学》、辽宁五院校《外国文学》编写组编写的《外国文学》、十九院校编写组合编的《外国文学》、四川六院校外国文学教材编写组合编的《外国文学讲座》等,均是多所院校共同编写的内部使用教材。24所高等院校合编的《外国文学史》,是公开出版发行且在全国通用的教材。另外,还有陕西师范大学、杭州大学、衡阳师范高等专科学校、南通师范学院、暨南大学、中山大学、北京第二外国语学院、广西师范学院等许多高等院校自编的《外国文学选读》《外国文学》《外国文学专题》《外国文学作品选》等多种教科书。无论是内部使用还是公开发行的外国文学教材,它们都选编了莎士比亚及其代表作《威尼斯商人》和《哈姆雷特》等剧(见表1-10)。

表1-10　外国文学教材或读本(1977—1980年)

出版时间	书目	编著者	出版(印刷)单位	相关说明
1977年	《外国文学简编》	《外国文学》编写组	1977年天津印刷20000册,1980年中国人民大学出版社出版	有莎士比亚专章,选讲《哈姆莱特》
1977年	《外国文学作品选》	陕西师范大学中文系外国文学教学小组	陕西师范大学中文系	有莎士比亚专章,选讲《哈姆莱特》
1977年	《外国文学专题》	杭州大学中文系外国文学教研组	杭州大学中文系	有莎士比亚专章,选讲《哈姆莱特》
1977年	《外国文学作品选》(第1册)	杭州大学中文系外国文学教研组	杭州大学中文系	有莎士比亚专章,选讲《哈姆莱特》

续表

出版时间	书目	编著者	出版(印刷)单位	相关说明
1977年	《外国文学》	苏皖鲁九院校	苏皖鲁九院校	莎士比亚《哈姆莱特》分析
1978年	《外国文学作品选讲》	衡阳师范高等专科学校中文科	衡阳师范高等专科学校中文科资料室	有莎士比亚专题
1978年	《外国文学作品选析》	南通师范学院	南通师范学院	选讲《威尼斯商人》
1978年	《外国文学作品选读 上》(第1册)	华南师范学院中文系外国文学教研组	暨南大学中文系	节选《哈姆雷特》和《威尼斯商人》
1979年	《外国文学》(第1分册)	辽宁五院校《外国文学》编写组	辽宁师范学院锦州分院	莎士比亚专题
1979年	《外国文学》(下)	吴文辉、易新农、张国培等	中山大学中文系	有英国文学和莎士比亚专章
1979年	《外国文学作品选讲》	杭州大学中文系外国文学教研室	浙江人民出版社	选讲《威尼斯商人》
1979年	《外国文学概述 上》(师范专科学校教材)	江忠霖	芜湖师范专科学校	有莎士比亚专章,选讲《哈姆莱特》
1979年	《外国文学阅读与欣赏》(上)	锦州师范学院中文系外国文学教研室	锦州师范学院中文系外国文学教研室	选讲《威尼斯商人》
1979年	《外国文学专题讲座》	四川六院校外国文学教材编写组	1975年版的重印本	有莎士比亚专章,选讲《哈姆雷特》
1979年	《外国文学作品选》(第2册)	周煦良	上海译文出版再版	节选《哈姆雷特》《如愿》《罗密欧与朱丽叶》等
1979年	《外国文学》(第1册)	十九院校《外国文学》编写组	十九院校	有莎士比亚专章,选讲《哈姆雷特》
1979年	《外国文学作品选讲》	梧州市师范学校	梧州市师范学校	节选《罗密欧与朱丽叶》《威尼斯商人》

续表

出版时间	书目	编著者	出版(印刷)单位	相关说明
1979年	《外国文学作品选讲》(上)	北京第二外国语学院	北京第二外国语学院汉语教研室	选讲《哈姆雷特》
1979年	《中学语文外国文学分析》(中学教学参考资料)		江西人民出版社	有夏洛克分析
1979年	《外国文学简介》	牡丹江师范学院中文系	牡丹江师范学院中文系	介绍《罗密欧与朱丽叶》《哈姆雷特》《威尼斯商人》和《如愿》
1979年	《外国文学》	山东大学中文系文艺理论教研室	山东大学中文系文艺理论教研室	有莎士比亚专题
1980年	《外国文学史》(第2册)	24所高等院校	吉林人民出版社	有莎士比亚专题,选讲《哈姆雷特》
1980年	《外国文学》	陈应祥等	26所院校	莎士比亚专章
1980年	《外国文学作品选讲》	广西师范学院中文系外国文学教研室	广西人民出版社	选讲《威尼斯商人》
1980年	《外国文学五十五讲》(上)	《外国文学五十五讲》编委	贵州人民出版社	选讲莎士比亚专题和《哈姆雷特》
1980年	《外国文学讲读》(中学语文)	邵鹏健	湖南人民出版社	选讲《威尼斯商人》
1980年	《外国文学作品浅析》(中学语文)	河南省实验中学语文组	河南人民出版社	选讲《威尼斯商人》(收集全日制十年制中学语文中的外国文学作品)
1980年	《世界文学名篇选讲》	严铮、范廉卿	《河南师范大学学报》编辑部	选讲《威尼斯商人》
1980年	《外国文学简编 欧美部分》	朱维之、赵澧	中国人民大学出版社	有莎士比亚专题
1980年	《外国文学作品选》	北京第二外国语学院汉语教研室	北京第二外国语学院	有《哈姆雷特》选段

续表

出版时间	书目	编著者	出版(印刷)单位	相关说明
1980年	《外国文学》	复旦大学外国文学研究室	复旦大学外国文学研究室	有莎士比亚专题
1980年	《外国文学》	翁本泽	浙江师范学院金华分校	有莎士比亚专题
1980年	《外国文学提要》	郑克鲁等	上海文艺出版社	莎士比亚的四大悲剧、四大喜剧及《亨利四世》《理查三世》《罗密欧与朱丽叶》《暴风雨》等
1980年	《外国文学参考资料》(第1册)	华东六省一市二十院校《外国文学教学参考资料》选编组	福建人民出版社	有莎士比亚专论,重点评论《哈姆雷特》《威尼斯商人》
1980年	《外国文学作品浅析》	徐州师范学院	江苏省沛县高师函授站	选讲《威尼斯商人》
1980年	《欧美文学史》	石璞	四川人民出版社	莎士比亚专题,选讲《威尼斯商人》《亨利四世》《哈姆雷特》
1980年	《外国文学作品选析》	温祖荫	福建人民出版社	选讲《威尼斯商人》

(资料来源于读秀图书库)

1979—1980年,外国文学教材数量急剧上升,1980年多达18部。外国文学教材参编学校数量众多,以1980年吉林人民出版社出版的《外国文学史》为例,参编教材的教师主要来自黑龙江大学、哈尔滨师范学院、齐齐哈尔师范学院、牡丹江师范学院、吉林大学、吉林师范大学、北京师范大学、上海师范大学、复旦大学、湖南师范大学等24所高等院校。另外,十九院校《外国文学》编写组编写的《外国文学》由重庆师范学院、贵州大学、华南师范学院、华中师范学院、暨南大学、四川大学、武汉大学、西北大学等19所高校协作编写而成,是中南、西南、西北地区使用很广的教材。高等院校合编的外国文学教材,首先是满足自身外国文学教学的需要,教材的使用从侧面反映了高等院校外国文学教学的恢复状况。

众多高等院校参与外国文学教材的编写和使用,并同时选编莎士比亚及其代表作《威尼斯商人》和《哈姆雷特》,足以说明外国文学教学对莎剧文学经典的群体认同。1978年以后,国家教委颁布的《中学语文教学大纲》将《威尼斯商人》选入高中语文课本。1979年中小学通用教材《语文》(高中课本第4册)节选了《威尼斯商人》。同年,全国中等卫生学校试用教材《语文》也节选此剧。在笔者统计的外国文学读本中,中学语文参考资料《中学语文外国文学分析》专门分析莎剧经典人物夏洛克,《外国文学讲读》节选了《威尼斯商人》,《外国文学作品浅析》有《威尼斯商人》的全面赏析。中学语文教学大纲和教材对《威尼斯商人》的选编,标志着莎剧教学开始在中学校园普及。

1976年后,经过短暂休整,莎剧教学经历了从恢复到普及的过程。广大校园文学教育工作者对莎剧《哈姆雷特》和《威尼斯商人》的反复选编,标志着莎剧文学经典地位再度获得了教育界的认同。

1977—1980年,思想解放运动逐步深入,西方文学思潮随之进入文学批评家的视野。在中西交汇、空前宽松的文化语境中,中国莎评研究逐渐活跃起来。

国内涌现出一批国外莎评译本。比如,杨周翰选编的《莎士比亚评论汇编》是国外莎评译文的汇编。法国作家司汤达《拉辛与莎士比亚》、英国学者罗吉·曼威尔《莎士比亚与电影》和S.李《莎士比亚传》等国外莎学论著纷纷译介到国内。与此同时,国内期刊也登载了法国莎评者泰纳《莎士比亚论》(张可译)、英国莎学专家A.C.布拉德雷《论莎士比亚悲剧结构》(韩中一译)、日本学者中野里皓史《日本的莎士比亚研究与演出》等国外莎评文章。英、美、日等国莎评的引入,改变了苏俄莎评话语的主导地位,为中国莎学研究注入了新的活力。

1978年后,各类学术期刊陆续复刊,国内莎评者开始发出自己的声音,莎学研究成果开始涌现。笔者在中国期刊网上以"莎士比亚"为篇名关键词搜索发现,莎评文章1978年共9篇,1979年上升到20篇,1980年有24篇。1978年的莎评重点关注莎士比亚及其《威尼斯商人》,如朱维之《莎士比亚和他的〈威尼斯商人〉》、文飙《莎士比亚和他的〈威尼斯商人〉》、陈惇《〈威尼斯商人〉选场分析》、刘玉麟《莎士比亚和他的〈威尼斯商人〉》,等等。这一时期,莎评者讨论的对象相对集中,但莎评观点已不再是空前统一,而是初步显露众声喧哗的气象,显示出中国莎评话语正在突破束缚。比如,朱维之评价《威尼斯商人》说:"这个剧以很高的艺术性,反映了十六世纪英国新兴资产阶级同带有浓厚封建性的高利贷资本的斗争,深刻揭露和批判了高利贷资本的重利盘剥本质,并批判了'金钱万能论',塑造了世界文学史上一个著名剥削者典型夏洛克。这个剧可以使我们进一步认识剥削阶级的丑恶,并可以使我们从这个剧借鉴莎士比亚的精湛艺术技巧。"①朱维之多次引用马恩的莎评话语,用社会反映论和阶级论重新评价了《威尼斯商人》的主题、人物、语言等各种文学元素,虽然与新中国成立后的"十七年"时期的莎评范式大体相似,但作者对"艺术性"的强调,无疑是对"政治标准第一"批评范式的突破。刘玉麟也应用马列主义的社会历史观评价《威尼斯商人》说:"他这一时期的喜剧主要不是对社会中荒谬或不合理的现象予以讽刺批判,而是更多地通过戏剧冲突或人物的塑造体现出人文主义者的理想,歌颂生活的欢乐和获得的幸福,带有浓厚的浪漫主义色彩、强烈的乐观主义气氛。"②刘玉麟重新回到"人性"的起点,直接否定《威尼斯商人》的阶级斗争主题,从人性论出发指出此剧的主题是慷慨、仁爱战胜贪婪、仇恨和残酷。但作者受阶级论的影响,依旧指出莎士比亚是资产阶级作家。再以"莎士比亚化"研究为例,陈挺《略谈"莎士比亚化"》以《威尼斯商人》和《哈姆雷特》《亨利四世》等剧为例,指出莎士比亚是反映"人生"、反映历史真实的现实主义作家,保持了新中国成立后的"十七年"间莎评的思维惯性。石文年《略谈"莎士比亚化"和"席勒式"问题》不仅肯定了"莎士比亚化"是一种现实主义创作方法,还指出"莎士比亚化"是一种形象思维的方法,还包括"莎士比亚剧作的情节的生动性和丰富性"③,显然是对早期马列主义莎评话语的发展。1978年,中国莎评中阶级斗争的锋芒已不像此前那样毕露,中国莎学批评呈现出回归学术本体的趋势。

1979—1980年,中国莎评的领域逐渐扩大,从文学批评延伸到演出、诗歌、批评本身等多个层面,如《关于莎士比亚作品真伪的对话录》《莎士比亚戏剧的演出形

---

① 朱维之:《莎士比亚和他的〈威尼斯商人〉》,《天津大学学报》1978年第1期,第73页。
② 刘玉麟:《莎士比亚和他的〈威尼斯商人〉》,《外国语》1978年第2期,第53页。
③ 石文年:《略谈"莎士比亚化"和"席勒式"的问题》,《厦门大学学报》(哲学社会科学版)1978年第4期,第73页。

式》《二十世纪莎评》《"爱情至上"辩——关于〈罗密欧与朱丽叶〉的评价问题》《诗坛中永不凋谢的花朵——浅论莎士比亚的十四行诗》等。莎学批评不再局限于对"主题思想"的探讨,还有对结构、人物、艺术手法的研究文章,如《莎士比亚剧作中的误会法》《哈姆雷特的典型特点》《莎士比亚笔下的布鲁他斯》《〈威尼斯商人〉的情节与思想》《〈威尼斯商人〉安东尼奥形象的意义》《推陈出新的能工巧匠——试论〈哈姆雷特〉的结构》《悲剧〈哈姆雷特〉中的环境描写与莎士比亚时代的英国现实》等。莎剧批评范围逐渐从《威尼斯商人》《哈姆雷特》等剧,扩大到《罗密欧与朱丽叶》《雅典的泰门》《麦克白》《李尔王》《第十二夜》《裘力斯·凯撒》等其他剧目。莎学批评方法也逐渐走向多元化。比如,殷伟《神来之笔,一石多鸟——试析〈马克白斯〉中敲门声》从人性和心理层面评价了《麦克白》中敲门声的意义,方平《我国古典文学和莎士比亚》则从比较的视角把莎剧《无事生非》《罗密欧与朱丽叶》等剧与中国古典文学中的形象和剧情进行比较,指出其文学自身的意义。

由于惯性,"政治标准第一"虽不再是莎评的唯一标准,但莎士比亚政治批评却成为一种批评范式留存下来。比如,农方团《〈威尼斯商人〉安东尼奥形象的意义》指出,《威尼斯商人》中最主要的、理想的人物不是夏洛克,而是安东尼奥,他是"莎士比亚按照人文主义原则塑造出来的人物","体现了新兴资产阶级的道德原则和社会理想"[①]。农方团关于安东尼奥是中心人物的观点,是对早期莎评观点的挑战,但他对安东尼奥的形象评价基本是在"政治标准第一"的模式下展开,具有明显的政治倾向性。其他莎评,如《浅谈〈李尔王〉的思想内容》《〈威尼斯商人〉的主题及其它》《论〈柔米欧与幽丽叶〉金羊毛的追逐者——〈威尼斯商人〉人物小议》《马克思恩格斯与莎士比亚》《福斯塔夫式的背景》《谈谈莎士比亚剧中的福斯塔夫》《谈"席勒式"》《"莎士比亚化"的标志》等都有阶级论的痕迹。尽管如此,但1978—1979年的莎评不再是马列话语的简单罗列,而是从学理层面进行反思,从学术层面进行探讨。比如,马清福《关于"莎士比亚化"》从学理层面重新解读了马克思的话语,认为"莎士比亚化"是指文艺创作中的现实主义化、典型化、人物创作的个性化和情节的生动性和丰富性。张君川《"哈姆雷特"中的矛

[①] 农方团:《〈威尼斯商人〉安东尼奥形象的意义》,《广西师范大学学报》(哲学社会科学版)1980年第1期,第63页。

盾》通过分析《哈姆雷特》中的资产阶级与封建势力之间的主要矛盾及其他次要矛盾,指出戏剧冲突对刻画人物形象和突出主题思想的作用,是马列主义文艺理论在莎评中的具体应用。1977—1980年间,中国莎学研究逐渐复苏,中国莎评已呈现多元化发展势头,这为新时期莎学研究的繁荣打下了良好的基础。

1977—1980年间,人民文学出版社、上海译文出版社相继推出系列莎译单行本,有朱生豪译本《威尼斯商人》《哈姆雷特》《雅典的泰门》《李尔王》《温莎的风流娘们》《亨利四世》《亨利五世》《亨利八世》等,有曹未风译本《哈姆雷特》《奥赛罗》《罗密欧与朱丽叶》《马克白斯》和方平翻译的《莎士比亚喜剧五种》《奥赛罗》《威尼斯商人》《哈姆雷特》《罗密欧与朱丽叶》,等等。另外还有普及读物《莎士比亚戏剧故事集》(吴翔林注释)、《莎士比亚十四行诗集》(杨熙龄译)、邵天华《莎士比亚隽语钞》等。人民文学出版社、上海译文出版社对莎剧译著的出版、重印,推动了莎剧在中国的传播与接受,特别是1978年莎剧全集的出版,标志着莎剧在中国的传播与接受即将进入新的阶段。

第四节 新时期以来莎剧经典化进程的推进

此处所说的"新时期",主要指1980—1999年间,即1980年以来的20年。随着改革开放的不断深入,西方文化思潮再度东渐,莎剧在中国经典化的文化语境发生了重大变化。莎剧文学经典在广大文学教学工作者、研究者的再遴选中,获得了更新,特别是广大莎学研究者对莎剧文学经典的多维度阐释,使其经典性得以彰显。在频繁的中西文化交流活动中,莎剧的跨文化改编出现热潮,莎剧文学经典逐渐走向舞台,与中国文化成功嫁接。莎剧出版在市场化大潮中,走向市场、走向大众,莎剧文学经典逐渐从校园走向社会,从成人走向青少年和儿童。新时期以来,莎剧不仅是"象牙塔"里被广泛言说的话题,还是大众审美不可或缺的重要对象,莎剧在中国的经典化迈入新阶段。

一、莎剧文学经典剧目的更新

随着国内政治、经济、文化的现代转型,莎士比亚作品在党的新文艺政策指引下,成为提升人文素养和开展各种通识教育的重要内容。莎士比亚作品逐渐成为选修、自修、进修考试的重要组成部分。莎剧教学也在教、学、考的教育体制中,牢固树立起自己的权威地位,在教、学、考的推动下,莎剧文学经典剧目在外国文学教学大纲的制定和教材的选编中获得更新。

1980年以来,为了满足外国文学专业教育和通识教育的需要,从省市到地方出现了不少规范教学与考试的外国文学教学大纲或指导书,其中均涉及文艺复兴时期的莎士比亚及其剧作。以1982年高等师范院校《外国文学教学大纲》为例,大纲列举了莎剧代表作:第一时期有《理查三世》《亨利四世》《亨利五世》《威尼斯商人》《皆大欢喜》《第十二夜》《罗密欧与朱丽叶》等;第二时期有四大悲剧和《雅典的泰门》《科利奥兰纳斯》等;第三时期有《暴风雨》等。大纲特别规定《哈姆雷特》是重点讲授对象,包括主题思想、人物形象、艺术特征等内容。[1]1984年,高等师范院校《汉语言文学专业教学大纲》(试用本)有外国文学教学的规定,其中莎剧教学大纲指出《亨利四世》是9部历史剧中的"代表作",《威尼斯商人》是最富"社会讽刺意义"的作品。大纲还列举了悲剧代表作《罗密欧与朱丽叶》《雅典的泰门》,四大悲剧及传奇剧代表作《暴风雨》,其中《哈姆雷特》依旧是重点选讲内容。[2]同年,中学教师进修使用的《汉语言文学专业教学大纲》(试用本)规定莎剧选讲对象是《哈姆雷特》和《威尼斯商人》两剧。1986年全国高等教育自学考试指导委员会编制的《高等教育自学考试汉语言文学专业外国文学自学考试大纲》规定了莎剧考试的内容,重点提到四大悲剧、《威尼斯商人》和《暴风雨》[3]。1987年,自学和自修指导书《外国文学学习指导》列举了"世界最伟大的作家"莎士比亚及其代表作《亨利四世》《亨利五世》《威尼斯商人》《暴风雨》和四大悲剧[4],其中《哈姆雷特》是重点分析对象。1987年,

---

[1] 参见北京师范大学出版社编:《外国文学教学大纲》,北京师范大学出版社1982年版,第17页。

[2] 参见北京师范大学出版社编:《汉语言文学专业教学大纲》(试用本),北京师范大学出版社1984年版,第223—224页。

[3] 参见全国高等教育自学考试指导委员会:《外国文学自学考试大纲》,华东师范大学出版社1986年版,第7页。

[4] 刘旭东、程陵编著:《外国文学学习指导》,中央广播电视大学出版社1987年版,第11页。

中央广播电视大学中文系编《外国文学学习指导书》,同样以《哈姆雷特》为重点篇目。1990年,河南省教育委员会编《外国文学教学大纲细目》标出莎士比亚的代表作《亨利四世》《威尼斯商人》《暴风雨》及四大悲剧,《哈姆雷特》依然是重点讲授对象。另外,《外国文学自学指导》(1988)、《外国文学辅导纲要》(1988)等类似的指导书,对莎剧代表剧目的标举和重点选讲内容大致相似。

从外国文学教学大纲和各类指导书对莎剧代表作的标举,可以看出四大悲剧、四大喜剧及《罗密欧与朱丽叶》《雅典的泰门》《亨利四世》《理查三世》《亨利五世》和《暴风雨》是莎剧中的代表作,而《哈姆雷特》和《威尼斯商人》则是莎剧代表作中的"权威"。

新时期以来,外国文学教材如雨后春笋般出现在全国各地。外国文学教材对莎剧经典剧目的选择有与大纲重合之处,但绝大多数教材对莎剧代表剧目的标举却比较宽泛,即将更多的莎剧剧目纳入"代表作"范畴。刘念兹和徐克勤主编的《欧美文学简编》、林亚光编《简明外国文学史》、山东师专教研组编《简明外国文学》、刘登东编《新编外国文学教程》、王培青编《外国文学简史》等外国文学教材对莎剧代表作的标举大体相似,以《亨利四世》《亨利五世》《理查三世》《罗密欧与朱丽叶》《威尼斯商人》《仲夏夜之梦》《皆大欢喜》《无事生非》《第十二夜》《温莎的风流娘们》《暴风雨》及四大悲剧为主,其中的《仲夏夜之梦》和《温莎的风流娘们》显然超过1982年外国文学大纲规定的范畴。再以13所高等院校合编的《简明外国文学教材》(1982)为例,此教材所标举的莎剧代表作有《亨利四世》《威尼斯商人》《皆大欢喜》《无事生非》《第十二夜》《温莎的风流娘们》《罗密欧与朱丽叶》《雅典的泰门》《暴风雨》《冬天的故事》及四大悲剧等,重点选讲的剧目是《哈姆雷特》《麦克白》《李尔王》《麦克白》和《威尼斯商人》。其中,《温莎的风流娘们》和《冬天的故事》也超出了教学大纲的规定。

其他外国文学教材也多少与外国文学教学大纲有所出入。例如,陈应祥编《外国文学》标出的莎剧代表作仅有几部,但编者对《亨利六世》《亨利四世》《仲夏夜之梦》《温莎的风流娘们》《威尼斯商人》《罗密欧与朱丽叶》《暴风雨》《雅典的泰门》《维洛那二绅士》《终成眷属》《爱的徒劳》及四大悲剧等剧作的讲解,可以判断哪些超越大纲的剧目是作者认为较重要的剧目。陶德臻等人编《外国文学》列举了莎翁第一时期的"重要作品"——《亨利四世》《理查三世》《仲夏夜之梦》《威尼斯商人》《第十二夜》《无事生非》《皆大欢喜》①等,第二时期的代表作是四大悲剧和《雅典的泰门》《一报还一报》等,第三时期代表作是《暴风雨》。王忠祥编《外国文学教程》(上)在标出不同阶段的主要戏剧时,不仅指出上述教材提到的剧作,还列举了《理查二世》《亨利六世》《维洛那二绅士》等剧目。总体来说,外国文学教材根据教学实践的需要和个体的审美喜好,对莎剧文学经典剧目进行了增减和扩充。外国文学教材大多未将《科利奥兰纳斯》纳入代表作的范畴,外国文学教学大纲并未列入的《温莎的风流娘们》《仲夏夜之梦》《理查二世》《亨利六世》《维洛那二绅士》《冬天的故事》《一报还一报》《亨利六世》《终成眷属》等剧目,却被许多外国文学教材列为莎翁主要作品。

相对于外国文学教学来说,外国文学自修、自学考试教材则基本是在外国文学教学大纲规定范围内遴选莎剧经典的。比如,湖南省自学考试教材《简明外国文学教程》列举的代表作分别是《亨利四世》《亨利五世》《罗密欧与朱丽叶》《理查三世》《威尼斯商人》《暴风雨》《雅典的泰门》及四大悲剧,与自学考试大纲基本相同。1985年高等教育自学考试编委会编写的汉语言文学专业辅导丛书《外国文学》标出莎翁三个阶段的代表剧目:第一阶段的主要代表剧作是《理查三世》《亨利四世》《亨利五世》《威尼斯商人》《皆大欢喜》《第十二夜》;第二阶段的主要代表剧作是四大悲剧和《雅典的泰门》;第三阶段的代表作是《暴风雨》。②1985年,朱雯主编的高等教育自学考试用书《自学考试外国文学作品选》选编莎剧代表作《哈姆雷特》和《威尼斯商人》,与之互为补充的《外国文学名作自学手册》(智量编)除了选讲《哈姆雷特》和《威尼斯商人》,还专门增加了《仲夏夜之梦》《罗密欧与朱丽叶》《李尔王》《麦克白》和《暴风雨》。同年,邓双琴等编著的《外国文学自学辅导》依旧以《哈姆雷特》和《威尼斯商人》为重点分析对象,但对部分代表作也给予特别说明,如"最成功"的历史剧是《亨利四世》和《亨利五世》、"成就最高"的喜剧是《威尼斯商人》、"最负盛名"的悲剧是四大悲剧,等等,间接标出了莎翁代表作。许光华和陈建华编《外国文学指要》(1989)、皮朝纲《汉语言文学专业自学考试指要》(1989)、邓双琴和范文瑚主编的汉语言文学专业自学指导丛书《外国文学》(1992)等对莎剧代表作的标举大体相似。不过,也有少数教材列出超纲剧

---

① 参见陶德臻、陈惇:《外国文学》(下),高等教育出版社1988年版,第98页。
② 参见汉语言文学专业辅导丛书编委会:《外国文学》,贵州人民出版社1985年版,第47页。

目。比如,河南省高等教育自学考试教材《外国文学简史》(1987)标举莎翁代表作《亨利四世》《仲夏夜之梦》《温莎的风流娘儿们》《无事生非》《皆大欢喜》《第十二夜》《威尼斯商人》《罗密欧与朱丽叶》《暴风雨》和四大悲剧等,《仲夏夜之梦》和《温莎的风流娘儿们》是超出大纲规定的两部剧作。值得一提的是,无论是自学类外国文学考试大纲,还是各种自学教程和指导书,都未将《科利奥兰纳斯》列入代表作,而《仲夏夜之梦》大都被列为莎翁代表作。

新时期以来,外国文学教材、读本或自学指导书凡涉及莎士比亚,必标举莎剧代表作,凡选编莎剧代表作必是《哈姆雷特》或《威尼斯商人》。在中国,莎士比亚已是一个不倒的"神话",莎剧教学在外国文学教学领域里的权威地位已经牢固树立起来,《哈姆雷特》和《威尼斯商人》已是公认的经典中的经典。尽管外国文学教材对莎剧经典剧目的选择与外国文学教学大纲有所不同,但广大教材对莎剧文学经典的遴选无疑更具影响力。在长期的教学实践中,被列入外国文学教学大纲的《科里奥兰纳斯》被束之高阁,而未被列入大纲的《温莎的风流娘们》《仲夏夜之梦》《理查二世》《维洛那二绅士》《冬天的故事》却成为活跃在课堂和教材中的莎翁名著,《一报还一报》《终成眷属》《亨利六世》等也是具有一定影响力的代表剧目。

二、莎剧文学经典的多维阐释

新时期以来,中国学者在中西思潮碰撞的影响下,全面而多维地重估了莎剧作品。越来越多的莎剧文学经典进入莎评者的视域,莎剧文学的经典性得到多维阐释,摒弃庸俗社会学,回归文学艺术本体是这一时期莎剧经典性阐释的突出特点。

1980年以来,中国莎评者对莎剧代表作展开全面的批评和阐释。以莎学论著为例,施咸荣《莎士比亚和他的戏剧》全面分析和阐释了《亨利四世》《亨利五世》《理查三世》《仲夏夜之梦》《威尼斯商人》《无事生非》《皆大欢喜》《温莎的风流娘们》《第十二夜》《暴风雨》《罗密欧与朱丽叶》《裘力斯·凯撒》《雅典的泰门》《安东尼与克利奥佩特拉》及四大悲剧的故事来源、主题、剧情、人物、艺术特征等,几乎论及所有莎剧文学经典。贺祥麟等编著的《莎士比亚研究文集》是莎评论文选集,同样涉及《威尼斯商人》《仲夏夜之梦》《温莎的风流娘们》《第十二夜》《罗密欧与朱丽叶》《亨利四世》《哈姆雷特》《麦克白》《李尔王》《雅典的泰门》《暴风雨》等剧。张泗洋等人编著的《莎士比亚引论》全面阐释了四大悲剧、四大喜剧及《亨利四世》《理查三世》《雅典的泰门》《暴风雨》等莎剧代表作,涉及莎翁的美学思想、哲学思想、文学创作艺术和舞台创作艺术等多个方面。卞之琳《莎士比亚悲剧论痕》收录作者早期评论四大悲剧的莎评文章。王维昌《莎士比亚研究》是一本学理性很强的莎评论著,作者不仅分析了四大悲剧、四大喜剧等代表作品,还评论了《理查二世》《维洛那二绅士》《安东尼与克莉奥佩特拉》《科利奥兰纳斯》《泰特斯·安德洛尼克斯》《裘力斯·凯撒》《特洛伊罗斯与克瑞西达》《终成眷属》《一报还一报》等剧的故事来源、思想内容、风格特色、艺术原则及悲剧的本质、悲喜剧的界定、传奇剧的审美特征等。此外,方平《和莎士比亚交个朋友吧》,索天章《莎士比亚——他的作品及其时代》,张泗洋《莎士比亚的三重戏剧》《莎士比亚戏剧研究》及阮珅《莎士比亚新论》等,均对莎剧文学经典进行了全面研究。

再以莎评论文为例,1980—1999年间的莎评涉及莎剧剧目众多,视野开阔,方法多样。有从艺术角度解读莎剧的论文,如王维昌《论莎士比亚历史剧创作的艺术原则》、胡光全《从〈哈姆雷特〉看莎士比亚独特的人物塑造艺术》、吴锡民《从奥菲利娅与麦克白夫人发疯看莎士比亚的艺术匠心》、王国明《莎士比亚悲剧人物的艺术特色》、任明耀《说不尽的莎士比亚——谈〈安东尼与克莉奥佩特〉的艺术技巧》、任慧敏《莎士比亚喜剧的艺术特色》、温玉杰《不朽的艺术典型——浅谈〈哈姆雷特〉魅力所在》、王雅升《论〈哈姆雷特〉的艺术特征》、贺祥麟《论莎士比亚喜剧的艺术特色》、孙家琇《〈麦克白斯〉的艺术风格》等;有从美学视角评价莎剧的文章,如李枝盛《笔落惊风雨 诗成泣鬼神——管窥莎士比亚悲剧之美学特征》、苏美妮《莎士比亚四大悲剧的冲突性质及其美学意义》、邹锋《莎士比亚悲剧的审美研究》、方平《莎士比亚喜剧和莎翁的喜剧精神》、魏善浩《论夏洛克性格系统及其审美评价》、张鹤《莎士比亚喜剧的诗意美——略论莎剧艺术的审美批评》、张晓阳《莎士比亚美学思想的核心——和谐》《莎士比亚美学思想管窥》等;有研究莎剧语言的文章,如张冲《"犯规"的乐趣——论莎剧身份错位场景中的人称指示语"误用"》、高静芳《浅谈莎士比亚的戏剧语言》、申恩荣《莎士比亚剧中语言的排比与对照》、方平《一个诗的时代——谈莎士比亚和他的剧中人物、他的观众的语言观》、华泉坤《莎士比亚语言浅探》、俞唯洁《莎剧语言修辞上的喜剧的因素》、顾绶昌《关于莎士比亚的语言问题》、赵毅衡《从莎士比亚的作品谈形象语言的规律》等;有从比较视野阐释莎剧的论文,如张玲霞《"王子复仇"的差异——比较莎士比亚的〈哈姆雷特〉与萨特的〈苍蝇〉》、惠继东《中西悲剧中的复仇鬼魂——〈哈姆雷特〉与〈窦娥冤〉比较》、杨亦军《〈牡丹亭〉和〈罗密欧与朱丽叶〉人物之比较》、章子仁《莎士比亚悲剧与中国古典悲剧的结局比较》、徐豪裕《〈赵氏孤儿〉与〈麦克白〉》、桑敏健《〈罗密欧与朱丽叶〉和〈西厢记〉的比较》、方平《王熙凤和福斯塔夫——谈"美"的个性和"道德化"思考》等。此外,还有从宗教、哲学、心理学等视角阐释莎剧的论文,如肖四新《基督教人道主义精神的延续和发展——论莎士比亚作品中的人道主义》、重庆生《论〈威尼斯商人〉的宗教偏见》、王木春《莎士比亚戏剧艺术的哲学根源》、赵夫青《论莎士比亚戏剧的善恶冲突及其结局》、陈惇《化无形为有形——莎士比亚〈麦克白斯〉的心理刻画》、农方团《莎士比亚直接剖露人物心理的艺术手法》、陈坪《〈奥赛罗〉的心理空间》,等等。

　　从莎评论著和莎评文章可以看出,新时期以来莎评关注的中心依旧是《哈姆雷特》和《威尼斯商人》。以《威尼斯商人》为例,笔者在中国知网以此剧为篇名关键词搜索,显示83篇论文。以《哈姆雷特》为篇名关键词搜索,有146篇。莎评者对这两部作品的经典性进行全面解析,以《哈姆雷特》为例,胡光全认为莎翁通过生动形象的语言、深刻的心理描写和个性化行动塑造了典型的哈姆雷特形象。孟宪强和孟汇洎在《"复调艺术"的杰作——论〈哈姆雷特〉的多重情节》中则认为《哈姆雷特》是多重戏剧结构的杰作,这种结构使剧作生动而丰富。苏美妮则认为《哈姆雷特》是典型的艺术,具体表现在人物与环境及心灵世界的悲剧冲突方面。农方团则认为"《哈姆雷特》中的独白,则更显示出莎士比亚的艺术魅力。它们从各个侧面真切地揭示了主人公性格内涵的深度和广度,鲜明突出地反映了人文主义者思想的进步性和局限性"[①]。农方团认为莎翁对独白的应用,是哈姆雷特性格得以更加鲜明呈现的原因,莎剧人物形象也因此更加具有典范性。在莎评者的不同阐释中,《哈姆雷特》的经典性不仅体现在人物的性格,还体现在语言、心理、结构等多个方面。由此可见,《哈姆雷特》在中国学者的全方位审视中,其经典性得到多维呈现。

　　除了《哈姆雷特》和《威尼斯商人》,外国文学教材所标举的绝大部分文学经典,如《李尔王》《麦克白》《奥赛罗》《罗密欧与朱丽叶》《皆大欢喜》《第十二夜》《仲夏夜

---

① 方农团:《莎士比亚直接剖露人物心理的艺术手法》,《广西师范大学学报》(哲学社会科学版)1991年第4期,第50页。

之梦》《温莎的风流娘们》《亨利四世》《无事生非》《理查二世》《理查三世》《亨利五世》《亨利六世》《暴风雨》等剧作都进入莎评者的视域，这些剧作的经典性也获得不同程度的分析和阐释。以《皆大欢喜》为例，王维昌认为《皆大欢喜》在两个方面达到了"莎翁全部喜剧的顶点"：一是通过对照的方法揭露现实生活的丑恶，开掘社会现实的最深程度；二是描绘出纯粹乌托邦式的理想世界。①黄乔生则认为"《皆大欢喜》是莎士比亚喜剧珍品之一，其中的一些角色如试金石、杰奎斯和罗瑟琳等成为莎剧人物画廊里不朽的艺术形象"②。张泗洋等人认为《皆大欢喜》在"理想的表达、抒情的气氛、情节的糅合、人物的刻画等多方面"③代表莎士比亚喜剧创作进入高峰阶段。麦永雄和黄生宝以原型批评理论和结构主义方法全面阐释了《皆大欢喜》，指出"罗瑟琳等一系列具有理想色彩的戏剧形象呼应的是富于时代精神的人文主义价值审美取向"，"弗来德里克及其同类则反映了资本原始积累时期残酷和丑恶的现实"④，因此，作者认为《皆大欢喜》反映了莎翁喜剧深刻的思想文化内涵和独特的艺术魅力。莎评者从不同角度分析和阐释了《皆大欢喜》，高度肯定它在莎翁喜剧中的地位，同时也深入剖析了其经典性的具体内涵。

整体观之，1980—1999年间的莎评以《哈姆雷特》《李尔王》《麦克白》《奥赛罗》《罗密欧与朱丽叶》《威尼斯商人》《皆大欢喜》《第十二夜》《仲夏夜之梦》《温莎的风流娘们》《亨利四世》《安东尼与克莉奥佩特拉》等剧为重点研究对象，其次是《无事生非》《理查二世》《理查三世》《亨利五世》《亨利六世》《暴风雨》《科利奥兰纳斯》等剧，这些剧目与外国文学教材标举的代表作大体一致。

此外，还有一些并未被外国文学教学大纲和外国文学教材标举的莎剧剧目，也获得了全面而深刻的阐释。以《安东尼与克莉奥佩特拉》为例，此剧在外国文学教学大纲和许多外国文学教材中，并未被列入代表剧目，但国内学者从剧情、结构、人物和艺术技巧等方面，对此剧进行了全面的探讨。比如，王义国评《安东尼与克莉

---

①参见王维昌：《莎士比亚研究》，安徽大学出版社1999年版，第166页。
②黄乔生编著：《莎士比亚》，海南出版社1997年版，第62页。
③张泗洋、徐斌、张晓阳：《莎士比亚引论》（上），中国戏剧出版社1989年版，第240页。
④麦永雄、黄生宝：《绿色世界的喜剧：〈皆大欢喜〉的象征结构与深层意蕴》，《湖北大学学报》（哲学社会科学版）1998年第6期，第51页。

奥佩特拉》"在艺术表现上也取得了极高的成就"[①],主要体现在余味无穷的意象、妥帖的比喻、拟人化的手法、诗情画意的抒情、烘托情景的对话等艺术技巧的使用上。方平评《安东尼与克莉奥佩特拉》为"气势宏伟、色彩浓艳"的大悲剧,认为此剧不仅揭示了"无情最可怕,纵情胜无情"的主题,还塑造了克莉奥佩特拉和安东尼这对不朽的情人[②]。任耀明同样在《不尽的莎士比亚——谈〈安东尼和克莉奥佩特拉〉的艺术技巧》中指出此剧在艺术技巧上取得了独特的成就,具体表现在其悲喜交错的艺术手段和奇妙无比的语言。张祥和《论〈安东尼和克莉奥佩特拉〉的意象》深入分析了《安东尼和克莉奥佩特拉》中的意象,对揭示主题和刻画人物的作用。陆炜《洪升的〈长生殿〉和莎士比亚的〈安东尼与克莉奥佩特拉〉》和马建华《真情的追求与人性的复归——〈长生殿〉和〈安东尼与克莉奥佩特拉〉爱情之比较》,从比较视角研究《安东尼与克莉奥佩特拉》的认知价值,前者指出该剧"揭示了爱情误国"主题,后者指出该剧"呼唤人性复归"。尽管《安东尼与克莉奥佩特拉》还不是文学经典,但莎评者对其文学性和艺术性的反复批评和阐释,无疑扩大了此剧的影响。

新时期以来的莎评是对莎剧文学经典的全面批评和阐释。莎评者以宏阔的多维视野、多种不同的新方法和新尺度,从文学、语言学、美学、哲学、心理学等方面深入探讨了莎剧,使广大莎剧文学经典的经典性彰显出来。莎剧文学经典的价值和意义也在多元批评和阐释中,获得大众化认同。

三、莎剧文学经典登上舞台

新时期以来,中国戏剧院校和社会戏剧团体在跨文化意识的刺激下,纷纷将莎剧搬上中国戏剧舞台,搭建中西文化交流的平台。在跨文化改编的实践中,越来越多的莎剧文学经典被搬上舞台,在中国戏剧舞台上大放异彩。

据不完全统计,1980—1999年间,大陆用汉语演出的莎剧剧目大约有24部,分别是《哈姆雷特》《麦克白》《李尔王》《奥赛罗》《罗密欧与朱丽叶》《威尼斯商人》《第十二夜》《无事生非》《皆大欢喜》《仲夏夜之梦》《终成眷属》《一报还一报》《驯

---

① 王义国:《论〈安东尼与克莉奥佩特拉〉》,《外国文学研究》1982年第1期,第16页。
② 参见方平:《无情最可怕 纵情胜无情——介绍悲剧〈安东尼与克莉奥佩特拉〉》,《名作欣赏》1984年第5期,第6—13页。

悍记》《温莎的风流娘们》《爱的徒劳》《维洛那二绅士》《暴风雨》《冬天的故事》《安东尼与克莉奥佩特拉》《泰特斯·安德洛尼克斯》《雅典的泰门》《亨利四世》《理查三世》《特洛伊罗斯与克瑞西达》。除1994年哈尔滨歌剧院上演的歌剧《特洛伊罗斯与克瑞西达》外，其他23部莎剧剧目均在中国话剧舞台上搬演过。上演频率较高的是四大悲剧及《威尼斯商人》《罗密欧与朱丽叶》《温莎的风流娘们》《仲夏夜之梦》等，较为次之的是《第十二夜》《一报还一报》《冬天的故事》《驯悍记》《暴风雨》等剧(见表1-11)。

表1-11　话剧搬演莎剧表(1980—1999年)

演出时间	演出剧目	演出团体	相关信息
1980年9月	《威尼斯商人》	中国青年艺术剧院	在北京公演12场；张奇虹导演；采用方平译本；10月赴沈阳演出此剧
1980年	《罗密欧与朱丽叶》	上海人民艺术剧院	庆祝建院30周年演出；黄佐临导演，庄则敬、嵇启明为执行导演；采用曹禺译本
1981年1月	《麦克白》	中央戏剧学院导演师资培训班和导演进修班	徐晓钟、郦子柏导演；采用朱生豪译本
1981年2月	《请君入瓮》	北京人民艺术剧院	英国艺术家托比·罗伯森和英若诚共同执导，据《一报还一报》改编
1981年4月	《罗密欧与朱丽叶》(藏语演出)	上海戏剧学院第三届藏族表演班	毕业公演；徐企平导演；索南江村据曹禺译本将其译为藏语；5月应文化部和国家民族事务委员会邀请赴京演出此剧
1981年5月	《威尼斯商人》(参赛演出)	中国青年艺术剧院	荣获文化部1980年度各项奖励
1981年10月	《威尼斯商人》	上海戏剧学院表演系1977级	毕业班公演；张振民、刘建平、赵国斌导演；采用方平译本
1982年	《罗密欧与朱丽叶》(藏语演出)	藏语话剧团	演员主要是上海戏剧学院第三届藏族表演班毕业成员

续表

演出时间	演出剧目	演出团体	相关信息
1982年1月	《暴风雨》	上海戏剧学院表演系1978级	毕业班公演；美籍华人周采芹导演；采用朱生豪译本
1982年7月	《李尔王》	上海戏剧学院导演进修班	导演组导演；俞子涛、钟高年为指导教师
1984年4月	《安东尼与克莉奥佩特拉》	上海青年话剧团	莎士比亚420周年诞辰日演出；胡伟民导演；采用朱生豪译本
1984年6月	《哈姆雷特》	河南省话剧团	仲守泽导演；片段演出
1984年7月	《哈姆雷特》	上海戏剧学院1980级	毕业公演，陈明正、安振吉导演
1984年9月	《奥赛罗》	广东省话剧院	广东省首届艺术节演出；12月赴京演出
1984年12月	《冬天的故事》	上海戏剧学院表演进修班	张振民导演；采用朱生豪译本
1984年12月	《奥赛罗》	营口市话剧团	张珍玲指导
1985年4月	《冬天的故事》	上海戏剧学院表演进修班	为庆祝莎士比亚421周年诞辰演出
1985年5月	《暴风雨》	中央戏剧学院	为庆祝莎士比亚421周年诞辰；片段演出
1985年12月	《仲夏夜之梦》	上海戏剧代表团	国际会议演出
1986年4月	《泰特斯·安德洛尼克斯》	上海戏剧学院	莎剧节演出；徐企平导演；采用朱生豪译本
1986年4月	《理查三世》	中国儿童艺术剧院	莎剧节演出；周来、黄意璘导演
1986年4月	《威尼斯商人》	中国青年艺术剧院	莎剧节演出；张奇虹导演；采用方平译本；曹禺顾问
1986年4月	《仲夏夜之梦》	中国煤矿文工团话剧团	莎剧节演出；熊源伟导演；采用朱生豪译本
1986年4月	《驯悍记》	上海人民艺术剧团	莎剧节演出；高本纳导演
1986年4月	《驯悍记》	陕西人民艺术剧院	莎剧节演出；玉兰、贾文采导演；玄英执行导演
1986年4月	《温莎的风流娘们》	中央实验话剧院	莎剧节演出；杨宗镜导演；孙家琇顾问

续表

演出时间	演出剧目	演出团体	相关信息
1986年4月	《温莎的风流娘们》	武汉话剧院	莎剧节演出;胡庆树主演
1986年4月	《爱的徒劳》	江苏省话剧团	莎剧节演出;熊国栋导演
1986年4月	《黎雅王》	中央戏剧学院	莎剧节演出;冉杰、刘木铎导演;孙家琇改编
1986年4月	《终成眷属》	西安话剧团	莎剧节演出;杨慧珍导演
1986年4月	《第十二夜》	北师大北国剧社	莎剧节演出;郦子柏、苌玉玲导演
1986年4月	《李尔王》	天津人民艺术剧院	莎剧节演出;沙惟导演
1986年4月	《奥赛罗》	中国铁路文工话剧团	莎剧节演出;陈坪导演;采用朱生豪译本
1986年4月	《李尔王》	辽宁人民艺术剧院	莎剧节演出;丁尼导演;采用朱生豪译本
1986年4月	《雅典的泰门》	北师大北国剧社	莎剧节演出;蔡骧改编、导演
1986年4月	《奥赛罗》(汉语、蒙古语)	上海戏剧学院表演系1982级内蒙古班	莎剧节演出;刘建平导演;采用方平译本
1986年4月	《罗密欧与朱丽叶》、《量罪记》《奥赛罗》、《哈姆雷特》、《理查三世》《雅典的泰门》《凡隆纳二绅士》、《温莎的风流娘们》(山东方言)、《仲夏夜之梦》《李尔王》	上海戏剧学院表演系1984级	莎剧节演出;莎剧片段演出
1986年5月	《哈姆雷特》片段	上海戏剧学院学生	文艺晚会演出
1986年5月	《驯悍记》	南京大学中文系学生影剧社	李占钟导演

续表

演出时间	演出剧目	演出团体	相关信息
1986年5月	《温莎的风流娘们》、昆曲《血手记》、越剧《第十二夜》等片段		上海电视台"大舞台"专栏举办莎剧晚会演出
1986年6月	《奥赛罗》	中国铁路文工团	应中莎会邀请来沪演出
1986年7月	《仲夏夜之梦》	上海戏剧学院内蒙古班	毕业公演;卢若萍、佟瑞敏导演;采用方平译本
1986年7月	《奥赛罗》	山东艺术学院戏剧系表演班	开拓剧社公演
1990年11月	《哈姆雷特》	林兆华工作室	濮存昕、倪大红、梁冠华等在北京电影学院表演系小剧场演出
1991年	《哈姆雷特》	中央戏剧学院表演系87级	毕业班演出;张仁里导演,校内小剧场演出。该剧在导演处理后由写实向写意发展,突出人物深层的心理活动
1992年	《皆大欢喜》	华夏文化艺术团青年话剧院(民间艺术团,演员主要来自上海青年话剧院)	袁国英导演;演出地点不在舞台上,而在上海青年话剧院的花园里,因此该剧被称为"花园戏剧"
1993年	《一报还一报》	上海戏剧学院毕业生	毕业公演;上海戏剧学院第二届话剧展演出
1994年	《亨利四世》	上海戏剧学院	上海戏剧节演出
1994年	《威尼斯商人》	上海儿童剧院	上海戏剧节演出
1994年	《哈姆雷特》	中国台湾屏风表演班与上海现代人剧社	上海戏剧节演出;采用"拼贴"与"戏拟"的表现手法
1994年	《奥赛罗》	上海人艺剧院	上海戏剧节演出;雷国华导演
1994年	《威尼斯商人》	上海复旦大学复旦剧社	上海戏剧节交流演出
1994年	《温莎的风流娘儿们》(片段)	东北师范大学学生剧社	上海戏剧节助兴演出

续表

演出时间	演出剧目	演出团体	相关信息
1995年	《无事生非》(广场话剧)	上海话剧艺术中心	在上海黄浦江边演出
1995年	《威尼斯商人》	上海交通大学	交大艺术节演出
1998年	《麦克白》	北京师范大学北国剧社	校园莎剧节演出
1999年	《温莎的风流娘儿们》	解放军艺术学院戏剧系	校园莎剧节演出

(资料来源于曹树钧、孙福良:《莎士比亚在中国舞台上》,东北师范大学出版社2014年版,第143—159页;孟宪强:《中国莎学简史》,东北师范大学出版社1994年版,第151—209页;孟宪强主编:《中国莎学年鉴》,东北师范大学出版社2014年版,第374—378页)

与中国话剧搬演莎剧不同,1980—1999年间在中国戏曲舞台上演的莎剧剧目相对较少,有《威尼斯商人》《麦克白》《冬天的故事》《李尔王》《罗密欧与朱丽叶》《奥赛罗》《第十二夜》《哈姆雷特》《维洛那二绅士》《无事生非》《温莎的风流娘儿们》等。前7部上演频率较高,后4部上演次数非常有限。但戏曲搬演莎剧的剧种却并不少,分别有越剧、京剧、粤剧、川剧、昆剧、婺剧、东江戏、黄梅戏、潮剧、湘剧、豫剧、庐剧、丝弦戏、云南花灯戏、二人转、木偶戏等。其中,搬演莎剧最多的戏曲剧种是京剧、越剧、粤剧和川剧,其他剧种搬演莎剧的次数较少。另外,还有上海芭蕾舞团和中央芭蕾剧团上演的《罗密欧与朱丽叶》(1984)及哈尔滨歌剧院上演的《特洛伊罗斯与克瑞西达》(1990)(见表1-12、表1-13)。

表1-12 戏曲莎剧演出表(1980—1999年)

演出时间	莎剧剧目	演出团体	相关说明
1980年	越剧《玉蝶奇传》	瑞安越剧团	蔡锦顺导演;张鹤鸣、黄树堂据《冬天的故事》改编;陶慧敏等主演
1980年	越剧《玉蝶奇传》	慈溪青年越剧团	浙江小百花越剧团也上演此剧;沈利芳主演
1983年6月	京剧《奥赛罗》	北京实验京剧团	郑碧贤导演;首演于北京吉祥戏院;邵宏超(执笔)、郑碧贤、逯兴才编剧;马永安、李雅兰、蒋鸿翔等主演

续表

演出时间	莎剧剧目	演出团体	相关说明
1983年10月	粤剧《天之骄女》	广东实验粤剧团	秦中英据《威尼斯商人》改编;张奇虹、红线女导演;1984年复演此剧
1986年9月	川剧《维洛那二绅士》	贵阳市川剧团	徐企平导演;徐企平、陈泽凯等改编
1987年	婺剧《血剑》	婺剧小百花东阳演出团	阮东英导演;金锦良、阮东英、王庸华据《麦克白》改编
1986年2月	越剧《第十二夜》	上海越剧院三团	莎剧节演出;胡伟民导演;史济华等主演;1985年周水荷根据英国剧作家莎士比亚的喜剧《第十二夜》改编,首演于上海市第三届戏剧节,获奖剧目
1986年4月	越剧《冬天的故事》	杭州越剧院一团	莎剧节演出;王复民导演;钱明远(执笔)、王复民、天马编剧
1986年11月	京剧《乱世王》	武汉市京剧团	胡导导演;周孝光据《麦克白》改编;首演于武汉江夏剧院
1986年4月	京剧《奥赛罗》	北京实验京剧团	莎剧节演出;郑碧贤导演;同年9月,受中国剧协邀请在首都人民剧场演出
1986年4月	黄梅戏《无事生非》	安徽黄梅戏剧团	莎剧节演出;蒋纬国、孙怀仁导演;马兰、吴琼、黄新德等主演;金芝编剧
1986年4月	昆剧《血手记》	上海昆剧团首演	莎剧节演出;李家耀导演;郑拾风据《麦克白》改编;黄佐临指导;计镇华、张静娴等主演;1987年赴英演出,后巡演瑞典、丹麦等国
1986年4月	木偶剧《孪生兄妹》	上海木偶剧团	莎剧节演出;据《第十二夜》改编;姚金石导演;陆杨烈、丁言昭改编
1986年	潮剧《再世皇后》	潮州市潮剧团	据《冬天的故事》改编
1987年5月	豫剧《罗密欧与朱丽叶》	周口地区豫剧团	任芝玲导演;王中民改编;江团结、肖秀莲等主演
1987年	黄梅戏《仇恋》	安庆市黄梅戏三团	安庆市第二届戏剧节演出;张署霞据《罗密欧与朱丽叶》改编;陈兆舜、张小萍等主演

续表

演出时间	莎剧剧目	演出团体	相关说明
1987年夏	京剧《麦克白斯》	山东艺术学院戏剧系导演班学生	编剧班学员改编
1987年底	东江戏《温莎的风流娘们》	惠州市东江戏剧团	侯穗珠导演；1988年复演
1987年	二人转《罗密欧与朱丽叶》	吉林省民间艺术团	李克信导演
1987年	湘剧《巧断人肉案》	湖南省湘剧院	据《威尼斯商人》改编
1988年12月	越剧《天长地久》	上海虹口越剧团	据《罗密欧与朱丽叶》改编；韩婷婷主演；1989年，赴香港参加"葵青第二届艺术节"演出
1989年	庐剧《奇债情缘》	安徽合肥庐剧院	据《威尼斯商人》改编，人物中国化；安徽省第二届戏剧节参演节目；1990年赴北京参加第二届中国戏剧节演出，获优秀剧目奖、优秀演出奖
1994年	丝弦戏《李尔王》	石家庄丝弦剧团	戴晓彤改编，针对农村演出
1994年	越剧《王子复仇记》	上海越剧院明月剧团	上海莎剧节演出；苏乐慈导演；薛允璜改编；袁雪芬、荣广润任艺术顾问；赵志刚、史济华、孙智君等主演
1995年1月	京剧《歧王梦》	上海京剧院	欧阳明导演；王炼、王涌石据《李尔王》编剧；首演上海逸夫舞台；尚长荣等主演；1997年在上海艺术节演出
1995年	粤剧《天作之合》	广州红豆粤剧团	据《第十二夜》改编，原剧人名、地名、环境、礼俗、表演等全部中国化
1996年	花灯戏《卓梅与阿罗》	玉溪地区花灯剧团	据《罗密欧与朱丽叶》改编
1999年	川剧《马克白夫人》	四川省青年川剧团	田蔓莎领衔主演

(资料来源于曹树钧、孙福良：《莎士比亚在中国舞台上》，东北师范大学出版社2014年版，第143—159页；孟宪强：《中国莎学简史》，东北师范大学出版社2014年版，第151—209页；孟宪强主编：《中国莎学年鉴》，东北师范大学出版社2014年版，第374—378页）

表1-13　歌剧、芭蕾搬演莎剧表(1980—1999年)

演出时间	莎剧剧目	演出团体	相关说明
1984年10月	芭蕾舞剧《罗密欧与朱丽叶》	上海芭蕾舞团	莎翁名著首次在芭蕾舞台演出
1990年9月	芭蕾《罗密欧与朱丽叶》	中央芭蕾剧团	亚洲体育运动会艺术节开台戏
1994年	歌剧《特洛伊罗斯与克瑞西达》	哈尔滨歌剧院	上海戏剧节演出;郭小男导演

(资料来源于孟宪强主编:《中国莎学年鉴》,东北师范大学出版社2014年版,第374—378页)

纵观话剧、戏曲、歌剧、芭蕾对莎剧剧目的选编,许多莎剧文学经典首次出现在中国戏剧舞台上,如《亨利四世》《理查三世》《雅典的泰门》《暴风雨》《温莎的风流娘们》《皆大欢喜》等。新中国成立前,中国戏剧舞台搬演频率较高的四大悲剧和《罗密欧与朱丽叶》《威尼斯商人》等,依旧是新时期舞台上搬演最多的剧目。新中国成立后的"十七年"间搬演频率较高的《第十二夜》《无事生非》也频繁出现在新时期戏剧舞台上。另外,还有许多并不引人关注的剧目,如《特洛伊罗斯与克瑞西达》《泰特斯·安德洛尼克斯》《爱的徒劳》等首次出现。总体来说,搬演频率较高的还是公认的莎剧文学经典——四大悲剧、四大喜剧及《温莎的风流娘们》《暴风雨》《冬天的故事》等。

从搬演形式看,除了各种地方剧种竞相搬演莎剧外,中国还出现了芭蕾莎剧、歌剧莎剧、藏语莎剧、蒙古语莎剧、山东方言莎剧,等等。从改编方式看,话剧舞台上的莎剧开始与中国戏曲文化进行嫁接。以1982年中央戏剧学院搬演的《暴风雨》为例,此剧大胆吸收京剧艺术的营养,采用京剧的表演方法,比如,舞台"不拉大幕,台上从头至尾只有一大一小两块礁石;精灵爱丽儿出场,不打色光,而是靠演员的表演使观众相信她的时隐时现;二幕一场贵族一行上场一个个亮相,排成左右两行,等候那不勒斯王出场;弄臣和醉鬼膳夫化小花脸妆;服装基本是一个样式,用坎肩的不同色彩和图案来区分人物的身份,由穿蓝色水纹图案服装的演员象征海浪……"[1]导演周采芹大胆借鉴了中国戏曲的布景、服装、化妆及表演形式,使莎剧具有中国特色。1984年,上海青年话剧院排演的《安东尼与克莉奥佩特拉》仅在舞台上以7

---

[1]《中国戏剧年鉴》编辑部编:《中国戏剧年鉴》(1982),中国戏剧出版社1983年版,第250页。

个士兵代表千军万马,也是戏曲思维的具体体现。1986年,中央戏剧学院上演的《黎雅王》变成了中国的古人古事,西安话剧院上演的《终成眷属》也让主人公穿上汉唐的服装,武汉话剧院的《温莎的风流娘们》借鉴中国戏曲的程式化表演方式,如拉窗帘、跑圆场等虚拟化表演。再以1990年林兆华工作室上演的《哈姆雷特》为例,林兆华不仅借鉴了中国戏曲舞台的写意思维,还大胆采用先锋手法,解构了原剧"人文主义思想",哈姆雷特不再是复仇的王子,也不再是人文主义英雄,而是一个现代的"我们"[①]。1994年,中国台湾屏风表演班与上海现代人剧社演出的《哈姆雷特》大胆采用了"拼贴"与"戏拟"的表现手段,把莎剧与台湾地区本地人的生活嫁接起来。由此可见,中国话剧对莎剧的改编,是在强烈的跨文化冲动下进行的,并有意凸显了"中国特色"。

  1980—1999年间,最引人关注的莎剧演出当属戏曲莎剧。戏曲搬演莎剧在中国已有悠久的历史,新中国成立以前,越剧、京剧、粤剧、川剧、沪剧和汉剧搬演过莎剧,搬演的剧目仅局限于《驯悍记》《哈姆雷特》《麦克白》《罗密欧与朱丽叶》《李尔王》《威尼斯商人》等剧,搬演的频率不高。新中国成立后的三十年,除了初期有越剧改编过《麦克白》及粤剧改编过《威尼斯商人》外,莎剧几乎从中国戏曲舞台消失。新时期以来,莎剧重新回到中国戏曲舞台,尽管中国戏曲舞台对莎剧剧目的选择依旧非常有限,仅11部剧目,但《威尼斯商人》《麦克白》《冬天的故事》《李尔王》《罗密欧与朱丽叶》《奥赛罗》《第十二夜》等剧的改编和搬演频率却非常高。比如,改编《麦克白》的剧种有婺剧、京剧、昆剧、京剧、川剧等,《罗密欧与朱丽叶》先后被豫剧、越剧、二人转、云南花灯戏搬演过,丝弦戏和京剧先后改编过《李尔王》,越剧《冬天的故事》至少有瑞安越剧团、慈溪青年越剧团、杭州越剧院一团等搬演过。另外,还有一些莎剧剧目,如《维洛那二绅士》《无事生非》《温莎的风流娘们》等第一次出现在中国戏曲舞台上。这一时期搬演莎剧的剧种多达16个,莎剧上演频繁,本土化意识浓厚。以云南玉溪花灯戏剧团排演的花灯戏《卓梅与阿罗》为例,彝族风情和习俗为莎剧增添了浓郁的异国情调。编剧将《罗密欧与朱丽叶》的故事移植到云南彝族哀牢山区,将男女主人公的爱情在别具一格的民族歌舞中展开。黄梅戏《无事生非》将莎剧改编为中国化的喜剧故

[①] 参见高音:《北京新时期戏剧史》,中国戏剧出版社2006年版,第337页。

事,主人公不仅穿上了中国服装,剧中人名、地点也都中国化。黄梅戏将其优美的舞蹈和甜美的唱腔与莎剧故事融合在一起,无疑增强了莎剧艺术的表现力。虽然这时期的戏曲莎剧依旧处于探索期,但众多地方剧种改编莎剧,推动了莎剧与中国民族文化的融合。

新时期以来,中西文化交流推动了中国话剧、戏曲频繁编演莎剧,越来越多的莎剧文学经典逐渐从"象牙塔"走向舞台。莎剧在中国的跨文化改编,不仅丰富了莎剧的艺术表现力,也对中国戏剧和戏曲的现代转型产生了重要影响。莎剧在跨文化改编的实验中走向本土,逐渐形成别具一格的"中国莎剧"。

四、莎剧文学经典走向大众

随着文化政策的不断调整,莎剧出版呈现繁荣景象。虽然莎剧新译相对较少,但莎剧旧译再版却连续不断,特别是20世纪90年代以来,《莎士比亚全集》出版数量创历史新高。同时,1980年以来,各类莎剧故事、图画、隽语、提要等通俗读本接连涌现,莎剧文学经典成为普及读物。莎剧文学经典在中国走向更广大的受众群体。

1980—1999年间,莎剧重译相对贫瘠。据笔者不完全统计,这时期出现的莎译者及译著主要有方平《奥赛罗》(1980)和《李尔王》(1991),林同济《丹麦王子哈姆雷的悲剧》(1982),卞之琳《麦克白斯》(收入1988年出版的《莎士比亚悲剧四种》),孙大雨《罕秣莱德》(1991)、《奥赛罗》(1993)、《麦克白斯》(1994)、《冬日故事》(1995)、《萝密欧与琚丽晔》(1998)、《暴风雨》(1998),孙法理《两个高贵的亲戚》(1992)。除了《两个高贵的亲戚》,其他均是莎剧的重译,且主要集中在四大悲剧等有限剧目上。

尽管莎剧重译走向低谷,但这一时期的莎剧旧译出版却呈现兴旺之势。1980年以来,除了人民文学出版社再版朱生豪《莎士比亚全集》外,新世纪出版社、长城出版社、当代中国出版社、中国戏剧出版社、译林出版社、大众文艺出版社均出版过朱生豪等人翻译的《莎士比亚全集》。1995—1996年间,中国广播电视出版社和内蒙古文化出版社出版了梁实秋《莎士比亚全集》。此外,曹未风译《安东尼与克柳巴》《仲夏夜之梦》《尤利斯·恺撒》《错中错》《如愿》《哈姆雷特》《凡隆纳的二绅士》等在1983—1984年间由上海译文出版社再版。1988年,人民文学出版社出版卞之琳《莎士比亚悲剧四种》，除了《麦克白斯》是重译外，《哈姆雷特》《奥赛罗》《李尔王》均是旧译。1990年以来，山东文艺出版社推出"外国古今文学名著丛书"《莎士比亚著名悲剧六种》和《莎士比亚著名喜剧六种》，分别是朱生豪的莎译《罗密欧与朱丽叶》《雅典的泰门》《麦克白》《哈姆雷特》《奥赛罗》《李尔王》《维洛那二绅士》《温莎的风流娘们》《一报还一报》《仲夏夜之梦》《威尼斯商人》《皆大欢喜》。1994年，黑龙江教育出版社推出《莎士比亚喜剧集》，包括朱生豪翻译的《驯悍记》《仲夏夜之梦》《温莎的风流娘们》《皆大欢喜》《威尼斯商人》5部剧目。1995年，上海译文出版社出版孙大雨译著《莎士比亚四大悲剧》。1998年，内蒙古人民出版社出版朱生豪译《莎士比亚名剧：四大喜剧》和《莎士比亚名剧：四大悲剧》本。同年，内蒙古文化出版社出版《莎士比亚悲剧集》(朱生豪译)，包括四大悲剧和《罗密欧与朱丽叶》。

除了莎剧全集及其他莎剧译著的再版，1980—1999年间出现大量莎剧英文注释本和莎剧通俗读物。先搁置莎剧英文注释本不论，仅莎剧通俗读本的出版盛况，就足以证明莎剧文学经典在中国的普及程度。在各种莎剧通俗读物中，国外莎士比亚故事的各种改写译本比重较大，比如，萧乾译《莎士比亚戏剧故事集》近20年间出版3次，是非常流行的青少年莎剧读物。另有汤真译《莎士比亚历史剧故事集》、吴明译《莎士比亚戏剧故事集简写本》、傅嘉嘉译《莎士比亚戏剧故事集》、严大卫译《莎士比亚儿童故事选》、毛子欣译《莎士比亚故事集》、朱孟佳译《莎士比亚故事续集》、王蕾译《莎士比亚戏剧故事集简写本》、曹筠译《莎士比亚戏剧故事集》等各种译本。此外，还有众多据莎士比亚原著改写的莎剧故事集，如吴绿星改写《莎士比亚戏剧故事选》、文洁若编写《莎士比亚戏剧故事选编》、方平编译《莎士比亚喜剧故事集》、杜苕编著《新编莎士比亚故事集》、李明和赵进改写《莎士比亚戏剧故事精选》、芮安改编《莎士比亚戏剧精彩故事》、王维昌和浩宇编著《莎士比亚戏剧故事集》、何晓琪编《莎士比亚戏剧故事全集》、李杼和黄汉兴改编《莎士比亚戏剧故事全集》，等等。语文出版社推出注音版《莎士比亚故事续集》，被列入"世界文学名著少儿读本"系列，此书出版后再版一次。另外，四川少年儿童出版社推出的"外国文学名著少年读本"《莎士比亚戏剧故事选编》先后出版2次，中国少年儿童出版社也出版《莎士比亚戏剧故事精选》2次。这些莎剧故事大多经过编者的删减，主线清晰、通俗易懂，主要针对广大青少年读者群。莎剧故事的大量发行标志着莎剧读物在广大青少年群体中的流行与普及。

1980年以来,图画版莎剧故事的流行,是莎剧文学经典在中国普及的又一力证。各种图画本对莎剧剧目的选编以文学经典为主,如上海人民美术出版社、江西人民出版社和辽宁美术出版社出版的图画本《威尼斯商人》《王子复仇记》《罗密欧与朱丽叶》《李尔王》《无事生非》《雅典的泰门》等是公认的"文学经典",另外还有传奇性很强的剧目《太尔亲王》亦被出版。北京日报出版社推出的6册《莎士比亚名剧连环画》,其所指的"名剧"有文学经典剧目,也有传奇性很强的非经典剧目,如《特洛伊罗斯与克瑞西达》《泰尔亲王配力克里斯》,等等。全国各地的青年出版社、儿童出版社、美术出版社对莎剧故事和图画本的高频出版,特别是图画本莎剧故事的流行,推动莎剧文学经典走向儿童。

此外,新时期以来出版了3部莎士比亚辞典,即涂淦和《简明莎士比亚辞典》、孙家琇《莎士比亚辞典》及朱雯和张君川合编的《莎士比亚辞典》,它们既是专业莎剧教学的工具书,也是莎剧阅读的参考资料。

从莎剧译著的新版、莎剧旧译的再版到莎剧通俗读物的频繁出现,莎剧在新时期的传播与接受过程中,已产生一批公认的经典。比如,1999年,长城出版社推出的朱译《莎士比亚全集》被列入"世界文学名著"系列。同年译林出版社推出的朱译《莎士比亚全集》也属"世界文学名著百部"。另有大量的莎士比亚通俗读物均被贴上"名著"的标签,张宇、杨何星等编《莎士比亚名剧》(连环画)、朱孟佳译《莎士比亚故事续集》标注"世界文学名著少儿读本",毛子欣翻译的《莎士比亚故事集》标注"世界文学名著简易读本",黄汉兴等编《莎士比亚戏剧故事全集 历史剧卷》和蔡明村等编《莎士比亚戏剧故事全集悲剧卷》属于"世界名著故事画库"系列丛书,等等。无论是全集译本,还是悲剧合集、喜剧合集,莎士比亚四大悲剧、四大喜剧已经成为"专有名词"出现在莎剧译著书目中,"名著"二字被广泛标注在莎学论著、莎剧图画本、莎剧各种故事本的封面上。此外,除了莎剧全集外,各种莎剧译本及莎剧通俗读物对莎剧文学经典剧目的标出和列举,使莎剧文学经典进入大众化传播、接受和遴选的环节之中。

1980—1999年间,莎剧文学经典剧目在莎剧教学和外国文学教材的反复选编中实现扩充。莎剧文学的经典性在广大莎评者的批评和阐释中得到多维度呈现。莎剧文学经典不仅是文学读物,也在跨文化改编的刺激下,在中国戏剧舞台重获生命。莎剧出版呈现繁荣之势,随着亲近广大青少年儿童的莎剧通俗读物大量涌现,莎剧文学经典走向大众。莎剧在新时期始终是一种文化权威和文化偶像,是公认的经典。

第二章　经典内质与莎剧在中国的经典化

莎剧是时代的产物,是英国的象征,它首先属于英国,是文艺复兴时期英国文学的代表。同时,莎剧又不受时代束缚,反映了人类共有的情感和普遍的人性,超越了时代和国别。在漫长的历史过程中,莎剧在题旨内涵、人物塑造、情节建构、语言运用等诸多方面取得的成就,逐渐获得了世界读者的广泛认同,成为世界戏剧创作的范本。莎剧所具有的经典品质不仅彰显了莎剧自身的魅力,同时具有地域辐射性,对西方及他国文学、艺术、文化等产生了长久的影响。莎剧在现代文明演进中的历史意义,经久不衰的知名度,对世界文化、文学、教育的影响,造就了莎士比亚及其剧作在当今世界文学中的权威地位。

在我国,莎剧的经典化亦是如此,其内在驱动力源于莎剧自身难以被超越的经典内质。自传入中国以来,莎剧的经典内质吸引了广大中国读者的注意:中国学者批评和阐释莎剧,中国舞台改编和搬演莎剧,中国的外国文学教学选讲莎剧。莎剧的经典内质是吸引广大中国文化人遴选莎剧的内在尺度。莎剧不仅揭露社会的腐朽、愚昧、黑暗和罪恶,也歌颂美德和正义,给人以向善的伦理指引。莎剧的伦理精神与"文以载道"的中国文化传统不谋而合,成为莎剧剧目在中国遴选的重要尺度。莎剧有现实的人文关怀,也有浪漫的幻想,莎剧中美丽的森林、神奇的魔法、诡异的巫婆、神秘的鬼魂,为莎剧增添了浪漫而神奇的色彩。莎剧的传奇性迎合了近代中国读者好奇、尚怪的期待视野,成为中国读者遴选莎剧的另一尺度。莎剧悲喜交错的审美范式与中国传统文学所崇尚的悲喜叠加的审美习惯不谋而合,是中国读者亲近和选择莎剧的又一准则。此外,莎剧的舞台呈现形式与中国的传统戏曲具有一定的相似性,这为莎剧与中国戏曲的碰撞、交融提供了可能。

莎剧经典化的内在驱动力同样也来自其携带的强势模因。模因(Meme)系一种文化传播单位或模仿单位①。它可以是一种思想或观念,一个指令,一种行为,一条信息等等②。在文化传播中,被传播的信息,不仅指话语中蕴藏的文化信息,还包括思想信息、内容信息、形式以及语言表达模式信息等。除此之外,情感、风格等,均可成为被复制和模仿的对象。莎剧的经典内质,特别是其伦理性、传奇性、悲喜交错形态及其与戏曲表演形态的相似性,构成强势莎剧模因,推动莎剧经典在中国文化语境中的再生。

第一节　思想内容与语言表达的典范性

　　莎士比亚的经典内质是莎剧在中国实现经典化的前提和基础,也是莎剧在中国经典化的内在驱动力。布鲁姆曾经评价莎士比亚说:"莎士比亚是经典,他确立了文学的标准和界限。"③布鲁姆所说的标准和界限,可理解为莎剧具有的一种典范性,即可以为文学创作提供被效法的范本或榜样。拉尔夫·爱默生高度评价了莎士比亚的"天才"和"伟大",是"为心灵科学赋予了一个前所未有且更广阔的主题,将人性的标杆前移数里,超越了混沌"④的人中俊主之一。在爱默生看来,莎士比亚的创造性最典型地体现在他对文学主题的拓展和对人性的独特认知。莎翁的剧作,不仅是其个人成熟心智的产物,也是英国语言文学成熟的典范,其典范性是由其精神蕴含的时代性与民族性、其描绘的社会生活蕴含的丰富性与深刻性、人物形象的鲜明性与丰满性、语言的个性化与生动性等特质构成的。

　　莎剧洋溢着浓郁的民族情感,散发着强烈的时代气息。莎士比亚以其神来之笔,既绘制了五光十色的社会图景,也描摹了丰富多彩的情感世界。作为一种

---

①See Richard Dawkins.The Selfish Gene,Oxford University Press, 2006,p.192.

②See Susan Blackmore.The Meme Machine,Oxford University Press,1999,p.4.

③Harold Bloom.The Western Canon:The Books and School of the Ages, Harcourt Brace & Company,1994,p.50.

④Ralph W.Emerson.Representative Men:The Works of Ralph Waldo Emerson,YoGeBooks,2014,p.868.

"独立的"文学现象,莎士比亚笔下那真切深刻的生活体验、错综复杂的情感纠葛、多面立体的人性呈现、生动活泼的语言表达,无疑具有典范意义。莎士比亚的世界声誉、莎士比亚的经典地位,与莎剧的典范性不无关系。莎剧经典内质中的典范性是吸引中国翻译家、批评家和舞台艺术家选择莎剧剧目的重要因素,是推动莎剧在中国经典化的内在动力。

一、精神蕴含的时代性与超越性

莎士比亚是英国文艺复兴时期的代表作家,莎剧真实而生动地反映了文艺复兴时期的人文理想,大部分剧作具有鲜明的时代性,可以说莎翁是时代的鼓手,莎剧吹响了文艺复兴运动的号角。然而,莎士比亚又不仅仅属于文艺复兴时代,这是因为,他注重写人,把人当作万物的灵长,通过描写美好的爱情、友谊、智慧及其他合理的欲望,表达摆脱宗教精神桎梏的渴望,具有解放人性这一超越时代、历久弥新的特质。然而文艺复兴时期不仅是感性欲望复兴的时代,也是理性精神重构的时代,莎士比亚也看到道德理性里的可取之处。莎剧通过描写人性的缺陷,揭示欲望膨胀——特别是权力欲膨胀的危害,指出节制、仁慈、宽恕、博爱等道德理性对于维系人类生活的意义。因此,莎剧以人为关注的中心,表达了感性欲望与道德理性既对立冲突又互补融合的双重人文精神。"人与人性的主题,奠定了莎士比亚世界性和普遍性的基础"[1],莎剧对人的深刻发现与生动描写,不只准确地表现了文艺复兴时代的人,同时也触及到了不同时代的人所共有的本质,因此,本·琼生认为,莎士比亚不属于一个时代,而属于所有世纪[2]。莎剧的时代精神与普适精神主要通过对人的描写呈现出来,通过对人性、神性和魔性共存真相的揭示中体现出来。

莎剧谱写了一曲曲爱情颂歌,肯定了人的欲望的合理性,表达了"我要寻找尘世幸福"的渴望。莎剧中的爱情,通常在与世俗偏见的抗争中显示出力量,在与亲情的冲突中彰显其价值。例如,《罗密欧与朱丽叶》中罗密欧与朱丽叶的爱情受到家族世仇的影响,遭遇双方家长的反对。为了坚守爱情的忠贞,二人私自

---

[1] 查明建:《论莎士比亚的经典性与世界性》,《外语教学与研究》2016年第6期,第858页。
[2] 参见杨周翰选编:《莎士比亚评论汇编》(上),中国社会科学出版社1979年版,第13页。

订婚,在抗拒世俗的偏见和家长的权威中,罗密欧与朱丽叶走向毁灭。《安东尼与克莉奥佩特拉》中罗马英雄安东尼和埃及艳后克莉奥佩特拉的爱情,在复杂的政治斗争中沉浮。英雄和艳后用生命守护爱情的高贵与伟大,为爱殉情。又比如,《威尼斯商人》中鲍西亚和巴萨尼奥的爱情、杰西卡与罗兰佐的爱情,都遭受父亲的阻拦。为了获得爱情,鲍西亚发出强烈的诅咒、杰西卡与情人私奔。《仲夏夜之梦》中赫米娅与狄米特律斯的爱情在遇到父亲的阻碍时,他们不顾雅典法律的惩罚,选择私奔。《终成眷属》中海丽娜对波特拉姆的爱情受制于身份、地位的悬殊,为了得到爱情,海丽娜四处奔走,赢回了丈夫。《辛白林》中伊摩琴与波塞摩斯私自订婚,历经磨难后与丈夫团聚。莎剧中的女性们为了爱情,要么敢于突破封建家长的禁令、挑战家长的权威,要么敢于摆脱封建伦常的束缚、排除爱情道路上的绊脚石,表现出了大胆、主动、积极的一面,具有强烈的婚姻自主意识。

莎士比亚让许多恋爱中的男女青年逾越传统伦理的禁区,打破禁欲主义的枷锁,具有强烈的人性解放意识。莎士比亚描写了许多未婚先孕、婚前性行为及私奔的男女青年形象,并赋予他们的行为一定的合理性。比如,《一报还一报》中的少年绅士克劳迪奥与朱丽叶相爱,因放纵自己的欲望而使朱丽叶未婚先孕。按照当时的法令,克劳迪奥被判奸淫罪,按律应当处死。可是莎士比亚却让克劳迪奥辩解道:"她就要成为我的妻子了,不过没有举行表面上的仪式而已,因为她还有一注嫁奁在她亲友的保管之中,我们深恐他们会反对我们相爱,所以暂守秘密,等到那注嫁奁正式到她自己手里的时候,方才举行婚礼,可是不幸我们秘密的交欢,却在朱丽叶身上留下了无法遮掩的痕迹。"① 克劳迪奥为自己纵欲找到合理的借口——他要与朱丽叶结婚。不仅如此,克劳迪奥的朋友、狱吏、姐姐伊莎贝拉等,都认为克劳迪奥错不至死,希望执法官网开一面。可笑的是,执法官安哲鲁竟然以克劳迪奥为筹码,向前来求情的伊莎贝拉索要贞操。为了报复安哲鲁的丑行,公爵和伊莎贝拉合计上演了一场以牙还牙之戏,让被安哲鲁抛弃的未婚妻玛利安娜深夜赴约,引诱安哲鲁犯下与克劳迪奥相同的罪行。虽然公爵亲自献计诱惑执法官安哲鲁犯罪,是违法的,也是不道德的,可从人性角度看,虚

---

① [英]莎士比亚:《莎士比亚悲剧喜剧全集:喜剧3》,朱生豪译,青岛出版社2020年版,第333—334页。

伪、贪婪的安哲鲁遭受惩罚,是罪有应得,玛利安娜赢回丈夫更是合乎情理。莎士比亚让克劳迪奥免除惩罚,让玛利安娜回到丈夫身边,表达了对弱者的同情、对人的尊重。《终成眷属》也演绎了相似的故事:海丽娜为了赢回丈夫,与人合计让自己怀上波特拉姆的孩子。另外还有私奔或私自订婚的青年,如《辛柏林》中的伊摩琴与波塞摩斯、《仲夏夜之梦》中的赫米娅与拉山德、《威尼斯商人》中杰西卡与异教徒罗兰佐,等等。莎士比亚通常以宽容的姿态对待这些"越轨"的男女主人公,并最终让他们走向婚姻的殿堂。也有少数恋爱中的男女,比如,罗密欧与朱丽叶、安东尼与克莉奥佩特拉等在追求爱情的过程中走向毁灭。莎剧中的男女主人公,特别是女性在对爱情婚姻的追求中,体现了明确的主体意识和鲜明的人本精神,如海丽娜所说:"一切办法都在我们自己,虽然我们把它诿之天意,注定人类运命的上天,给我们自由发展的机会,只有当我们自己冥顽不灵,不能利用这种机会的时候,我们的计划才会遭遇挫折。"[1]

莎剧通过描写复杂的人性,呈现了一个真实、多元的凡夫俗子世界,并对人类的理性精神进行了展示。

首先,莎剧塑造了一批具有善良、正直、进取等光辉人性的人物形象。《哈姆雷特》中的哈姆雷特,是一位积极进取、追求新知、勇于探索真理的王子。父亲的新丧、叔叔的篡位娶母,让哈姆雷特陷入痛苦之中。为父复仇和重整乾坤的双重责任,曾一度让他不堪重负,忧郁而悲观。可王子的使命和对正义的坚守,最终使他选择了抗争,在揭露叔叔的罪恶和维护正义的斗争中献出了生命。积极进取和追求正义的人性之光,伴随着忧郁、沉思的性格特质,使哈姆雷特成为世界文学人物画廊中的不朽形象。《奥赛罗》中的苔丝狄蒙娜,为了爱情敢于冲破种族偏见,违背父亲的意志,与黑人将军奥赛罗结婚。对待朋友,真诚坦率;对待丈夫,忠贞不贰。在遭遇丈夫的误解时,也没有仇恨与怨言。苔丝狄蒙娜对爱情的执着与忠诚、对朋友的信任、对丈夫的宽容,都闪现着理想人性的光芒。《皆大欢喜》中的奥兰多,不计前嫌,冒着生命危险,拯救剥夺自己产业的哥哥,他的宽容和善良及其对手足之情的珍爱,凸显了人类之善。《李尔王》中的大臣肯特,以德

---

[1] [英]莎士比亚:《莎士比亚悲剧喜剧全集:喜剧3》,朱生豪译,青岛出版社2020年版,第234页。

报怨,宁愿扮作小丑服侍大权失落的国王,在李尔王屡遭侮辱之时,无视自身安危挺身护主,这位老臣的忠诚、正义、勇敢和乐观,也是人性之善、之美的体现。

其次,莎剧也描写了人类欲望的危害和人性的残忍、狭隘、自私和冷酷。理查三世葛洛斯特、伊阿古和爱德蒙是人性阴暗和丑陋的代表。在《西方正典》中,布鲁姆称他们为邪恶的"艺术家",因为他们不曾对自己的罪恶真心悔过,而是自我欣赏。他们都机智过人,可惜受人性之恶的驱使,制造了一幕幕人间惨剧。《理查三世》中的葛洛斯特在剧作开场便自我评价说:"可是我呢,天生我一副畸形陋相,不适于调情弄爱,也无从对着含情的明镜去讨取宠幸……我既被卸除了一切匀称的身段模样,欺人的造物者又骗去了我的仪容,使得我残缺不全,不等我生长成形,便把我抛进这喘息的人间,加上我如此跛跛踬踬,满叫人看不入眼,甚至路旁的狗儿见我停下,也要狂吠几声……我既无法由我的春心奔放,趁着韶光洋溢卖弄风情,就只好打定主意以歹徒自许,专事仇视眼前的闲情逸致了。"①葛洛斯特的内心世界阴暗肮脏,他灵魂的丑恶更甚于外表的丑陋。为了寻求心理的平衡,为了满足变态的欲望,他以造恶为乐。他设计谋杀先王,离间兄弟,残害忠良,用血腥和罪恶的双手盗取了王冠,用下流和卑鄙的手段赢得了安夫人的爱情。《李尔王》中的爱德蒙也是一位心理失衡的造恶者。私生子的身份让他倍感屈辱,他曾愤慨地说道:"为什么我要受世俗的排挤,让世人的歧视剥夺我的应享的权利,只因为我比一个哥哥迟生了一年或是十四个月?为什么他们要叫我私生子?为什么我比人家卑贱?……为什么他们要给我加上庶出、贱种、私生子的恶名?贱种、贱种;贱种?"②与理查三世一样,爱德蒙有一颗不平衡的心。爱德蒙陷害兄弟爱德伽,以获得父亲财产的继承权,接着又背叛父亲致使其被挖双眼,并在高纳里尔和里根之间煽情点火,挑起彼此之间的嫉恨。爱德蒙和理查三世不曾爱过任何人,除了他们自己。对权利的追求、对爱情的猎取及各种欲望的满足,纯粹是受畸形心理的驱使。另一位造恶高手伊阿古,是奥赛罗手下的一名旗官,因奥赛罗未将副将之职授予他而记恨于心。伊阿古利用奥赛罗的嫉妒和愚蠢的荣誉感,设计诬陷其妻苔丝狄蒙娜与副将凯西奥有染,以实现报复奥赛罗

---

① [英]莎士比亚:《莎士比亚全集》Ⅵ,朱生豪等译,人民文学出版社1994年版,第93—94页。
② [英]莎士比亚:《莎士比亚全集》Ⅶ,朱生豪等译,人民文学出版社1994年版,第140页。

和凯西奥的目的。在伊阿古的精心策划下,奥赛罗不仅杀死了妻子,最后也在悔恨中自杀。理查三世、爱德蒙和伊阿古在对权力的掠夺中,在对爱情的获取中,在报复他人的行为中,表现出了极度的自私、冷酷和残忍,他们是开放在人间的"恶之花"。

与这群"恶人"相比,麦克白、克劳狄斯、奥赛罗、李尔王等人更多的是揭示"人"的缺陷和弱点。麦克白并非十恶不赦,他英勇善战,为国家立下汗马功劳。女巫的预言,激起他篡夺权位的野心,在谋杀行动中,麦克白有过犹豫,有过摆脱奸恶的无意识,但麦克白夫人的蛊惑最终让他走上一条不归路。麦克白戴上了王冠,可罪恶感却撕咬着他的灵魂,以致他不堪重负而心理失常。麦克白的痛苦,来自人性与魔性,即缺陷和弱点的较量。《哈姆雷特》中的克劳狄斯,弑兄娶嫂,违背伦常,篡夺王位,加害王子,犯下了不可饶恕的罪孽。可在内心深处,他同样自责,王冠、野心和王后最终引诱他走向罪恶的深渊。奥赛罗的嫉妒、轻信和荣誉感,使他杀死无辜的妻子,导致家破人亡。李尔王的糊涂、愚蠢和偏执,致使父女成仇、兄妹相残,家庭伦理秩序坍塌。另外还有《辛柏林》中的辛柏林国王、《冬天的故事》中的里昂提斯、《皆大欢喜》中的奥列佛、《一报还一报》中的安哲鲁,等等,他们要么贪婪,要么嫉妒,要么固执,要么自私,都呈现了人性的弱点和缺陷。正如《安东尼与克莉奥佩特拉》中所说:"可是神啊,你们一定要给我们一些缺点,才使我们成为人类。"[①]人之所以成为人,就在于他们自身是神性、人性与魔性的矛盾体。

莎士比亚通过对阳光人性的描写和对阴暗人性的揭示,呈现了"人"的真实性和复杂性。剧作在对是非善恶进行剖析,对灵魂进行叩问的同时,表达了对道德理性的思考。

莎士比亚通过描写尘世的爱情和合理的欲望,反对宗教禁欲主义和封建蒙昧主义对人性的桎梏,肯定人的价值和尊严,无疑反映了时代的呼声,体现了时代精神。莎士比亚又描写了人性的复杂性和多元性,指出传统美德和宽容、仁慈、博爱、节制等道德理性对于维系人类生活的意义,体现了至真至善至美的人

[①] [英]莎士比亚:《莎士比亚悲剧喜剧全集:喜剧3》,朱生豪译,青岛出版社2020年版,第241页。

文理想。因此,莎剧的人文精神又具有超越时代的一面。

莎剧的许多题材并非取自英国本土,然而莎剧所表现的却是英国的民族精神,他所塑造的人物大多被打上了英国的烙印。正如T.S.艾略特在《什么是经典》一文中所说的,莎剧尽可能地表现了民族的全部情感。马克思和恩格斯称莎士比亚笔下的社会为"福斯塔夫式背景",恩格斯认为:"不管他剧本中的情节发生在什么地方——在意大利、法兰西还是那伐尔,——其实展现在我们面前的永远是他所描写的怪僻的平民、自作聪明的教书先生、可爱然而古怪的妇女们的故乡,Merry England(快乐的英国);总之,你会看到这些情节只有在英国的天空下才能发生。"①中国的许多批评家也把莎剧看作16、17世纪英国社会的写照。莎剧所歌颂的美好情感、光辉的人性、鞭挞的人间罪恶,又是世界性的主题,立足英国的莎剧又是超越国别和种族的。

二、社会生活蕴含的丰富性与深刻性

恩格斯曾经评价莎士比亚的戏剧创作具有深厚的社会历史内涵,高度称赞他的"福斯塔夫式背景"。顾仲彝曾这样评价莎翁作品:"他戏中有精美的诗,诗中有深刻的戏。他散文中有诗意,诗句中反映出人生的真义来。人物一个个脱脱而出,各俱各的神情,各有各的性格,各是各的风调。复杂的世界全在他的掌握之内,复杂的人生,他却看得清清楚楚,说得明明白白。他布局的完密,结构的紧凑,穿插的得当,真可谓天衣无缝,工同天然。"②顾仲彝的评论其实是对莎剧蕴涵的丰富性和深刻性的总结。首先,莎剧题材广泛,所涵盖的生活面和人物形象极其宽广,登场人物上至帝王将相,下至贩夫走卒,应有尽有。生活场景既有军国大事、历史风云,也有男欢女爱、家庭微澜。其次,莎剧的社会生活蕴涵相当深刻,对王权更迭之规律,人生价值之所在,人性善恶之奥秘,细加审察,深入叩问,探求底蕴。一言以蔽之,莎剧以其巨大的社会容量和深刻的思想内涵而闻名于世,成为文艺创作的典范。

莎剧题材广泛,涵盖了深广的社会生活内容和丰富的人物形象,有以帝王将

---

①《马克思恩格斯论艺术》(4),曹葆华译,人民文学出版社1966年版,第395—396页。
②顾仲彝:《顾仲彝戏剧论文集》,中国戏剧出版社2004年版,第155页。

相为主要描写对象的宏大政治题材,有以青年男女为描写对象的个人爱情题材,有以夫妻、父子、父女为主要描写对象的家庭伦理题材,还有冒险、复仇、友谊等各种题材。这些题材并非孤立存在,而是相互交叉,彼此融合,莎剧剧情也因此丰富多彩。比如,莎翁历史剧多以英法百年战争和玫瑰战争为背景,展现了王权与教权的斗争、王国的更迭变迁、民族兴衰等重大政治历史事件。莎翁在展开宏大叙事的同时,又打开个体叙事的窗口,揭示社会变迁、政治动荡对帝王将相个人命运和家族盛衰的影响,又将个体恩怨、爱恨情仇交织其间,增强剧作的厚重感。以《亨利四世》为例,亨利四世波林勃洛克与理查本是同祖兄弟,因理查二世奢侈挥霍、肆意妄为,为了私欲剥夺波林勃洛克的财产,二人反目成仇。波林勃洛克在维护个人的利益中,走向夺取王权的道路。在维护王权和自身利益的同时,亨利四世暗害理查二世,又面临着道德的谴责。莎翁悲剧,如《哈姆雷特》《奥瑟罗》《麦克白》《李尔王》《罗密欧与朱丽叶》《安东尼与克莉奥佩特拉》等,则透视了宏大社会政治问题。哈姆雷特的复仇与重整朝纲的历史重任交织在一起,为王子复仇增加了沉重的负荷;奥赛罗的杀妻与社会的种族偏见纠缠在一起,凸显了奥赛罗的负罪感;麦克白的野心、弑君篡位与王权合法性、国家命运相交织,使麦克白背负了梦魇般的罪恶;李尔王个人的不幸,与家庭伦理秩序的坍塌,与国王对责任的抛弃密切相关,个体不幸与国家不幸相互映衬,悲剧色彩更加浓厚;罗密欧与朱丽叶的悲剧源于家族世仇和家长专制;安东尼与克拉佩特拉的爱情与复杂的政治斗争相互缠绕;等等。

莎翁的喜剧《威尼斯商人》《仲夏夜之梦》《皆大欢喜》《第十二夜》及传奇剧《冬天的故事》《辛柏林》《暴风雨》等,也是多种题材的杂取与融合。比如,《威尼斯商人》不仅涉及鲍西亚、杰西卡等女性的爱情,还有安东尼奥与巴萨尼奥之间的友情,杰西卡与夏洛克之间的亲情,犹太人与基督徒之间的冲突等。复杂的情感纠葛波澜起伏,引人入胜。又比如,《仲夏夜之梦》以女儿反抗父亲开场,爱情题材中夹杂着神秘的森林冒险。传奇剧《冬天的故事》是一部关于家庭婚姻题材的故事,其间夹杂着国王之间的友情及他们儿女之间的田园牧歌式的爱情。《暴风雨》和《泰尔亲王配力克里斯》则有效地融入了复仇、冒险、爱情、友谊等元素,演绎了浪漫而神秘的人生传奇。

莎剧塑造了身份不同、性格迥异的人物群像,涵盖了社会各个不同的阶层。

仅就帝王来看,有深谋远虑的亨利五世,有篡位夺权的约翰王、亨利四世,有心地善良但懦弱无能的亨利六世,有血腥残暴的麦克白、理查三世,还有骄蛮的理查二世,糊涂的李尔王,专横的辛柏林,等等。从臣民身份来看,有驰骋疆场的将军塔尔博,有骁勇善战且直率鲁莽的霍茨波,有虚伪的执法官安哲鲁,有利欲熏心、滑稽搞笑的福斯塔夫,还有忠心耿耿的护国公培福公爵、葛洛斯特公爵,有心怀叵测的主教温彻斯特,还有忠心护主的大臣肯特,等等。另有忧郁、延宕的王子哈姆雷特,有激情四射的罗密欧,有以德报怨的奥兰多,有勇敢而痴情的罗马将领安东尼及英勇傲慢的罗马统帅凯撒,有擅长魔法的普洛斯彼罗,还有阴险狡诈的旗官伊阿古和邪恶狠毒的爱德蒙,等等。在莎翁的男性人物画廊中,大多数王公大臣为欲望所驱使,要么为权欲而绞尽脑汁,要么为欲望铤而走险,要么为欲望泯灭人性,要么为欲望命赴黄泉,要么因性格缺陷而祸及自身。还有一些男性则是美德的化身,他们要么忠于爱情,要么忠于友情,要么忠于自己的理想,要么忠心护主,要么以德报怨,等等。

莎士比亚不仅塑造了性格鲜明的男性角色,还塑造了个性独特的女性群像。喜剧中,有光彩照人的罗瑟琳,有美貌聪慧的鲍西亚,有背叛宗教信仰的杰西卡,有聪明机智的薇奥拉,有辛辣带刺的贝特丽丝,有挑战父亲权威的赫米娅,有泼辣凶悍的凯瑟丽娜,等等。这些女性大都具有自我觉醒意识和个体独立意识,敢于追求自己的婚姻和幸福,甚至莎翁在那个时代就刻画了巾帼不让须眉的女性形象。在悲剧和历史剧中,莎翁笔下的女性形象具有独特的审美价值。比如,纯洁善良的奥赛罗夫人苔丝狄蒙娜、李尔王的女儿考狄利娅、理查二世王后、亨利八世王后凯瑟琳、哈姆雷特女友奥菲利亚等人,她们是美德的化身,用情专一、隐忍谦让,大都保持着高贵的品格,但她们都是父权社会的牺牲品。又比如,野心勃勃的麦克白夫人、忤逆父亲的里根和高纳里尔、埃及艳后克莉奥佩特拉、亚瑟的寡母威斯丹丝、阴险歹毒的玛格莉特、叱咤战场的贞德等,她们大都具有以往封建社会认为专属于男性的气质:刚烈而强悍,在欲望或理想的驱使下参与政治的角逐和战争的争伐。莎翁传奇剧中的女性,大都具有美好的品德和自由精神,如《冬天的故事》中的王后赫米温妮,率真而奔放,因国王的猜忌而引来不幸,最终却原谅丈夫的暴行。《辛柏林》中的公主伊摩琴因丈夫的猜忌而经历磨难,最后依然原谅了丈夫的过错。此外,还有漂亮纯洁的米兰达、潘狄塔,她们如同生长在田园里的花朵,美丽、纯洁、善良,热爱自由,崇尚自然,邂逅白马王子,并收获美好的爱情。

莎翁喜剧、悲剧、历史剧和传奇剧中还有无数的兵卒、弄人、无名的仆人和一些小丑,他们在剧中自由出入,插科打诨,幽默机智,为莎剧增添了喜庆色彩和诙谐的情调。还有巫婆、预言家、魔法师、鬼魂、仙女等神秘而离奇的形象,为剧作增强了神秘色彩。莎士比亚通过形形色色的人物形象,勾勒出一幅五光十色的人类社会风俗画,呈现了广博的社会生活内容,莎剧也因此具有深广的社会生活内涵。

莎剧既演绎了"人生如戏"的无常,又呈现了"戏如人生"的真实,蕴含着深刻的人生体验和丰富的生活内涵。莎士比亚通常借剧作人物之口,诉说人生感受,传达人生体验,表达了他对人生的独特见解。《皆大欢喜》中的杰奎斯这样描述人生:"全世界是一个舞台,所有的男男女女不过是一些演员;他们都有下场的时候,也都有上场的时候……他的表演可以分为七个时期。最初是婴孩……然后是背着书包、满脸红光的学童……然后是情人……然后是一个军人……然后是法官……第六个时期变成了精瘦的趿着拖鞋的龙钟老叟……终结着这段古怪的多事的历史的最后一场,是孩提时代的再现,全然的遗忘,没有牙齿,没有眼睛,没有口味,没有一切。"①莎翁借杰奎斯之口,将人生分为七个阶段,并指出扮演好每个角色对于人生的意义。《麦克白》中的麦克白描述他的人生感受说:"从这一刻起,人生已经失去它的严肃的意义,一切都不过是儿戏;荣名和美德已经死了,生命的美酒已经喝完,剩下来的只是一些无味的渣滓,当做酒窖里的珍宝。"②对于一位勇敢的军人来说,丧失了荣誉和美德就意味着失去了一切,人生也就失去意义。篡夺的王冠并未给麦克白带来喜悦和安宁,反而是人生如戏般的迷茫和虚无。麦克白的虚无感源于他丢失了美德和荣誉。《哈姆雷特》中的波洛涅斯告诫儿子说:"不要想到什么就说什么,凡事必须三思而行。对人要和气,可是不要过分狎昵。相知有素的朋友,应该用铜圈箍在你的灵魂上,可是不要对每一个泛泛的新知滥施你的交情。留心避免和人家争吵……尤其要紧的,你必

---

① [英]莎士比亚:《莎士比亚全集》Ⅳ,朱生豪等译,人民文学出版社1994年版,第260页。
② [英]莎士比亚:《莎士比亚全集》Ⅷ,朱生豪等译,人民文学出版社1994年版,第332页。

须对你自己忠实;正像有了白昼才有黑夜一样,对自己忠实,才不会对别人欺诈。"①波洛涅斯向儿子灌输他的处世哲学,教他如何赢得社交主动权,如何利用别人的优势地位,其圆滑、世故的人生态度与哈姆雷特悲观、厌世的人生态度形成鲜明的对照。不过这位阅历丰富的大臣也指出节制、美德、宽容等品质对于人生的作用。《李尔王》中李尔王的悲剧,如同一面镜子向世人传达了他的人生体验和经验教训。李尔王的悲剧源于他理性精神的丧失:以感性的"爱"的原则划分国土,以感性的臆断驱赶了女儿、放逐了大臣,失去理性的思考和明智的判断。莎剧像一本丰富的教科书,为人类了解社会、认识人生提供了借鉴,莎剧所演绎的人生的酸甜苦辣、喜怒哀乐、悲欢离合和是非恩怨,不正是现实人生的真实写照吗?

莎剧洞察人情世故,体察万象变迁,承载着对生命存在的思考。以历史剧为例,它们再现了历史,又超越了历史。历史的沉浮、王国的变迁、王者的成败和生死体验都在剧作中得到生动的再现。理查二世作为一位合法君王,他理应遵循上帝的旨意和世俗的道德准则,对国民实行德政。可他无视法律,无视民众利益,背离了王者之道,给自己惹来了杀身之祸。亨利六世,这位善良且一心向道的国王,无法选择自己的个体自由,也无力履行王者的责任和义务,被人赶下王位,性命不保。理查三世和约翰王,为了王冠而无视伦理禁忌,违背了王位继承传统,犯下弑君之罪,他们在对利益的追逐中付出了生命的代价。如果说以上王者的悲剧在于他们背离王者之道,那么遵从王者伦理道德的君王又如何呢?亨利五世,这位伟大的君王"就如他那马基雅维里式的父亲一样,在追求合法化的过程中,让自己走向衰竭和死亡,被他那王冠的要求所吞噬"②。亨利五世有合法的王者身份,又有治国之才,且能对国民实现善治,可他却为了王冠耗尽了青春和生命,如他感叹的那样:"随着'伟大'而来的,是多么难堪的地位啊;听凭每个傻瓜来议论他——他们想到、感觉到的,只是个人的苦楚!做了国王,多少民间所享受的人生乐趣他就得放弃!"③亨利五世对自身处境的哀叹,对王者生存

---

① [英]莎士比亚:《莎士比亚全集》Ⅸ,朱生豪等译,人民文学出版社1994年版,第111页。
② 刘小枫、陈少明主编:《莎士比亚笔下的王者》,华夏出版社2007年版,第27页。
③ [英]莎士比亚:《莎士比亚全集》Ⅳ,朱生豪等译,人民文学出版社1994年版,第176—177页。

之痛的感受与言说,不正是莎翁对王者命运的思考吗?莎士比亚历史剧为王者们谱写了一曲曲哀歌,因为选择了王冠就意味着选择了痛苦和不幸。无论他们正义与否、合法与否、善治与否,王者的生命存在注定就是一场场悲剧。

莎翁的悲剧对生命也做了深入思考,叩问人生的价值与意义。当哈姆雷特沉浸在丧父之痛时,王后规劝道:"你知道这是一件很普通的事情,活着的人谁都要死去,从生活踏进永久的宁静。"①在母亲那里,生命的存在是如此简单。可在哈姆雷特这里却是一个复杂的哲学问题,他追问:"生存还是毁灭,这是一个值得考虑的问题;默然忍受命运的暴虐的毒箭,或是挺身反抗人世的无涯的苦难,通过斗争把它们清扫,这两种行为,哪一种更高贵?"②哈姆雷特关注的并非死亡本身,而是生命存在的意义。麦克白同样思考生命存在的意义:"人生不过是一个行走的影子,一个在舞台上指手画脚的拙劣的伶人,登场片刻,就在无声无息中悄然退下;它是一个愚人所讲的故事,充满着喧哗和骚动,却找不到一点意义。"③麦克白活在荒诞与虚无之中,找不到自我存在的价值感。英雄安东尼经历过轰轰烈烈的爱情和战争后,感慨道:"有时我们看见天上的云像一条蛟龙;有时雾气会化成一只熊、一头狮子的形状,有时像一座高耸的城堡、一座突兀的危崖、一堆雄峙的山峰,或是一道树木葱茏的青色海岬,俯瞰尘寰,用种种虚无的景色戏弄我们的眼睛。"④失去爱情和荣誉的安东尼,感到自己如同变化无常的云雾那样虚无缥缈,生命充满不确定性。如果说深陷权欲之中的王公贵族们,给读者呈现的是生命存在的虚无,那么深陷恋爱中的男女青年们则让人感到生命的可贵。罗密欧与朱丽叶用生命,唱响了神圣而高贵的爱情之歌,他们的生命与爱情同在。《皆大欢喜》《仲夏夜之梦》《冬天的故事》《暴风雨》等剧以传奇的方式展现了一个牧歌式的、生机勃勃的生命世界。生活在这里的人们自由浪漫、相亲相爱,充满生机与活力,这里与尔虞我诈的权欲世界形成鲜明的对比。

---

① [英]莎士比亚:《莎士比亚全集》Ⅸ,朱生豪等译,人民文学出版社1994年版,第103页。
② [英]莎士比亚:《莎士比亚全集》Ⅸ,朱生豪等译,人民文学出版社1994年版,第150页。
③ [英]莎士比亚:《莎士比亚全集》Ⅷ,朱生豪等译,人民文学出版社1994年版,第380—381页。
④ [英]莎士比亚:《莎士比亚全集》Ⅸ,朱生豪等译,人民文学出版社1994年版,第322页。

莎士比亚用其神奇之笔,勾勒了一幅幅丰富多彩的人生图景,揭示了人生百态,展现了生命的价值和意义,同时又将人生的无常和不确定性呈现出来。莎剧对社会生活蕴涵挖掘的深度,和对人生和生命意义探寻的广度,构成一种典型的"福斯塔夫式"文学创作范式,成为后人学习和模仿的对象,也成为现实主义文学评判的重要尺度之一。

三、语言的个性化与生动性

莎士比亚是高超的语言大师,他通过比喻、夸张、反讽、重复、排比、双关、矛盾等修辞手法,提升英语语言的表现力,凸显人物身份,塑造人物性格,制造戏剧冲突,营造戏剧情境,外化人物内心。生动形象的个性化语言是莎剧典范性的又一体现。

莎士比亚经典人物的典型性格,是通过生动形象而且富有个性的语言呈现出来的。以哈姆雷特、福斯塔夫和夏洛克为例,他们之所以成为世界文学人物画廊中的不朽形象,与个性化的语言有直接关系。哈姆雷特有哈姆雷特的语言,莎士比亚让其在自我言说中呈现出忧郁的性格、丰富的思想和延宕的行为。面临父亲新丧、母亲另嫁,哈姆雷特发出了无奈的感叹:"人世间的一切在我看来是多么可厌、陈腐、乏味而无聊……那是一个荒芜不治的花园,长满了恶毒的莠草……只有一个月的时间,她那流着虚伪之泪的眼睛还没有消去红肿,她就嫁了人了……可是碎了吧,我的心,因为我必须噤住我的嘴!"[1]王子用长满"莠草"的花园,比喻犯下乱伦之罪的宫廷,表达对堕落人性的厌恶,这句比喻生动形象地揭示了哈姆雷特对"人世"的认识,对叔叔和母亲行为的伦理反思。同时,他用"噤住我的嘴"约束自己的言论,呈现思想和行动之间的错位。母亲召见他时,王子警告自己:"不要失去你的天性之情,永远不要让尼禄的灵魂潜入我这坚定的胸怀;让我做一个凶徒,可是不要做一个逆子……无论在言语上给她多么严厉的谴责,在行动上却要做得丝毫不让人家指摘。"[2]见母亲之前,哈姆雷特思想活跃,他联想到弑母的尼禄,预想到自己对母亲的谴责,可他依旧用强大的意志力

---

[1] [英]莎士比亚:《莎士比亚全集》Ⅸ,朱生豪等译,人民文学出版社1994年版,第105页。
[2] [英]莎士比亚:《莎士比亚全集》Ⅸ,朱生豪等译,人民文学出版社1994年版,第167—168页。

约束自己的行为,警告自己不能犯下忤逆之罪。哈姆雷特思想无拘无束,可言行却总被思想所束缚。面临祈祷的国王,哈姆雷特有复仇的冲动,可思想又束缚了他:"他现在正在祈祷,我正好动手;我决定现在就干,让他上天堂去,我也算报了仇了。不,那还要考虑一下……我的母亲在等我。"①一个很好的复仇机会,哈姆雷特却因思考和顾虑而错过。哈姆雷特的思想,无时无刻不干扰他的行动,使他的复仇之路异常艰难。莎士比亚让哈姆雷特在自我言说中呈现复杂而矛盾的内心,让其在思想和行动的错位中凸显其忧郁的性格和行动的延宕。哈姆雷特也因思想积极、行动落后而成为世界文学人物画廊中的一个经典形象。

福斯塔夫有福斯塔夫的语言。莎士比亚让福斯塔夫在自我矛盾和诙谐幽默的言语中,凸显自身喜剧性格。当福斯塔夫打劫的金钱被戴上面具的亲王和波因斯劫走后,一无所获的福斯塔夫并不悲观,反而吹捧自己的勇敢:"我一个人跟他们十二个人短兵相接,足足战了两个时辰,要是我说了假话,我就是个混蛋……他们的刀剑八次穿透我的紧身衣,四次穿透我的裤子;我的盾牌上全是洞,我的剑口砍得像一柄手锯一样,瞧!"②福斯塔夫用极度夸张的数字——"12个人""2个时辰""8次穿透紧身衣""4次穿透裤子"来描述自己的勇敢和幸运。不仅如此,福斯塔夫越吹越不着边际,从12个对手提高到五十二三个。在讲述自己受到两个麻布袋人的攻击时,数字也从2涨到4,从4变成了7,从7增加到11,以致荒诞不经,不能自圆其说。福斯塔夫的喜剧性格,在其自相矛盾的言语中表现出来,让人捧腹。当哈尔王子揭穿福斯塔夫的谎话后,福斯塔夫丑态百出却毫无羞耻感,还辩解道:"你知道我是像赫剌克勒斯一般勇敢的;可是本能可以摧毁一个人的勇气;狮子无论怎样凶狠,也不敢碰伤一个堂堂的亲王。本能是一件很重要的东西,我是因为基于本能而成为一个懦夫的。"③胆小如鼠的福斯塔夫,却偏偏将自己与勇士赫剌克勒斯和凶猛的狮子相提并论,用人的"本能"掩盖自己的胆小和懦弱,同时又奉承亲王。这些漏洞百出和自相矛盾的吹捧和自嘲,让福斯塔夫的言行形成错位,暴露自身的缺陷,使一个贪财、怕死、懦弱无能、撒谎、吹牛又不失机智和幽默的福斯塔夫形象跃然纸

---

① [英]莎士比亚:《莎士比亚全集》Ⅸ,朱生豪等译,人民文学出版社1994年版,第170页。
② [英]莎士比亚:《莎士比亚全集》Ⅲ,朱生豪等译,人民文学出版社1994年版,第40页。
③ [英]莎士比亚:《莎士比亚全集》Ⅲ,朱生豪等译,人民文学出版社1994年版,第43页。

上,活灵活现,栩栩如生。福斯塔夫又并非一无是处,他直率、乐观而充满活力。当亨利五世宣布将其放逐后,福斯塔夫却说"今晚我一定就会被召进宫"①。在《温莎的风流娘们》中,福斯塔夫被福德太太和培琪太太折腾得半死,可他并不丧气,只是说"可见一个人做了坏事,虽有天大的聪明,也会受人之愚的"②。福斯塔夫对自己所做的"坏事"直言不讳,被人愚弄还不否定自己的"聪明"。福斯塔夫荒诞、机智、幽默的语言,给人们带来无尽的欢乐。

夏洛克是一个贪婪、凶狠却又令人同情的喜剧人物。莎士比亚通过生动形象且富有个性的语言,凸显了他性格的复杂性,使其形象格外丰满。当巴萨尼奥以安东尼奥的财产为抵押向他借债时,夏洛克说:"岸上有旱老鼠,水里也有水老鼠,有陆地的强盗,也有海上的强盗,还有风波礁石各种危险。"③夏洛克用"老鼠""强盗"比喻安东尼奥货船在海上面临的危险,生动形象地表明他在借贷问题上的深谋远虑和小心谨慎。在谈论借钱时,夏洛克用"像母羊生小羊一样地快快生利息"④,表现一个高利贷者的贪婪。夏洛克又是一个受侮辱的对象,他对基督徒对他的侮辱与伤害耿耿于怀。在法庭上,当法官问起为何不接受三千磅而要一磅肉时,夏洛克狡辩道:"要是我的屋子里有了耗子,我高兴出一万块钱叫人把它们赶掉,谁管得了我?……有的人不爱看张开嘴的猪,有的人瞧见一头猫就要发脾气,还有人听见人家吹风笛的声音,就忍不住要小便……"⑤夏洛克使用"耗子""猪""小便"等污秽、卑下、丑陋的词语,映衬他的残忍,同时也折射出他那受伤的心。夏洛克还是一个喜剧色彩浓厚的人物。在女儿杰西卡和情人私奔后,夏洛克满街大喊:"我的女儿!啊,我的银钱!啊,我的女儿!跟一个基督徒逃走啦!啊,我的基督徒的银钱!公道啊!法律啊!我的银钱,我的女儿!"⑥夏洛克对"我的女儿"和"我的银钱"的重复叫喊,很好地凸显了他爱钱如命的性格,

---

① [英]莎士比亚:《莎士比亚全集》Ⅲ,朱生豪等译,人民文学出版社1994年版,第212页。
② [英]莎士比亚:《莎士比亚全集》Ⅲ,朱生豪等译,人民文学出版社1994年版,第310页。
③ [英]莎士比亚:《莎士比亚全集》Ⅱ,朱生豪等译,人民文学出版社1994年版,第247页。
④ [英]莎士比亚:《莎士比亚全集》Ⅱ,朱生豪等译,人民文学出版社1994年版,第249页。
⑤ [英]莎士比亚:《莎士比亚全集》Ⅱ,朱生豪等译,人民文学出版社1994年版,第299页。
⑥ [英]莎士比亚:《莎士比亚全集》Ⅱ,朱生豪等译,人民文学出版社1994年版,第271页。

失去金钱后的夏洛克失去了理智,满街大喊以致街上的小孩都跟在他后面嬉笑。在听说安东尼奥货船出事之后,夏洛克同样喊道:"什么?什么?什么?他也倒了霉吗?他也倒了霉吗?""谢谢上帝!谢谢上帝!是真的吗?是真的吗?"①通过句子的重复使用,将他那种幸灾乐祸的复仇快感外化出来,为剧作增添了喜剧气氛。莎士比亚通过生动形象的语言,给读者和观众呈现了一个既可恨、可怜又可笑的夏洛克形象。

莎士比亚还通过娴熟的语言,营造了一场场戏剧冲突和喜剧情景,为剧作增添了无穷的艺术魅力。以《温莎的风流娘们》为例,夏禄和爱文斯想撮合斯兰德少爷与安·培琪小姐的婚事,三人进行了一场精彩的对话:

夏　禄　斯兰德贤侄,你能够爱她吗?
斯兰德　叔叔,我希望我总是照着道理去做。
爱文斯　嗳哟,天上的爷爷奶奶们!您一定要讲得明白点儿,您想不想要她?
夏　禄　你一定要明明白白地讲。要是她有很丰盛的妆奁,你愿意娶她吗?
斯兰德　叔叔,您叫我做的事,只要是合理的,比这更重大的事我也会答应下来。
夏　禄　不,你得明白我的意思,好侄儿;我所做的事,完全是为了你的幸福。你能够爱这姑娘吗?
斯兰德　叔叔,您叫我娶她,我就娶她;也许在起头的时候彼此之间没有多大的爱情,可是结过了婚以后,大家慢慢地互相熟悉起来,日久生厌,也许爱情会自然而然地一天不如一天。可是只要您说一声"跟她结婚",我就跟她结婚,这是我的反复无常的决心。②

媒人夏禄和爱文斯不停地追问"是否爱她",可斯兰德却答非所问,造成对话双方不同思路的交叉与错位,制造喜剧效果。好不容易等到斯兰德谈到了爱情,可他却误用"日久生厌""一天不如一天""反复无常"等词语,造成语言和指义之

---

①[英]莎士比亚:《莎士比亚全集》Ⅱ,朱生豪等译,人民文学出版社1994年版,第280页。
②[英]莎士比亚:《莎士比亚全集》Ⅲ,朱生豪等译,人民文学出版社1994年版,第226页。

间的偏离和错位。莎士比亚通过问与答之间的不一致和不协调,故意违反对话的合作原则,从而制造出强烈的喜剧效果,暴露出斯兰德的愚蠢和可笑。

《罗密欧与朱丽叶》通过形象生动的语言,消解了剧作的悲剧性而增强了剧作的喜剧感。比如,茂丘西奥在与提伯尔特的互斗中受伤,莎士比亚让剧中人物展开了一场别开生面的对话:

茂丘西奥　我受伤了。你们这两家倒霉的人家!我已经完啦。他不带一点伤就去了吗?

班伏里奥　啊!你受伤了吗?

茂丘西奥　嗯,嗯,擦破了一点儿;可是也够受的了。我的侍童呢?你这家伙,快去找个外科医生来。(侍童下。)

罗密欧　放心吧,老兄;这伤口不算十分厉害。

茂丘西奥　是的,它没有一口井那么深,也没有一扇门那么阔,可是这一点伤也就够要命了;要是你明天找我,就到坟墓里来看我吧。我这一生是完了。你们这两家倒霉的人家!他妈的!狗、耗子、猫儿,都会咬得死人!这个说大话的家伙,这个混账东西,打起架来也要按照着数学的公式!谁叫你把身子插了进来?都是你把我拉住了,我才受了伤。①

茂丘西奥被提伯尔特刺中了要害,命在旦夕,可茂丘西奥一会说"擦破了一点儿",一会说"也够受的了",形成语言和指义之间的矛盾,制造轻松而幽默的喜剧气氛。当罗密欧安慰他说伤口不严重时,茂丘西奥说自己的伤口"没有井那么深","没有门那么阔",用反语和夸张进行反驳,表明自己伤势严重。在死亡面前,茂丘西奥没有悲伤和哀号,而是表现出诙谐和幽默,他还说让罗密欧明天到坟墓里来看他。莎士比亚通过矛盾、夸张、比喻等修辞手法的应用,让喜剧性语言包围着悲剧的现实,这种不协调的语境产生一种巨大的戏剧张力,消解了剧作的悲剧性。观众看不到悲伤,听不见痛苦,只有临死者喋喋不休的唠叨和幽默的

---

① [英]莎士比亚:《莎士比亚全集》Ⅰ,朱生豪等译,人民文学出版社1994年版,第237页。

调侃。

《罗密欧与朱丽叶》多处使用形象生动的语言,制造类似的喜剧情景。朱丽叶听说罗密欧与表兄斗殴中有人死去,乳媪又卖关子不直说。朱丽叶既激动又着急。当奶妈说"他死了"时,朱丽叶以为罗密欧被杀,发出痛苦的呼喊:"啊!我的心要碎了……你这俗恶的泥土之躯,赶快停止呼吸,复归于泥土,去和罗密欧同眠在一个圹穴里吧!"①可乳媪又呼叫"提伯尔特"死了,朱丽叶误以为表兄和罗密欧都死了,情感发生第二次转变,发出"世界末日的来临"的哀号。当闻知"提伯尔特被罗密欧杀死了,罗密欧放逐了"时,朱丽叶从悲哀急剧转变为愤怒:

花一样的面庞里藏着蛇一样的心!哪一条恶龙曾经栖息在这样清雅的洞府里?美丽的暴君!天使般的魔鬼!披着白鸽羽毛的乌鸦!豺狼一样残忍的羔羊!圣洁的外表包覆着丑恶的实质!你的内心刚巧和你的形状相反,一个万恶的圣人,一个庄严的奸徒。造物主啊!你为什么要从地狱里提出这一个恶魔的灵魂,把它安放在这样可爱的一座肉体的天堂里?哪一本邪恶的书籍曾经装订得这样美观?啊!谁想得到这样一座富丽的宫殿里,会容纳着欺人的虚伪!②

在第三次情感转变中,朱丽叶变成了一个情感丰富的诗人,使用矛盾修辞,将相互矛盾的意象和词汇,如"花心里的蛇""清雅的洞府里的恶龙""美丽的暴君""天使般的魔鬼""白鸽羽毛的乌鸦""残忍的羔羊""圣洁的丑恶""万恶的圣人""庄严的奸徒"等叠加到罗密欧身上,以表达她那爱恨交织的心情。当奶妈也跟着骂罗密欧"没良心""没真心"时,朱丽叶发生第四次情感转变,责骂奶妈"你的舌头上就应该涨起水疱来",同时也自责"我刚才把他这样辱骂,我真是个畜生"③。莎士比亚通过朱丽叶语言的变化,揭示了她在面对亲情和爱情冲突时的情感波动,爱情最终战胜亲情,朱丽叶从悲哀变成了欢喜,"我的丈夫活着……我

---

①[英]莎士比亚:《莎士比亚全集》Ⅰ,朱生豪等译,人民文学出版社1994年版,第242—243页。

②[英]莎士比亚:《莎士比亚全集》Ⅰ,朱生豪等译,人民文学出版社1994年版,第243页。

③[英]莎士比亚:《莎士比亚全集》Ⅰ,朱生豪等译,人民文学出版社1994年版,第244页。

为什么要哭泣呢？"①当朱丽叶想起罗密欧要被放逐时,情感发生第五次转变,再度陷入悲哀之中。朱丽叶反复无常的情感变化与她那形象生动的语言交织在一起,为剧作增添了诗性气质和喜剧色彩,大大消解了悲剧性。

莎剧形象生动的语言,让深邃的人文精神和广博的思想内容得以表达,让典型人物活在灵动的话语中,让凄美的爱情故事发生在悲喜交错的氛围里,让滑稽和丑陋洗染着悲情的气息。莎士比亚以神来之笔,巧妙地实现了戏剧性、诗性和哲理性的统一,具有强烈的感染力。莎剧不仅为读者提供了学习、思考和认知的窗口,也为文艺创作提供了语言范本。莎剧语言的典范性,是莎剧在中国获得生命力的内在推动力之一。

四、国人对莎剧经典内质的阐释与确认

"一部文学作品的历史生命如果没有接受者的积极参与是不可思议的。因为只有通过读者的传递过程,作品才进入一种连续性变化的经验视野。"②作品只有在读者的连续性阅读和阐释中,才可能不被遗忘,才有成为经典的可能。莎剧在中国的经典化,特别是文学经典的形成过程,同样与不同时期读者的批评和阐释密不可分。中国学者敏锐地捕捉了莎剧的思想内容模因如人文精神、广博的思想内容及语言模因等,赋予莎剧广阔的阐释空间,莎剧模因快速"侵入"中国学者的视野,在文学批评和阐释中延续生命。

近代中国,莎剧的"典范元素"是国内莎评者关注的重要内容。比如,东润高度评价了莎剧语言与莎剧人物。他以《裘力斯·凯撒》为例,指出莎翁文字之妙在于"轻描淡写之间",仅仅通过"布鲁多与安东尼之两篇演说,语语针锋相对"③,突出了布鲁多的雄杰和安东尼的阴险,肯定莎剧语言对于塑造人物形象的作用。东润又以《罗密欧与朱丽叶》为例,指出此剧最绝妙之处在于"夜语"一节,评朱丽叶是"爱神之化身",罗密欧为"多情之士"。又比如,周越然《莎士比亚》之《小泉

---

① [英]莎士比亚:《莎士比亚全集》Ⅰ,朱生豪等译,人民文学出版社1994年版,第244页。
② [德]姚斯、[美]霍拉勃:《接受美学与接受理论》,周宁、金元浦译,辽宁人民出版社1987年版,第24页。
③ 东润:《莎氏乐府谈》(三),《太平洋》1918年第1卷第8期,第1页。

八云对于莎氏的评论》转述了小泉八云的莎评观点,重点指出莎剧人物的典范性,认为莎剧人物的特别之处有三点:一是具体生气勃勃的生命力;二是有个性;三是人物不重复。[1]另外,还有学者从情感、人物、思想等方面评价莎剧作品。如,张尧年指出莎翁的四大悲剧不仅描写了丰富而深刻的思想情感,还塑造了性格鲜明的人物,评《哈姆雷特》说"这个剧本最好的地方,即是思想和情感的描写"[2],哈姆雷特是一个典型的"weak character","他真正是一个哲学家,因为他太富于思想了,凡别人想不到的事,都完全被他所想到了"[3]。在张尧年看来,《哈姆雷特》不仅思想深刻,人物也独具个性。

有少数学者将莎剧中的"人性""理智",与人物形象联系起来进行阐释。比如,梁实秋在《莎士比亚的〈马克白〉译序》中指出,《马克白》的意义在于他描写了犯罪的心理,在《莎士比亚的戏剧艺术》中以四大悲剧为例指出莎剧描写了"普遍的人性","莎翁剧曲中的主要人物,无一不是他希望借假着说明人性的标本"[4]。柳无忌在《莎士比亚的该撒大将》中说"该撒不是神道,他是个人,有着人性的好坏参杂的品质"[5],并指出剧中的"最生动的最有趣的"人物是布鲁多。沈蔚德《莎士比亚剧本中的女性》指出《威尼斯商人》中的鲍西亚是"一位理想的女性"[6],她不仅有清晰的头脑和过人的才智,还能以理智控制住自己热烈的情感。又比如,觉元在《近代文艺先锋——莎士比亚》中说:"莎士比亚是欧洲文艺复兴以后近代文艺的先锋,他能从中世纪宗教的,封建的文艺里脱胎出来,产生近代的,人性的文艺,为近代戏剧开出无数的法门,不能不推他为开山始祖……充满浪漫派的风味,又符于写实派的意义。可谓适应时代而又超越时代之作家。"[7]此文指出《奥赛罗》《哈姆雷特》《李尔王》《麦克白》等"贵族剧"揭示了贵族的嫉

---

[1] 参见周越然:《莎士比亚》,商务印书馆1929年版,第61—63页。
[2] 张尧年:《莎氏比亚及其四大悲剧》,《女师学院期刊》1933年第1卷第1期,第142页。
[3] 张尧年:《莎氏比亚及其四大悲剧》,《女师学院期刊》1933年第1卷第1期,第145页。
[4] 梁实秋:《莎士比亚的戏剧艺术》,《戏剧时代》1937年第1卷第3期,第458页。
[5] 柳无忌:《莎士比亚的该撒大将》,《时与潮文艺》1943年第1卷第3期,第53页。
[6] 沈蔚德:《莎士比亚剧本中的女性》,《妇女文化》1947年第2卷第3期,第20页。
[7] 觉元:《近代文艺先锋——莎士比亚》,《文境丛刊》1944年第1期,第14页。

妒、仇恨、荒淫、昏庸、傲慢等劣根性。从以上莎评可以看出,莎评者已经注意到了莎剧对人性和情感的精彩描写和对人类理性精神的关注。

新中国成立以前,国内还有许多莎评文章和论著,或涉及莎剧思想内容,或涉及人物形象,或涉及语言及人文精神等,无不与莎剧的典范性有关。国内学者通过对四大悲剧及《威尼斯商人》《罗密欧与朱丽叶》《裘力斯·凯撒》《雅典人台满》等剧"典范元素"的批评和阐释,扩大了这些剧作的影响力。

"十七年"间,中国莎评者关注的重点是莎剧广博的思想内容、人道主义精神、生动形象的语言等方面。以曹未风《翻译莎士比亚札记》为例,他从翻译的角度指出莎剧翻译既要用大众化的、人民的语言来反映民众的情感,又要在风格上趋于通俗化,揭示莎剧的思想,反映人物的身份和内心,间接指出莎剧蕴涵的丰富性、生动性和人民性。钱争平在《莎士比亚作品中的反战思想》中指出莎士比亚的"语言艺术以及所表现的可贵的品质,还是值得我们珍视的"[①]。卞之琳《莎士比亚戏剧创作的发展》不仅论述了莎剧丰富的题材、典型的人物,还重点指出莎剧表现了欧洲文艺复兴时期的人道主义危机,阐释了莎剧人文主义精神的内涵。比如,卞之琳评价莎剧"从贵族形象里找英雄、美人"来表现人像神,"从贵族形象里找恶汉、娼妇"来表现人像兽。[②]具体评价《麦克白》说莎士比亚模糊了人的正反性,"它继续给反面人物以充分的存在理由","从反面人物看出所谓'人性'的'光辉'"[③]。卞之琳从阶级立场出发,指出莎士比亚的人道主义最大的价值在于肯定人与人的不同,同时指出莎剧人道主义的局限性。再比如,张健《论莎士比亚的〈尤利斯·该撒〉的结构和思想》对莎剧思想进行了专门探讨,评价剧作人物说"布鲁特斯是资产阶级人文主义的化身,在他身上所表现的自由、正义、荣誉、仁慈等等人文主义的理想,终于在现实面前被砸得粉碎。布鲁特斯的悲剧也就是人文主义的悲剧"[④]。张健在指出莎剧揭示人文精神的同时,也肯定了莎

---

① 钱争平:《莎士比亚作品中的反战思想》,《读书月报》1957年第4期,第23页。
② 参见卞之琳:《莎士比亚戏剧创作的发展》,《文学评论》1964年第4期,第73页。
③ 卞之琳:《莎士比亚戏剧创作的发展》,《文学评论》1964年第4期,第69页。
④ 张健:《论莎士比亚的〈尤利斯·该撒〉的结构和思想》,《山东大学学报》(哲学社会科学版)1963年S8期,第10页。

剧人物的典型性。

新中国成立后的"十七年"时期,中国莎评者主要以马列主义视野来透视莎剧,重点指出莎剧呈现的社会内容、身份各异的人物及其反映的时代精神。比如,陈嘉《莎士比亚在"历史剧"中所流露的政治见解》指出莎翁历史剧表现了鲜明的政治思想。陈嘉《从〈哈姆雷特〉和〈奥赛罗〉的分析来看莎士比亚的评价问题》同样指出《哈姆雷特》反映了16、17世纪英国丑恶的现实,《奥赛罗》揭露了资本主义的极端利己主义。李赋宁《莎士比亚的"皆大欢喜"》指出《皆大欢喜》从对牧歌式社会的幻想,逐渐进入对资本主义原始积累时期英国社会关系的批判。这些莎评主要从社会反映论和阶级论出发,探究莎剧的社会背景、人物形象和思想主题,强调莎翁思想内容的丰富性和深刻性,并高度肯定莎剧采用的现实主义创作原则。

尽管这一时期的莎评带有明显的"阶级论"色彩,但莎剧丰富的思想内容、典型的人物形象和丰富的语言仍得到了肯定,莎剧人道主义精神的进步性也获得了认同,福斯塔夫式背景、莎士比亚式语言等"经典元素"被提炼出来,并被尊奉为文艺创作的重要标准。莎士比亚的代表剧作,比如,四大悲剧和《罗密欧与朱丽叶》《亨利四世》《裘力斯·凯撒》《威尼斯商人》《皆大欢喜》等剧的经典性得到反复确认。

1966—1976年间,莎剧在中国的传播与接受受到严重影响。莎剧的思想、人物、语言等被贴上"资产阶级"的政治标签,莎学批评基本停滞。"文革"之后,莎学批评逐渐恢复,莎剧重新进入广大莎评者的视域。马列主义文艺理论虽然还是莎评的重要标准,但西方新思潮和新理论的引入,促使中国莎学批评走向多元化。莎剧的人文精神、莎剧的语言、莎剧人物、莎剧思想等典范元素,再度成为中国学者关注的重要对象。

1976年以后,中国学者对莎剧典范元素进行了全新的解读。比如,孙家琇《莎士比亚〈暴风雨〉的评价问题》(1978)从普洛斯彼罗和凯列班的关系入手,指出《暴风雨》中的普洛斯彼罗是一个殖民主义者和掠夺者,而凯列班则是敢于反抗、争取自由的被压迫者,同时又是一个被莎士比亚丑化的形象。孙家琇以殖民主义理论阐释了《暴风雨》,赋予普洛斯彼罗和凯列班以新的意义。龚建平《也谈〈威尼斯商人〉中巴珊尼的爱情——兼向方平同志请教》直接挑战莎学权威方平的观点,认为《威尼斯商人》中的巴珊尼与波希霞的爱情是真诚的,不是建立在金钱基础上的,"巴珊尼在婚姻上带有一点财产观念,在当时的历史条件下也是正常的"[①],是时代的局限,而不是巴珊尼的目的,《威尼斯商人》歌颂的是仍然是纯洁的爱情、自主的婚姻,是人文主义理想。龚建平抛开阶级论,重新阐释了莎翁的人文主义爱情观。方平《莎士比亚喜剧和莎翁的喜剧精神》以莎士比亚的喜剧《威尼斯商人》《皆大欢喜》《第十二夜》《仲夏夜之梦》《温莎的风流娘们》等为例,指出莎剧中的喜剧精神——宽容的可贵,它超越了道德的束缚而给人独特的美感体验,是对莎剧人文理性精神的再思考。张冲《"犯规"的乐趣——论莎剧身份错位场景中的人称指示语"误用"》从语言学角度阐释了莎剧中人称指示的误用与身份错位,对于营造喜剧效果的意义。陆谷孙《博能返约,杂能归粹——试论莎士比亚戏剧的容量》从题材、人物、剧情结构、语言多个方面,重新阐释了莎剧的"容量"。张泗洋《马克思与莎士比亚》立足于马克思言论本身,重新展现了马克思对莎剧人物、莎士比亚化、莎士比亚语言、莎剧的美学风格等方面的观点。贺祥麟《论莎士比亚戏剧的艺术特色》直接提出了这样一个问题:"为什么莎翁在世界文学史上有如此崇高的地位?他的作品为什么如此深入人心?为什么具有如此惊人的艺术魅力?"[②]作者从以下几个方面指出莎剧艺术魅力所在:第一,莎士比亚思想性和艺术性达到高度的统一,具体来说就是莎剧反映了当时比较先进的人文主义思想;第二,莎剧塑造了一系列具有高度概括性、个性鲜明的人物,其中一些人物比如哈姆雷特、夏洛克、福斯塔夫已经成为世界文学中的典型形象;第三,莎剧打破"三一律"的戏剧创作传统,主要采用开放式双线或多线结构展开戏剧冲突,充满浪漫主义气息,又具有现实主义色彩;第四,莎剧语言形象生动,有令人难以忘怀的精美诗句和寓意深刻的格言警句,成为世人传颂的典范。贺祥麟其实从四个方面回答了莎剧为何是经典的问题,也阐明了莎剧经典性的具体内涵,是对莎剧典范性的再总结。

新时期以来,国内出现了大量莎评文章,比如,周俊章《〈哈姆雷特〉的思想性

---

① 龚建平:《〈威尼斯商人〉中巴珊尼的爱情——兼向方平同志请教》,《成都大学学报》(社会科学版)1981年第1期,第85页。

② 贺祥麟:《论莎士比亚戏剧的艺术特色》,《学术论坛》1982年第4期,第53页。

和局限性》、石宗山《试谈莎士比亚笔下的爱情与命运》、李伟昉《镶嵌在瑰宝上的明珠——谈莎士比亚对圣经典故的运用》、李莉《论莎士比亚悲剧中的死亡主题》、刘砚冰《论莎士比亚社会秩序观的形成和发展》、胡志毅《论莎士比亚悲剧的象征性》、张祥和《莎士比亚喜剧中的小丑》、邹锋《莎士比亚悲剧的审美研究》、王木春《莎士比亚戏剧艺术的哲学根源》等等,这些文章从不同侧面重新阐释了莎剧的思想内容、人物形象、语言特征等,对莎剧的典范性进行了重新解读和补充。

人们常说莎士比亚说不尽,原因就在于莎剧具有"可说"的空间,即莎剧的典范性。莎剧既反映时代又超越时代的人文精神、莎剧广博的思想与社会生活内容、莎剧生动形象的语言,为莎剧的批评和阐释提供了广阔的、开放的空间。不同时期读者和批评者在反复的批评和阐释中拓展了这一空间,推动莎剧与时俱进。国内学者对莎剧的批评和阐释过程,是莎剧模因在中国文化语境中的传递过程,是中国文化主流群体筛选莎剧经典剧目的过程,是发掘和确认莎剧经典内质的过程,是莎剧经典剧目获得更新的过程。莎剧在思想内容与语言表达上的典范性是莎剧在中国获得生命的基础,是莎剧在中国经典化的核心内质。

第二节 伦理精神的典范性

如果说莎剧思想内容与语言的典范性,是构成莎剧经典的基础,那么莎剧伦理精神的典范性则是构成莎剧经典的精神底色。无论在西方还是在中国,戏剧比任何一种文学样式都更注重伦理体验的表达和伦理精神的传达。在一定程度上,可以将戏剧文学看作特定历史阶段伦理观念和道德生活的独特表现形式。莎剧对婚姻爱情的描写,对多变人生的揭示,对丰富社会的再现等,直接或间接牵涉到伦理问题。莎剧与中国传统文学一样,不仅关注伦理现象、表达伦理体验、传递伦理情感,还给人一种向善的伦理指引。莎剧的伦理性与中国文化精神相契合,促使了莎剧伦理模因在中国文化语境中的寄生和快速繁殖,推动莎剧经典剧目在中国文化语境中的遴选。

一、对婚恋伦理的关注

莎翁大多数喜剧、传奇剧及部分悲剧作品,是以男女主人公的婚恋为中心话题,他塑造了一个个鲜活的女性形象,这些女性不仅聪明、美丽,而且敢于追求爱情和婚姻自由,敢于突破封建礼教的羁绊。在一个个浪漫动人的爱情故事背后,是一场场新旧婚恋伦理观念的冲突,是新旧道德力量的角逐,是男女主人公在婚恋伦理困境中的不同抉择。

在爱情和婚姻道路上,莎剧主人公往往遭遇波折和阻碍。以《威尼斯商人》为例,富家女鲍西亚的婚姻受到亡父遗嘱的限制,必须选匣择偶,这给她带来无限的烦恼。正如她自己所痛斥的那样:"理智可以制定法律来约束情感,可是热情激动起来,就会把冷酷的法令蔑弃不顾;年轻人是一头不受拘束的野兔,它会跳过老年人所设立的理智的藩篱。可是我这样大发议论,是不会帮助我选一个丈夫的。唉,说什么选择!我既不能选择我所中意的人,又不能拒绝我所憎厌的人;一个活着的女儿的意志,却要被一个死了的父亲的遗嘱所箝制。"[①]鲍西亚的婚姻受父亲遗嘱的约束,可对自由婚恋的渴望又如此强烈,以致她发出痛苦而无奈的感慨。杰西卡的婚姻遭遇父亲的反对,她哀叹道:"唉,我真是罪恶深重,竟会羞于做我父亲的孩子!可是虽然我在血统上是他的女儿,在行为上却不是他的女儿。罗兰佐啊!你要是能够守信不渝,我将要结束我内心的冲突,皈依基督教,做你的亲爱的妻子。"[②]杰西卡的台词展现了她在爱情和婚姻上的两重矛盾:一是自主婚姻与家长专制之间的矛盾,杰西卡必须服从于父亲意志,没有婚姻自主权;二是婚恋与信仰之间的矛盾,杰西卡的爱人是基督徒,与异教徒恋爱和通婚是宗教禁忌。鲍西亚和杰西卡在婚恋道路上都陷入伦理困境之中。《仲夏夜之梦》中的赫米娅爱上了拉山德,父亲却将她许配给狄米特律斯,自主婚姻与家长专制产生了冲突。《罗密欧与朱丽叶》中的罗密欧义无反顾地爱上仇家的女儿朱丽叶,朱丽叶陷入同样的困境中:自主爱情还是违抗父命?传奇剧《辛柏林》中的伊摩琴、《冬天的故事》里的弗罗利泽王子,都面临着类似的选择。《终成眷

[①][英]莎士比亚:《莎士比亚全集》Ⅱ,朱生豪等译,人民文学出版社1994年版,第243页。
[②][英]莎士比亚:《莎士比亚全集》Ⅱ,朱生豪等译,人民文学出版社1994年版,第261-262页。

属》中的海丽娜和《冬天的故事》中的潘狄塔,她们的爱情还受制于封建门第和身份等。

莎士比亚让恋爱中的男女青年在不同的选择中,传达出合乎人性的、积极的婚恋理想。鲍西亚具有开放的思想,可她并未突破理智的藩篱,爱人巴萨尼奥的"慧眼识匣"化解了鲍西亚的伦理困境。杰西卡则受情感驱使,主动给罗兰佐传递情书,邀罗兰佐私奔,还偷走父亲的珠宝。为了爱情,杰西卡选择了背叛——背叛父亲、背叛信仰。与鲍西亚相比,杰西卡的言行突破了传统伦理的规范,更具反抗性。赫米娅为了爱情,宁愿冒着"不是受死刑,便是永远和男人隔绝"[1]的严厉惩罚,与情人私奔,父亲的妥协最终化解了她的困境。伊摩琴选择了爱情,历经千辛万苦与丈夫团聚,与父亲和好。弗罗利泽王子与美丽的牧羊女潘狄塔之间的爱情,随着潘狄塔公主身份的发现,因为"门当户对"而被父亲接受。罗密欧与朱丽叶在爱情抉择中走向死亡,可二人至死不渝的爱情却感动了家长,化解了两家的世仇。

莎剧歌颂真挚、忠贞的爱情,支持以爱情为基础的婚姻,但并没有完全脱离传统伦理的轨道。大多数青年男女都在抗争中走向和解,要么让男子赢回了"荣誉"和"地位",如伊摩琴的丈夫杀敌立功,杰西卡的丈夫获得夏洛克的财产,并强迫夏洛克改信基督教;要么是女子身份"升值",如潘狄塔从一位牧羊女变成了公主,海丽娜获得了国王的恩宠并获得了财富,等等,这与中国传统文学表现出的婚恋伦理观念非常相似。

中国传统戏曲、小说也有类似的爱情故事——男女主人公因门第和身份限制,在爱情和婚姻道路上一波三折。比如,唐传奇《霍小玉传》中的痴心女子霍小玉,出身名门,可因家道衰败而沦入娼门。霍小玉爱上多情公子李益,但身份和门第的限制最终使李益离她而去。为了寻找李益,小玉"博求师巫,遍询卜筮",直到"资用屡空"[2],抱恨而终。在追求爱情的道路上,霍小玉付出了惨重的代价,可她对爱情的执着感动了无数"风流之士",受到众人的敬佩。中国传统戏曲故事中有许多追求婚姻自由的女性,如《西厢记》中的崔莺莺、《墙头马上》中的李

---

[1] [英]莎士比亚:《莎士比亚全集》Ⅱ,朱生豪等译,人民文学出版社1994年版,第159页。
[2] 梧桐编:《唐宋小说精华》,北京燕山出版社1996年版,第94页。

千金、《牡丹亭》中的杜丽娘、《倩女离魂》中的张倩女、《玉簪记》中的陈妙常、《雷峰塔》中的白娘子,等等,这些女性在追求爱情和婚姻的过程中,面临与莎剧人物相似的伦理困境。就拿相国小姐崔莺莺来说,她在普救寺与张生一见钟情,可"父母之命、媒妁之言"的传统婚姻观念让她痛苦。崔莺莺有对自主婚姻的渴望,可她又不得不受制于父母之命、媒妁之言。在婚恋困境中,莺莺既没有像鲍西亚那样服从父命,也没有像杰西卡那样离家出走,而是在理智与情感之间犹豫、徘徊,最后在丫鬟红娘的帮助下才迈出反抗的第一步,与张生私自结合,最后也以张生高中状元实现夫妻团聚。杜丽娘是另一个以情反理的女性典范,她与柳梦梅的爱情超越时空,超越生死,更富传奇性。丽娘为魂魄之时,与柳梦梅相爱无拘无束,还魂之后,柳梦梅要求丽娘与之成婚,丽娘却说"必待父母之命,媒妁之言",并解释说"前夕鬼也,今日人也。鬼可虚情,人须实礼"[①]。以情反理的杜丽娘,依旧无法摆脱传统伦理纲常的羁绊,最后因为皇帝赐婚和柳梦梅高中状元才得以团圆。李千金为了自己的婚姻离家出走,与裴少俊在裴家后花园生儿育女,父母的阻拦还是让他们夫妻离散,最后的团聚也是在满足"父母之命,媒妁之言"的前提下得以实现的。

中国传统文学中的女性,在婚姻问题上如同莎剧中的杰西卡、赫米娅、伊摩琴、海丽娜、潘狄塔等人一样,要么受传统门第和身份观念的限制,要么受父母之命、媒妁之言的束缚。她们在追求爱情和婚姻的道路上,积极主动,表现了强烈的反抗精神和自我觉醒意识。李千金与杰西卡、赫米娅一样选择了私奔,崔莺莺、杜丽娘、陈妙常与朱丽叶、伊摩琴等人一样选择私订终身。但这些女性人物又都未完全脱离传统伦理的轨道,大多数女性在经过磨炼后,得以夫妻团聚,不是男方获得了"功名",就是女方获得了"升值",总体上又回到传统婚恋道德的规范中来。

莎剧歌颂真挚、忠贞的爱情和婚姻,对以爱情和婚姻为儿戏的毁誓叛约和虚情假意的游戏行为给予严厉的批判。《爱的徒劳》中法国公主及其侍女"以其人之道还治其人之身",戏弄了那瓦国王及其侍臣,给游戏爱情的男子们以深刻的教训——爱情需要真诚。《维洛那二绅士》中的普洛丢斯是一个出尔反尔、违誓毁约

[①] (明)汤显祖:《牡丹亭》,岳麓书社2002年版,第138页。

的爱情游戏者。他一面信誓旦旦地表达对茱莉亚小姐的"忠诚",一面却又追求西尔维娅小姐。为了得到西尔维娅的爱情,普洛丢斯告发友人凡伦丁与西尔维娅私奔的秘密,导致凡伦丁被流放。普洛丢斯自私、虚伪的爱情游戏,受到姑娘们的嘲讽和鄙视。《一报还一报》中的安哲鲁垂涎伊莎贝拉的美貌,以伊莎贝拉弟弟克劳迪奥的性命换取她的贞操,遭到公爵和伊莎贝拉的戏弄。《终成眷属》中的勃特拉姆拒绝了海丽娜真诚的爱情,却色迷心窍,追逐狄安娜寻乐。海丽娜不仅献计帮助狄安娜摆脱了纠缠,还为自己赢回了丈夫。莎剧通过嘲讽和戏弄的方式,贬斥了受欲望驱使而游戏爱情的风流浪子。

与莎剧相似,中国传统文学有更多发迹变泰后抛弃发妻,甚至谋害发妻性命的负心汉。比如,《喻世明言》第27卷《金玉奴棒打薄情郎》中的书生莫稽,在科考之前,与结发妻子金玉奴相守,考取功名后便忘恩负义,将玉奴推入江心,以另图良配。新上任的淮西转运使许德厚救起玉奴,认她为义女,且故意将莫稽招来为婿。玉奴新婚之夜,棒打莫稽,责骂其无情无义。莫稽满面羞愧,磕头求饶,在许公夫妇的调解下,夫妻重新和好。类似的故事还有《张协状元》中的张协、《潇湘雨》中的崔通、《崔君瑞江天暮雪》中的崔君瑞、《临江驿父女再会》中的崔甸士、《秦香莲》中的陈世美等人,他们在获取功名以前大多与妻子海誓山盟,贫寒相守;自己也勤奋上进,发奋读书。获取功名之后,这些发迹的新贵则变得无情无义。喜新厌旧、攀龙附凤的本性使他们毁誓叛约,甚至露出禽兽一样的凶残面目。中国传统文学通常从道德上鞭挞这些不义之人,有的让变心的薄情郎悔过自新,有的让其与妻子重归于好。

莎剧与中国传统文学在婚恋伦理观上具有一定的相似性,它们都歌颂真诚和忠贞的爱情,向往自主的婚姻,嘲讽、鞭挞不负责任的薄情郎和无情无义的负心汉,又都以宽容的姿态对待犯错者,让他们悔过自新。莎剧中的婚恋题材及其揭示的伦理观念,是莎剧亲近中国读者的重要依托,也是吸引中国读者和观众的重要原因。

二、对王者伦理的反思

莎剧不仅关注婚恋伦理,还对王者伦理提出了反思。莎士比亚对王者伦理的关注,主要集中在系列历史剧中。这些剧作或以政治或以君主为关注焦点,

"将各种宏伟的主题——善与不善的统治,居于神圣地位的王位和一个马基雅维利式纯政治意义上的王位,统治者与被统治者之间相互承担的义务——融为一体,并放置在如此宏大的历史图景之内"[①],呈现了王者的为人之道和为君之道的重大伦理问题。

首先,莎翁历史剧对王者发动的战争进行了反思。以莎士比亚第一部历史剧《亨利六世》为例,此剧描写了亨利五世丰功伟绩背后的危机。亨利五世依靠武力迫使法国人民臣服,依靠联姻换取两国的和平和法国王位的继承权,战争虽然暂时转移了国内的矛盾,却并没有解决矛盾。亨利五世为亨利六世创造了表面的辉煌,同时也种下了王朝覆灭的种子。正如亨利六世的叔父培福公爵所哀叹的那样:"后代的人们,等着过苦日子吧。婴儿们将从母亲湿淋淋的眼眶里吮吸泪水,我们的岛国将变成咸泪遍地的沼泽,男人们将死尽杀绝,只剩下妇人们为死者哀号。"[②]培福公爵对国民创伤的感怀和哀叹,对祖国的忧虑,不正是亨利五世对法战争后果的真实写照吗?长年的战争耗费了大量的人力、物力、财力,法国子民并未真心臣服,王权与教权之争从未停息。无论是亨利五世所处的历史语境,还是莎翁所在的时代,常年的战争带给人民的,不可能是繁荣和富裕,而是沉重的负担,"君主利用战争或战争的借口强制性地增收租税和强迫捐献巨额金钱,这已经变成了赤裸裸的敛财手段了"[③]。具有深邃思想和忧患意识的莎士比亚,不可能完全回避现实问题。英国人民渴望社会稳定和国家安全的价值诉求,作为一种集体无意识体现在莎翁历史剧中。亨利六世王朝的宫廷斗争和国家危机,与亨利五世不无关系。亨利五世留给幼子的是一个危机四伏和满目疮痍的国家。亨利五世的对法战争,没有给国家、人民和子孙带来幸福,而是带来了不安与恐惧,王权最终并未得到巩固,民族利益也并没有得到很好的维护,国家陷入内忧外患的困境中,年幼的亨利六世自身难保,更无法化解危机。可见,莎翁首部历史剧《亨利六世》,更多的是揭示潜伏在亨利五世"丰功伟绩"背后的

---

① [英]杰曼·格里尔:《思想家莎士比亚》,毛亮译,外语教学与研究出版社2007年版,第254页。
② [英]莎士比亚:《莎士比亚全集》Ⅴ,朱生豪等译,人民文学出版社1994年版,第100页。
③ 宁平:《莎士比亚战争意识初论》,《辽宁师范大学学报》(社会科学版)2012年第4期,第505页。

矛盾和危机,是对亨利五世对法战争的深刻反思。

《亨利五世》揭示了王者以"爱国"为名发动战争的罪恶,肯定超越国界、民族的共同的善,表现了世界主义的伦理观。全剧五幕二十三场,其中十四场戏的场景设在阵地和战场。宫廷、战场与内斗直接联系起来,莎翁那轻松幽默的笔调无法掩饰内斗的凝重与外战的血腥。第二幕中,法王告诫皇太子不要轻视亨利五世,他讲述了亨利祖先曾经如何凶悍地踏遍法兰西的国土。现实中的亨利五世,同样让法国的葡萄园、耕地、牧场变得不可收拾,让儿童失去学习的机会,让士兵把杀人当作家常便饭。亨利五世牢记先父"要不使国人反叛就得将国人注意力引向国外"的嘱咐,寻找一切借口发动对法战争,把国内和民族矛盾的战火烧到法国。战场上,亨利五世鼓舞战士们英勇杀敌时说:"好朋友们,再接再厉,向缺口冲去吧,冲不进,就拿咱们英国人的尸体去堵住这座城墙……把善良的本性变成一片杀气腾腾。"①只要能获取战争的胜利,亨利五世不惜以战士的"尸体堵城墙",不惜丢掉"善良的本性",更不惜让对手尸横遍野。亨利五世威胁对方说,如果不投降,结局将会是"你们那些鲜艳娇嫩的姑娘,茁壮的婴儿,就像花草一般,纷纷倒在镰刀底下"②。莎翁揭示了战争暴行给人民所带来的苦难。事实上,尚武的亨利王,在战争中并没有心慈手软,仅在阿金古尔战役中,法军就有一万人横尸沙场。战争确实展现了亨利五世的英雄本色和战神的风姿,可紧跟在他后边的,是两国人民面临的饥荒和战火。他所呼吁的"为国、为荣誉而战"的爱国主义行为,实则是侵略他国领土和损害两国人民利益的不义之举。他的对法战争犹如十字军东征,打着"爱国主义"的旗号,掩盖着战争的罪恶和非正义的目的。

其次,莎剧对王者的合法性、王者的为君之道等王者伦理问题进行了理性思考。从伦理身份来看,王者身份的合法性关乎王者的处境,关系王国的稳定。莎翁历史剧中王者身份的合法性,与王者的伦理处境和国家的命运息息相关。阎照祥在《英国贵族史》中列举了中古英国君王产生的三种主要方式:一是凭借公认的血统,传递王位继承权;二是由贵族推举,其中包括贤人会议的选举;三是通

---

① [英]莎士比亚:《莎士比亚全集》Ⅳ,朱生豪等译,人民文学出版社1994年版,第142页。
② [英]莎士比亚:《莎士比亚全集》Ⅳ,朱生豪等译,人民文学出版社1994年版,第148页。

过血与火的武力征服。①莎翁的历史剧生动展现了王者继位的几种方式。亨利四世,为了维护自身利益而被迫举兵夺取王权,他的登基得到了群臣的拥护。比起理查二世,亨利四世显示了王者的统治才能和一定的道德素养。但是,名不正言不顺的国王身份也为其统治带来阻力。不久,北方泼息家族联合其他贵族发动了反对王权的叛乱,宗教势力也起兵造反,亨利四世王朝陷入动荡之中。理查三世也是一位典型的通过血与火来获得王位的篡位者。为了获取王冠,他六亲不认,先杀死被囚禁的亨利六世,后挑唆国王与兄弟反目,嫁祸王后,密谋陷害其兄乔治与两个王子。最终理查三世获取了王冠,但其不合法的身份也使他背负深重的罪孽,他只能采取血腥手段维护统治,直到众叛亲离。通过非法途径和血腥手段获取王位的篡位者,为了王权,违背了王者的继承传统,改变了自己的伦理身份,也改变了自己的人生处境。"在文学文本中,所有伦理问题的产生往往都同伦理身份相关。"②传统伦理秩序的破坏,瓦解了原有的亲情关系和君臣关系,导致亲人反目,君臣不和,甚至外族入侵。为了各自的利益,王者可以不顾信义和道德,臣民可以投敌叛国,亲人不惜手足相残。无论是采取血与火的方式获得王位,还是通过仁慈的方式被人拥立为王,约翰王、查理三世和亨利四世都没有遵循王位继承传统而得到王冠,他们都不是合法的王者。

再从伦理选择来看,王者对自由意志和理性意志的抉择,关系到王者自身和王国的命运。"自由意志是人的欲望(desire)的外在表现形式,理性意志是人的理性的外在表现形式。"③理查三世,一位典型的按照自由意志行动而不受德行约束的王者,为了篡夺王冠,"随时顺应命运的风向和事物的变幻情况而转变",他"常常不得不背信弃义,不讲仁慈,悖乎人道,违反神道"④。理查三世的言行,几乎是遵循马基雅维里的精神来构想和实施的。他按照利益至上的为君原则,使自己的欲望得到满足。登基之后的理查三世,并没有停止杀戮,而是继续实行他那邪恶的计划,清算两个本该继承王位的侄儿,暗害妻子安夫人,企图再娶侄女

---

① 参见阎照祥:《英国贵族史》,人民出版社2000年版,第33—34页。
② 聂珍钊:《文学伦理学批评导论》,北京大学出版社2014年版,第263页。
③ 聂珍钊:《文学伦理学批评导论》,北京大学出版社2014年版,第42页。
④ [意]尼科洛·马基雅维里:《君主论》,潘汉典译,商务印书馆1985年版,第85页。

伊莉莎白为妻,等等。罪恶手段为他赢得了王冠,却也让他失去了所有人。在经过三年的艰难统治后,理查三世被亨利七世废黜。可见,像理查三世这样毫无道德感的利益至上主义者,无视王者道德和理性约束,放纵欲望,一意孤行,即使有着超乎常人的才干,也无法维持其自身的统治。理查二世是一位名副其实的"上帝的代理人"和"天生发号施令的人"。从出身来看,理查二世既有正宗的血统,又是世袭的国王。可这位合法的君王却为私欲,放逐同祖兄弟波林渤洛克;无视法律,把国土当作私人财产出租;破坏了传统的惯例,没收本该属于波林渤洛克继承的一切财产。理查二世与理查三世一样,无视理性意志和王者的责任和义务,放纵自己,最终丧失了王者应有的合法性。如果说王者不受约束的自由意志会给自身和国家带来不利处境的话,那么亨利六世的困境则表现为他无力做出选择。亨利六世在襁褓中就已经成为英法两国法定的王位继承人。他并没有像理查二世那样肆意挥霍财产,也没有滥用权力,甚至可以用善良来形容这位王者,但他无力选择自由意志,也无力选择理性意志,自然无法承担王者的责任与义务,也无力履行王者的职责,从而丧失了身为王者的意义。亨利五世,这位被许多读者或学者认为是莎翁笔下"最开明的君王",为寻求个人道德和政治道德的统一作出了努力。这位既有合法王者身份,又有道德感,且能够以理性意志控制自己言行的国王,也只能为英国赢得暂时的荣耀。亨利五世并没有化解国内危机,没有解决王权与教权之争,更没有化解民族矛盾,自身也英年早逝。

莎翁历史剧不是简单地为王者唱颂歌,也不是简单地为王者行为作是非判断,而是对王者命运、王者处境、国家安全与稳定等问题进行思考。莎翁的历史剧、悲剧、传奇剧、喜剧等也涉及王者伦理问题,如《麦克白》《哈姆雷特》《皆大欢喜》和《暴风雨》中的篡夺权位,《李尔王》中王者对责任的抛弃,《辛柏林》中国王的武断专横等,间接反映了王者的为君之道和为人之道。

与莎剧相比,中国传统文学直接关注王者伦理问题的作品虽然也有——如唐明皇与杨贵妃题材的系列剧等,但相对较少。不过,家国同构的传统观念决定中国读者和观众同样渴望统治者能够实现"善治",期盼家庭和谐和国家稳定,与莎剧中王者伦理和政治问题依旧存在对话的空间。

三、对伦理亲情的呼唤

家庭是以婚姻和血缘为纽带组建的社会单位,家庭和谐关乎社会稳定。在家庭伦理关系中,伦理亲情占据核心地位。莎剧生动形象地再现了现实利益和贪欲对伦理亲情的冲击和挑战,描绘出一幅幅生动的亲情伦理图画。

莎翁描写最多的是撕裂的父子之情、父女之爱及受到戕害的手足之情。《李尔王》与其说是个人的悲剧,不如说是亲情沦陷的家庭悲剧。为了安享晚年,李尔王按照"爱"的原则把国土分配给两个女儿高纳里尔和里根,驱赶了不善奉承的小女儿考狄丽娅,李尔王愚蠢的决定撕破了"爱"的面纱,埋下了家庭悲剧的祸根。大臣葛罗斯特受私生子爱德蒙的挑拨,不分青红皂白赶杀自己的亲生骨肉爱德伽,犯下与李尔王相似的错误。作为子女,高纳里尔和里根为了追逐权欲,无视亲情,驱赶父亲李尔王。作为姐妹,高纳里尔和里根不仅陷害妹妹,而且争风吃醋,自相残杀。爱德蒙为了获得财产继承权,同室操戈,陷害兄弟,谋害父亲。爱恨情仇的纠葛摧毁了神圣的亲情神话,正如葛罗斯特所说:"亲爱的人互相疏远,朋友变为陌路,兄弟化为仇雠;城市里有暴动,国家发生内乱,宫廷之内潜藏着逆谋;父不父,子不子,纲常伦纪完全破灭。"[①]权欲和私利吞噬了亲情之爱,子女虐待父亲,父亲诅咒子女,手足之情不复存在,珍贵的亲情被肆意地踩在脚下。《哈姆雷特》《皆大欢喜》《暴风雨》中的兄弟交恶,等等,都展现了亲情泯灭的惨痛景象。在恶性膨胀的欲望面前,亲情多么脆弱,道德多么渺小,家庭伦理秩序如此不堪一击!

亲情伦理不仅遭遇利与欲的挑战,同样面临"名誉"的冲击。以《无事生非》为例,总督里奥那托的女儿希罗与少年贵族克劳狄奥相爱,两人不久将举办婚礼。恶人唐·约翰挑拨离间,诬陷希罗失去贞操,致使克劳狄奥信以为真。婚礼上,克劳狄奥在众目睽睽之下羞辱希罗失去贞洁,希罗不堪其辱当场晕倒。父亲里奥那托在女儿遭遇诽谤时,不仅没有保护女儿,反而充当了帮凶,诅咒说:"命运啊,不要松了你的沉重的手!对于她的羞耻,死是最好的遮掩。"[②]当希罗刚缓

[①][英]莎士比亚:《莎士比亚全集》Ⅶ,朱生豪等译,人民文学出版社1994年版,第143页。
[②][英]莎士比亚:《莎士比亚全集》Ⅲ,朱生豪等译,人民文学出版社1994年版,第381页。

过神来,父亲无视女儿的生死继续诅咒:"希罗,不要睁开你的眼睛;因为要是你不能快快地死去,要是你的灵魂里载得下这样的耻辱,那么我在把你痛责以后,也会亲手把你杀死的。"①在"名誉"受到威胁时,父亲宁愿女儿以死遮羞,女儿的性命竟远不及"名誉"重要啊!《冬天的故事》中的里昂提斯也因自己的"名誉受损",置友情、亲情于不顾,杀妻弃女。《奥赛罗》中的奥赛罗在伊阿古的蛊惑下,怀疑妻子不忠,同样是那自私的"名誉"感让他向妻子痛下杀手。亲情在"名誉"面前,多么苍白无力!那至高无上的"名誉"背后,是一颗颗自私而残忍的心,如同一把把无情的利剑,在亲人身上割开一道道血淋淋的伤口。

尽管亲情在莎剧中遭到毁弃的场面比较常见,但莎士比亚对亲情并未失去信心,他在剧作中塑造了一些有情有义的儿女和悔过自新的家人形象,表达了对温暖亲情的渴望。《李尔王》中爱德伽在父亲失去双眼后,一路护佑在父亲身边,履行自己的义务,爱德伽用行动证明亲情依旧存在。考狄丽娅为父亲的不幸伤心落泪,并称"谁要是能够医治他,我愿意把我的身外的富贵一起送给他"②。在善良的考狄丽娅这里,亲情永远比身外的富贵更重要。《皆大欢喜》中的奥兰多不计前嫌,将兄弟奥列佛从狮口救出,体现了珍贵的手足之情。奥兰多的亲情唤醒了奥列佛的良知,唯利是图的奥列佛悔过自新,声称自己愿意做个牧羊人,并打算把父亲的房屋和一些收入让给奥兰多。篡夺兄弟王位的弗莱德里克公爵也在圣人劝说下迷途知返,归还了王兄的权位。《冬天的故事》中的里昂提斯为自己的过错终身忏悔,最终获得妻子和女儿的宽恕,与家人团聚。《暴风雨》中的兄弟在宽容与和解中化解恩怨。在个人自由与伦理亲情发生冲突时,在现实利益与伦理亲情难以统一时,如何维系日益稀薄的亲情?莎剧通过奥兰多、考狄丽娅、爱德伽等人对亲情的维护,表达了一种可能——以善良和宽容化解恩怨,以正义维护伦理纲常,亲情与伦理秩序依旧存在恢复的希望。

相对于莎剧,中国传统文学中的伦理亲情则更显温馨。中国传统文学塑造了许多贤妻良母、孝子孝妇的形象,从正面宣扬亲情的可贵和对伦理道德的遵守。比如,《窦娥冤》中的窦娥,为了不让婆婆受酷刑,宁愿自己屈认杀人罪名;

---

① [英]莎士比亚:《莎士比亚全集》Ⅲ,朱生豪等译,人民文学出版社1994年版,第381页。
② [英]莎士比亚:《莎士比亚全集》Ⅶ,朱生豪等译,人民文学出版社1994年版,第214页。

《琵琶记》中的赵五娘,宁愿自己吃糠,也要善待公婆。类似的女性还有《五福记》中的柳氏、《节孝记》中的刘氏、《埋剑记》中的颜氏,等等。这些女性遵从妇道,孝顺父母,宁愿牺牲自己也要维护传统美德,表现了她们的善良和无私精神。在亲情与爱情发生冲突时,中国传统文学很少让亲情割裂。比如,元杂剧《吕蒙正风雪破窑记》中的千金小姐刘月娥,为了爱情甘愿离家与贫穷的丈夫相守破窑,但刘员外与夫人还是心疼女儿,时而送些茶饭与衣物,爱情与亲情的冲突并未割断父母对女儿的疼爱。民间流传的鼓词《龙凤金钗传》以及据此改编的戏曲剧目《三击掌》,也有讲述追求自主爱情的王宝钏与宰相父亲王允断绝父女之情的故事,但在剧情中,母女之情并未断绝,母亲因心疼女儿屡次来探。王宝钏拒绝王府接济,主要出于对三击掌的诺言和对爱情的坚守。当父亲罪行暴露时,王宝钏依然为父求情,保其性命。即便是那些忤逆犯上的逆子悍妇,中国传统文学也多让他们悔过自新或遭受惩罚,体现了鲜明的道德立场。比如,蒲松龄的俚曲《墙头记》描写儿女不孝的故事。年过八旬的张木匠将家财分给儿子大怪和二怪后,二子相互推托抚养父亲的责任。一个寒冬,大怪将张木匠送往二怪处遭拒,便将其搁置墙头,致使张木匠险些冻死。张木匠的好友王银匠将其救下,谎称张木匠藏有私银,诱使二子争养老人。张木匠死后,大怪、二怪为争银子吃了官司,遭到惩罚。与《李尔王》相似,《墙头记》描写子女忤逆不孝,不同的是,二子在钱财的诱惑下重新奉养了老人,被罚之后也意识到自己的错误。《二刻拍案惊奇》之《痴公子狠使噪脾钱,贤丈人巧赚回头婿》中的姚公子也是一位逆子典型。他原本出身豪门,自父母过世后,因不务正业,又豪奢成性,不久便将家财挥霍一空。为了生存,姚公子典房卖妻。不过,在岳父的调教下,姚公子浪子回头,重新做人。再比如,《醒世姻缘传》中的薛素姐是中国传统文学中的悍妇典型,她泼辣狠毒,虐待丈夫,气死婆婆和亲爹,无视手足之情。但薛素姐的恶行遭到了应有的报应,在一次施虐中,她被猴抠走一只眼,咬掉鼻子,作者训诫道:"素姐明是造了弥天之恶,天地鬼神不容,遣这猕狖、訾者相继果报。"[①]作者借素姐的因果报应,进行道德说教。由此看来,中国传统文学中的逆子悍妇多是反面教材,用以告诫世人遵守家庭伦理纲常,孝敬父母,善待子女,表达了对亲情的珍爱。中国传统文学

[①]（清）西周生:《醒世姻缘传》（下）,中华书局2005年版,第986页。

与莎剧在亲情伦理的呈现上小有差异,不过,莎剧与中国传统文学都歌颂家庭美德,呼唤亲情,力图导人向善,建构和谐的人伦关系。

中国传统文学和莎剧都擅长描写伦理现象,揭示尊卑有序的伦理秩序对构建和谐家庭和社会稳定的意义。莎剧的伦理取向使中国读者产生了亲切感,成为沟通莎剧与中国读者的重要纽带。

四、伦理性与莎剧剧目的遴选

中国传统文化是一种以伦理为出发点和归结点的伦理型文化,"以至中国文学突出强调'教化'功能,史学以'寓褒贬,别善恶'为宗旨,教育以德育统驭智育,人生追求则以'贱利贵义'为价值取向,构成以伦理为中心的文化系统"[①]。代表中国文化精神的传统戏曲和小说,都擅长从伦理角度描写社会人生。《三刻拍案惊奇》序言中说:"君臣父子、夫妇兄弟、朋友之理道宜认得真;贵贱穷达、酒色财气之情景须看得幻。当场热哄,瞬息成虚,止留一善善恶恶影子,为世人所喧传,好事者三,敷演后世。"[②]从中可以看出中国传统小说非常重视伦理道德说教。戏曲创作同样也"长于从道德方位观察生活和表现生活,公忠者雕以正貌,奸邪者刻以丑形,以善与恶为主要尺度,对人物进行道德评判"[③]。在中国,文以载道已经成为一种深厚的文学传统,"道"的主要内涵就是伦理道德,这种理念渗透到文学创作、文艺批评及对外来文学作品的选择之中。

在近代中国,中国文化主体根据自身的需要,选择与中国文化精神相契合的莎剧剧目,借以开启民智和实现思想启蒙,具有浓厚伦理精神的莎剧自然成为国人喜爱的对象。中国的戏剧艺人们巧妙地借鉴莎剧的婚恋、家庭及政治题材模因,根据本土需求对其进行再创造,放大其中的伦理蕴涵,以唤起民众的道德感和社会责任感。试以文明戏舞台上搬演频率较高的莎剧故事《杀兄夺嫂》《窃国贼》《女律师》为例来加以说明。据《哈姆雷特》改编的《杀兄夺嫂》演绎了个体欲望膨胀和道德堕落给国家、家庭和个人带来危害和灾难的故事。编剧以"杀兄夺

[①] 冯天瑜、杨华、任放编:《中国文化史》,高等教育出版社2005年版,第21页。
[②] (明)梦觉道人、西湖浪子:《三刻拍案惊奇》,北京燕山出版社1987年版,第1页。
[③] 郑传寅:《中国戏曲文化概论》,长江文艺出版社,第357页。

嫂"为剧名,本身就是为了放大《哈姆雷特》里的伦理蕴涵,将以王子复仇为中心的剧情置换为以克劳狄斯乱伦为中心的造恶故事。据《麦克白》改编的《窃国贼》是一部政治讽刺作品,编剧使用"窃国贼"这个剧名,本身就具有隐喻性,是想借麦克白篡夺王位之故事隐射袁世凯掠夺革命果实的不道德行为,同样放大了莎剧的伦理性。王者的个体道德,不仅关乎个体命运、家庭和谐,还关系到国家稳定和民族团结。国难当前,执政者如何为人、如何执政,显然成为国民关注的中心议题,而莎剧则在这些问题上给国人以启示。据《威尼斯商人》改编的《女律师》是歌颂自由爱情和婚姻的故事,体现了人文主义婚恋理想,表达了对仁慈、宽容和美德的赞美,与近代中国追求女性解放和个性自由的文化精神相契合。另外,与自由婚恋和家庭伦理有关的《驯悍记》《罗密欧与朱丽叶》《奥赛罗》《李尔王》也被搬上中国戏剧舞台。莎剧对自由婚恋的肯定,对个体美德的歌颂,对封建家长专制的控诉,对个体道德堕落的鞭笞,切合近代中国建构科学、民主的新文化的需要。莎剧的伦理模因,以其顽强的生命力,在中国早期的戏剧舞台上获得了再生。中国的戏剧革新者,也利用莎剧模因,实现戏剧艺术样式和思想内容的革新,推动了莎剧剧目在中国戏剧舞台上的遴选。

伦理性同样是吸引近代中国学者关注莎剧的重要原因。以中国学者关注较多的莎剧剧目《裘力斯·凯撒》为例,凯撒因傲慢和独裁而招来杀身之祸,布鲁多为了民族大义刺杀了凯撒,但遭到安东尼的驱逐。这部剧作关乎个人道德和民族大义,伦理色彩浓厚。1917年,东润《莎氏乐府谈》评《裘力斯·凯撒》中的人物说:"布鲁多以正直,安东尼以邪曲;布鲁多为君子,安东尼为小人;布鲁多之行尽为公善,安东尼之言则为私利。然而正直者败,而邪曲者胜;君子败而小人胜;为公善者败而为私利者胜。斯固非特布鲁多一人之厄亦君子之道消矣。"[①]东润从道德立场比较布鲁多和安东尼,指出二人道德品质的差异,认为布鲁多的失败是君子之道的衰落。东润还将此剧与时代问题联系起来,借剧作中的杀戮指责中国社会暗杀行为的卑鄙。杜衡《莎剧凯撒传里所表现的群众》同样从道德立场评价卡西乌斯"以小人的政治手腕来煽动君子人物勃鲁都斯底愤怒以对付凯撒",安东尼则"以假意的仁爱来煽动了真实的群众底愤怒,以对付阴谋凯撒的畔徒

---

① 东润:《莎氏乐府谈》(二),《太平洋》1917年第1卷第6期,第8页。

们"①。柳无忌《莎士比亚的该撒大将》也从伦理道德角度评布鲁多是"一个严正的道德家,学者,与哲学家,爱好诗书与音乐",他杀凯撒是"他把公看得重于私,把国家大事看得重于私人友谊"②,而安东尼则更显凡俗,"好狂欢作乐"。从上述批评可见,近代中国学者从伦理道德角度关注了《裘力斯·凯撒》,对布鲁多的民族大义和正义行为进行了歌颂,对安东尼等人的自私和伪善给予了道德的谴责。可见,《裘力斯·凯撒》在近代中国被认为是莎剧代表作,与剧作的伦理性有直接关系。新中国成立以前,莎评者关注较多的莎剧剧目还有《威尼斯商人》《哈姆雷特》《李尔王》《麦克白》《奥赛罗》《罗密欧与朱丽叶》等,这些大都与婚姻自由、个性解放、民族独立和家庭和谐相关,伦理性很强。

在近代中国,无论演剧界还是文学批评界,他们都按照自身的需要选择了莎剧剧目,或借以实现思想启蒙,或为了戏剧革新,或为了表达自己的政治见解或学术主张,在这一过程中,伦理性是其选择莎剧的重要维度。

新中国成立以后的"十七年",中国学者对莎剧文学经典剧目的遴选,同样离不开伦理的尺度。在政治标准和马列主义文艺理论的审视下,中国莎评者深度阐释了莎剧的思想蕴涵,其中包括伦理思想。比如,赵澧和孟伟哉在《论莎士比亚的伦理道德思想及其发展》中说"莎士比亚的伦理道德思想,主要是通过对爱情、家庭和金钱等问题的描写表现出来的"③,并通过分析莎翁喜剧、悲喜剧得出结论:莎士比亚的"伦理道德思想的基本内容是个性、自由、平等,他以此为武器对封建的伦理道德进行了揭露和讽刺,同时,也在一定时期在一定方面对新兴资产阶级进行了批判"④。卞之琳《莎士比亚戏剧创作的发展》评价莎翁历史剧说"善良的往往软弱无能(例如亨利六世),能干的往往来路不正、手段狠辣(例如亨

---

① 杜衡:《莎剧凯撒传里所表现的群众》,《文艺风景》1934年第1卷第1期,第5页。
② 柳无忌:《莎士比亚的该撒大将》,《时与潮文艺》1943年第1卷第3期,第54页。
③ 赵澧、孟伟哉:《论莎士比亚的伦理道德思想及其发展》,《文史哲》1963年第2期,第74页。
④ 赵澧、孟伟哉:《论莎士比亚的伦理道德思想及其发展》,《文史哲》1963年第2期,第81页。

利四世),坚强的往往更灭绝人性(例如理查三世)"①,同样是从道德立场评价了莎剧。再比如,吴兴华评亨利太子的转变时说"不单纯是道德上的浪子回头,而更主要的是一种政治上的选择"②,并指出福斯塔夫身上体现了没落贵族的封建"恶习"。威叔含评价哈姆雷特是莎氏理想中的崇高性格的形象,评伊阿古是居心险恶、比魔鬼更为残忍的反面人物③,等等。这些莎评,直接或间接地对莎剧人物进行了道德评判,伦理色彩浓厚。在政治标准和艺术标准的双重检验下,《亨利四世》《理查三世》《裘力斯·凯撒》《威尼斯商人》《无事生非》《皆大欢喜》《罗密欧与朱丽叶》及四大悲剧等剧作的伦理思想受到了关注,这些作品被赋予人民性、政治性和阶级性内涵,被中国文化主流群体所推崇。

  这一时期,中国戏剧舞台搬演的莎剧剧目不多,以《威尼斯商人》《无事生非》《罗密欧与朱丽叶》和《第十二夜》等剧为主。这些剧作不仅反封建色彩浓厚,也体现了民众爱憎,喜剧色彩浓厚。《第十二夜》中的孪生兄妹西巴斯辛和薇奥拉,跨越身份和门第限制,分别获得了奥丽维娅伯爵小姐与奥西诺公爵的爱情,反映了有情人终成眷属的民间婚恋理想。《威尼斯商人》之中的夏洛克,爱财如命,凶残狠毒,为了报复自己所受的侮辱,要求逾期不能按时归还借贷的安东尼割下一磅肉来偿还。在法律的审判面前,夏洛克人财两空,得到了应有的报应。《无事生非》中的唐·约翰,为了发泄自己对克劳狄奥的嫉恨和对自己兄长唐·彼德罗等人的不满,搬弄是非,捏造谣言,破坏克劳狄奥的婚姻。他自私、心胸狭隘,受到法律的裁判和众人的指责。在希罗遭遇侮辱时,法兰西神父明辨是非,敢于站出来主持公道,帮助希罗洗清冤屈,并安排这对年轻人重新举行婚礼,代表正义的力量。《罗密欧与朱丽叶》中的罗密欧与朱丽叶在相爱过程中,劳伦斯神父挺身而出,撮合二人的婚姻,希望这对情侣的爱情能够化解两家的仇恨,同样是侠义之举。莎剧因其婚恋题材和惩恶扬善的伦理精神,符合"文以载道"的文化观念,因

---

① 卞之琳:《莎士比亚戏剧创作的发展》,《文学评论》1964年第4期,第53页。
② 吴兴华:《莎士比亚的亨利四世》,《北京大学学报》(人文科学版)1956年第1期,第116页。
③ 参见威叔含:《莎士比亚的悲剧人物个性塑造和他的现实主义》,《复旦学报》(社会科学版),1959年第10期,第75页。

此成为"十七年"时期戏剧舞台搬演频率较高的剧目。可见,无论是文学批评还是莎剧演出,伦理性是中国文化主流群体选择莎剧剧目的隐性尺度。

新时期以来,莎剧的伦理性依旧是吸引中国学者的重要因素。比如,王化学《论莎士比亚传奇剧的道德理想主义》认为莎翁传奇剧与大悲剧一样不朽,因为这些剧作的道德力量和艺术力量扣人心弦,表达了崇高的精神境界和宽宏的内心[1]。王化学从伦理角度重新解读了莎翁传奇剧,明确指出莎翁传奇剧的"不朽"与伦理精神有关。方达《〈罗密欧与朱丽叶〉和〈梁山伯与祝英台〉之比较》指出《罗》剧和《梁》剧都"表现了反封建的爱情悲剧主题,强烈地控诉了封建家长制与包办婚姻的罪恶,表达了青年男女追求自由恋爱与美满婚姻的理想"[2]。方达以婚恋伦理为切入点,对《罗》与《梁》作比较研究,指出两剧的美学价值和伦理教诲价值。宝瑞芳《莎士比亚作品的道德力量》明确指出:"莎剧所以有永恒的巨大魅力,除了绝伦无比的艺术性外,就是隐藏在艺术深层的那种激发人心向善,影响和净化人们灵魂的道德力量。"[3]新时期以来,还有许多莎评者对莎剧人物进行了全新的阐释,同样凸显了剧作人物的人品和道德。比如,郑敏在《莎士比亚笔下的布鲁他斯》中指出,《凯撒》中的布鲁他斯其实是一个有庸俗的野心的政客,并不像许多学者认为的那样正直和无私。陆永庭《卑劣的安东尼奥——评〈威尼斯商人〉》指出安东尼奥"是个懦弱的反犹主义者"[4],不是高尚的人物。朱兴明《一个"以恋爱为职业"的女政治家——试析莎士比亚笔下的克莉奥佩特拉》一文,认为克莉奥佩特拉是一个"以恋爱为手段的"理智高于感情的女政治家[5]。

---

[1] 参见王化学:《论莎士比亚传奇剧的道德理想主义》,《齐鲁艺苑》(山东艺术学院学报)1993年第2期,第33页。

[2] 方达:《〈罗密欧与朱丽叶〉和〈梁山伯与祝英台〉之比较》,《安庆师范学院学报》(社会科学版)1988年第4期,第81页。

[3] 宝瑞芳:《莎士比亚作品的道德力量》,《昭乌达蒙族师专学报》(汉文哲学社会科学版)1999年第20卷第2期,第51页。

[4] 陆永庭:《卑劣的安东尼奥——评〈威尼斯商人〉》,《河北师范大学学报》(社会科学版)1987年第4期,第102页。

[5] 参见朱兴明:《一个"以恋爱为职业"的女政治家——试析莎士比亚笔下的克莉奥佩特拉》,《湖北师范学院学报》(哲学社会科学版)1987年第4期,第32页。

无论从伦理角度重新评价莎剧的"伟大",还是从伦理的角度重新评判人物的好坏和善恶,莎剧的伦理性始终是吸引中国莎评者阐释莎剧的重要因素。许多莎剧剧目也因其伦理性而活跃在中国学者的批评和阐释中。

在新时期莎剧的跨文化改编中,伦理性也是吸引编剧和导演选择莎剧剧目的重要因素。以黄梅戏《无事生非》为例,编剧金芝说《无事生非》与中国戏曲故事中的杜丽娘以情反理的思想有相通之处,特别是贝特丽丝"有着反对传统观念的进步的婚姻恋爱观"[1],具有反封建意识,容易引起中国观众共鸣。越剧《第十二夜》的导演胡伟民,说他在导演此剧时,不仅抓住了剧作的爱情主题,还将其与现实伦理关怀有效地结合起来,寻找莎剧与现代生活连接的共鸣点——敞开心扉,反对隐藏抑制,歌颂真诚坦诚,鄙视虚伪造作。可见,在跨文化改编中,伦理性是中西文化进行碰撞与融合的嫁接点。

莎剧通俗读物的编者,同样关注莎剧的伦理精神。以《莎士比亚精彩故事》为例,编者芮安说莎剧"描写的大多是惩恶扬善的故事"[2],认为《威尼斯商人》写的是一个狠毒的富翁夏洛克,为报私仇残害他人的故事;《奥赛罗》中奥赛罗没有败在战场,却败在小人的奸诈诡计、流言蜚语之中[3],等等。编者希望引导青少年儿童从道德方面接受莎剧,学会分辨善恶。图画本《无事生非》的编者介绍该剧的故事说"作品主要歌颂友谊和爱情,反映了当时具有进步意义的新的婚姻关系……在肯定新道德原则的斗争中显得特别积极活跃"[4],同样强调了人性的美好和道德的可贵。吴绿星在其改写的《莎士比亚戏剧故事选》前言中指出,莎士比亚剧作比同时代其他作品"更集中、更复杂,而且更深广地展示了这一历史时代的美与丑,善与恶的对立与斗争"[5],强调了莎剧的伦理性。莎剧通俗读物的

---

[1] 金芝:《惶恐的探索——改编莎剧〈无事生非〉为黄梅戏的断想》,《戏曲艺术》1987年第1期,第7页。

[2] 芮安:《莎士比亚戏剧精彩故事》,河北少年儿童出版社1996年版,第2页。

[3] 参见芮安:《莎士比亚戏剧精彩故事》,河北少年儿童出版社1996年版,第3页。

[4] [英]莎士比亚:《无事生非》,褚伯东改编,姜荣根绘画,上海人民美术出版社1984年版,第1页。

[5] 吴绿星:《莎士比亚戏剧故事选》,新世纪出版社1986年版,第3页。

编者,都注意到莎剧伦理精神对于读者的教育意义,并有意将善恶、美丑等问题加以放大,以引起读者的关注。

莎剧的婚恋伦理思想,饱含肯定人的正常欲望和合理情感、重视人的价值的成分,具有反蒙昧主义和反禁欲主义的人文精神,迎合了中国新文化发展的需要。那些反映婚姻自由和个性解放的作品,如《威尼斯商人》《罗密欧与朱丽叶》《无事生非》《驯悍记》等是中国文化主体比较欢迎的剧目。同时,莎剧中的王者伦理、伦理亲情及与之相伴的政治问题或个人道德问题,对于建构和谐、民主和稳定的社会具有很强的启示性。中国家国同构的传统理念,一向注重集体利益和国家利益至高无上,那些反映伦理亲情、执政者个人道德及政治问题的莎剧剧目,如《哈姆雷特》《李尔王》《麦克白》《奥赛罗》《裘力斯·凯撒》《亨利四世》《亨利五世》《理查三世》等,都体现了个体美德和伦理秩序对于维系个体存在、家庭和谐和国家稳定的重要性,因此也是中国文化主体推崇的剧目。中国读者对莎剧的接受不是被动的,是根据自身的需要和标准遴选的结果。莎剧的伦理性与中国文以载道的审美习惯形成了共鸣,成为中国文化主体选择莎剧的隐性尺度。

第三节 传奇风格的典范性

莎剧的典范性,除了思想内容与语言表达、伦理精神等层面,还包括其独特的传奇风格。尽管张泗洋先生认为"到了莎士比亚时代,悲剧开始脱离了希腊的传统,从神的世界、神话的迷雾中走了出来,来到人间,直接反映社会、人生,写熙熙攘攘的人的生活、人的关系、人的斗争和人的命运"[1],但莎翁却并未完全脱离希腊的传统,而是发展和改造了希腊戏剧中的神秘要素,将古希腊人对天界的想象拉到了人间,赋予莎剧浓厚的传奇色彩。传奇性是莎剧的经典质素,也是中国传统戏曲、小说的重要特点。立奇求新既是中国传统文学的重要创作标准,又是读者审美的重要准则,中国读者和观众养成了一种好奇喜怪的审美习惯,这种历

---

[1] 张泗洋:《莎士比亚悲剧的艺术特征——纪念莎氏诞辰420周年》,《吉林大学社会科学学报》1984年第3期,第28页。

史沉淀的集体审美经验作为一种集体无意识,影响着中国读者对外来作品的选择。20世纪初期,当莎剧故事传入我国,莎剧的传奇因子,即传奇性模因,与中国读者的审美经验发生碰撞,满足了中国读者尚奇、喜怪的审美期待。莎剧的传奇性模因,是吸引广大译者、批评者、舞台艺人及广大读者和观众的重要因素。不言而喻,传奇性不仅是莎剧经典质素的重要组成部分,也是推动莎剧在近代中国进行经典遴选的重要尺度。

长期以来,国内的莎剧研究,关注莎剧传奇剧的论述不在少数,研究莎剧"超自然"因素的文章也比比皆是,但少有学者关注莎士比亚的历史剧、喜剧、悲剧中的传奇性。国外的莎剧研究也有许多论著涉及莎剧的传奇因素,比如,*Shakespeare and the Romance Tradition*（1949）、*Shakespearean Romance*（1972）等论著,探讨了莎士比亚对传奇文学的借鉴和对西方浪漫传统的继承和发展。鉴于国外的研究者大都关注莎剧的超现实性、浪漫性和理想性等特征,与本文所强调的"离奇"和"超常规"的传奇性风格差异显著,下文将从传奇性的概念说起。

一、何为传奇性

汉语所说的"传奇",可以指文学体裁,比如唐代兴起的短篇小说,宋、元时期的诸宫调和杂剧,明、清时期的戏曲等。传奇也可以指离奇或超越常规的故事情节,比如杜丽娘还魂、梁祝化蝶、六月飞雪等离奇之事,又比如花木兰从军、孟丽君中状元、武松打虎等非常规故事。无论是作为文学体裁的传奇也好,还是离奇的故事情节也好,他们都具有"离奇"和"可传"的特性。倪倬曾指出"奇"与"传"的关系,说"无奇不传,无传不奇"[1],即传奇故事一般具有可流传性。李渔在《闲情偶寄》中曾指出古人之所以称剧本为传奇的原因,在于"因其事甚奇特,未经人见而传之,是以得名,可见非奇不传"[2]。事因奇而传,越传越奇。张龙辅则在《玉狮坠序》中说"传奇者,非奇莫传。其人奇,其事奇,斯其文亦奇"[3]。传奇不

---

[1] 蔡毅编著:《中国古典戏曲序跋汇编》(二),齐鲁书社1989年版,第1383页。
[2] (清)李渔:《闲情偶寄》,浙江古籍出版社2011年版,第5页。
[3] (清)张龙辅:《玉狮坠序》,《中国古典戏曲序跋汇编》(五),齐鲁书社1989年版,第1683页。

仅故事情节"奇",文笔也要"新奇"。何昌森在谈论小说创作时说:"其事不奇,其人不奇,其遇不奇,不足以传;即事奇、人奇、遇奇矣,而无幽隽典丽之笔以叙其事,则与盲人所唱七字经无异,又何能供赏鉴?"①这里的"事奇""人奇""遇奇"是针对故事情节而言;"幽隽典丽之笔以叙其事"显然是指叙事而言,指"文奇",即文笔优美,曲折生动。尽管对传奇的"奇"有不同的理解,但他们都肯定了传奇在于"奇",都强调"无奇不传"。

英语中常用Romance和Legend指传奇。Romance可以是描写冒险、爱情和游侠等故事的传奇文学,也可指"中世纪欧洲骑士文学中一种长篇故事诗"②,还可以指传奇剧等。爱情和冒险是传奇文学的伟大主题,而且冒险之中也往往伴随着爱情的驱动,比如圣杯故事、罗宾汉传奇及亚瑟王及其圆桌骑士的故事,等等。吉利恩·比尔在其《传奇》一文中说:"传奇总是关心着愿望的满足——为了这个理由它采取众多的形式:英雄史诗、田园诗、异国情调、神秘事物、梦幻、童年和满怀激情的爱。"③在西方文学里,传奇是一种文学体裁,这些作品往往也借助于"神奇""梦幻"等超自然的手段讲述神奇而浪漫的故事。瓦尔特·罗里爵士曾这样描述传奇:"如果我不得不选择一个传奇文学最引人注目的特点,我想我会选择'距离',应该说传奇就是距离的戏法。"④因此,在西方,传奇文学似乎更关注"遥远而不可及"的领域或"想象的""梦幻的"世界,伴随着"理想的实现"或"愿望的满足",强调"与现实不同"的"浪漫性"和"理想性",与浪漫主义联系紧密。在英语国家,关于传奇的概念,至今众说纷纭,在《民间故事、神话与传说标准词典》(Standard Dictionary of Folklore, Mythology and Legend)中,Legend被看作是一种文体或者文化形式,与神话(Myth)、民间故事(Folktale)共同归入民俗学(Folklore)。艾伦·邓迪斯在区分神话和传说时指出:"传说代表了现实世界中的幻想,这在心理学上是很重要的一点。这是'真实的'幻想,不要与'虚假的'或虚

---

① (清)何昌森:《水石缘序》,《明清小说资料选编》(下册),南开大学出版社2012年版,第733页。

② 辞海编辑委员会:《辞海》(缩印本),辞书出版社1979年版,第214页。

③ [英]吉利恩·比尔:《传奇》,邹孜彦、肖遥译,昆仑出版社1993年版,第19页。

④ Walter Raleigh.Romance,Princeton University Press,1916,p.37.

构的民间故事幻想混淆。"[1]而汉语所说的传奇不仅包含了神话、冒险(Romance)等文体,也包括平凡生活中的"离奇"情节和"奇人怪事"(Legend),同时还强调故事情节的"离奇性"和"超常规性",因此包容性更广。

在中国文学里,可以说某事具有传奇性,也可以说某人具有传奇性。郑传寅先生在探讨中国戏曲故事情节的传奇性时,指出了戏曲传奇性的几种表现:一是便便于口,即故事性强、情节完整、线索单一,便于流传;二是事甚奇特,即无论是志怪还是志人,均具有神奇色彩;三是情节奇巧,即意料之外、情理之中的波澜起伏之事,通常使用偶然、巧合、夸张等艺术手法完成故事叙事。[2]中国古典戏曲中,有一种特殊的戏曲样式被称为"传奇",如明清传奇,强调"事奇",如孔尚任所说"传奇者,传其事之奇焉者也,事不奇则不传"[3]。《薛宝琨说唱艺术论集》一书则强调传奇文学在于"人奇",传奇人物往往在智慧、意志、情操或性格等方面具有与众不同的"超凡"味道。此书还指出"传奇性"可称作"超现实性",即指现实生活中并不存在或不常发生的事情。[4]屈育德在《神话·传说·民俗》一书中对传奇性作了专题研究,他认为传奇性不能同纯粹超现实的幻想混为一谈,二者虽也有部分重合之处,但"传奇性的先决方面就是它所依附的基本情节是具备现实生活的内容和形式的","与此同时,传奇性还有另外一面,那就是在情节的开展上,表现出离奇曲折、不同寻常的特色。具体地说,就是在故事发展中往往通过偶然、巧合、夸张以至超人间的形式来引起情节的转变,从而使故事情节的发展既在情理之中,又出乎意料之外,产生引人入胜的效果,使人加深对现实矛盾的感受和认识"[5]。在屈育德看来,传奇性不能完全脱离现实生活的基础,"奇"不能离谱;它的情节"离奇曲折""不同寻常",具有偶然性或超常规性;"奇"是为了增强作品的吸引力,是为了引导读者更好地认知和感受现实。屈育德对传奇性的见解独特,把传奇性与故事情节、故事叙事、思想表达和审美动机等有效地联系

---

[1] Alan Dundes.Analytic Essays in Folklore, Mouton Publishers, 1975, p.164.
[2] 参见郑传寅:《传统文化与古典戏曲》,湖南人民出版社2004年版,第281—288页。
[3] 蔡毅编著:《中国古典戏曲序跋汇编》(三),齐鲁书社1989年版,第1602页。
[4] 参见胡孟祥主编:《薛宝琨说唱艺术论集》,中国民间文艺出版社1989年版,第96页。
[5] 屈育德:《神话·传说·民俗》,中国文联出版公司1988年版,第83页。

起来。

　　以上各家对传奇性的论述虽各有侧重,但也形成了一定共识。首先都认为传奇性在于"奇"。无论说人还是叙事,无论是小说还是戏曲,传奇性首先强调的是"离奇"和"超越常规",亦即超出正常生活轨道的特性,这与西方传奇文学强调的"浪漫性"和"理想性"侧重点不同。魏晋志怪小说、唐传奇、明清戏曲等文学体裁,往往以描写奇情异事著称,因此具有浓厚的传奇色彩。比如,神魔小说《西游记》《封神演义》中的人间仙境、天地人神,无奇不有、无怪不谈。一些人物传记、世情小说和历史演义等文学作品,往往在平淡的故事中展现出超越常规的离奇之美,也可说具有传奇性。比如,《西厢记》写才子佳人爱情本不奇怪,但张生、莺莺相遇在普救寺,而且是在莺莺重孝之时成就好事,况且还是在丫头红娘的帮助下才得以实现,连庙里的和尚也出来支持,这就有违常理,出人意料。《西厢记》通过偶遇、巧合、夸张、梦幻等形式,推动张生和莺莺爱情的发展,红娘过人的智慧和灵气也非一般下人可比。《三国演义》中的诸葛亮,神机妙算、智慧过人,是典型的"奇人",草船借箭、千里走单骑等又都是非同寻常的"奇事"。为了实现故事情节的"奇"和"传",创作者还注重对文辞的修饰及技巧的创新和应用,以巧遇、误会、梦幻等艺术形式增强作品的奇特之美。

　　其次,传奇性的"奇"并非不着边际,而是合乎艺术的真实,即汤显祖所说的"理之所必无,情之所必有"的特性。像《西游记》《封神演义》等奇异怪诞故事的想象背后,是人类对自然、社会和历史的独特认知,是人类遥远的记忆,是人类对自我存在和生命自身的独特感悟,是社会历史文化沉淀的产物。离奇荒诞的背后,寄托着人民的理想和美好的愿望,是人类真实情感的记录。还有《聊斋志异》中的人鬼、人狐恋等,看似荒诞不经,远离生活实际,实则关注现实生活。寒窗苦读的书生、横行霸道的官吏、姿态万千的女子等人物形象都是现实生活中的真实写照,符合社会生活的内在逻辑,也表达了人们的生活理想。《西厢记》并未写神仙妖魔,而是从日常生活取材,叙述一对才子佳人的传奇爱情。张生与莺莺为了爱情,摆脱道德伦常的束缚和门第限制,这在讲究"父母之命、媒妁之言"的古代社会里几乎很难发生。但从情感上讲,张生和莺莺的偶遇、二人一见钟情、突破道德伦常成就好事等又在情理之中,符合广大青年男女向往自由婚恋的真实情感。无论是"平中见奇"还是"幻中藏真",传奇性往往寄托着人类生活的理想和美好的愿望,符合艺术的真实。

总体来说,传奇性是以"奇"致"美"的艺术风格和美学效果,它主要以故事情节为载体,通过题材的选择、情节的安排、艺术手法的应用,来营造因"奇"而"美"的美学效果。传奇性又并非唯奇主义,奇美之间往往寄托着人类的某种理想和美好愿望,合乎社会生活和人类情感发展的内在逻辑。在中国文学里,传奇性不仅是古典小说、戏曲的特征,也是神话故事、民间传说等其他叙事文学的显著特征。传奇性并非中国文学的专利,西方文学中的神话传说、宗教故事、骑士故事、冒险小说等也具有传奇性。比如,《荷马史诗》中的英雄传说、《俄狄浦斯王》中的杀父娶母、《神曲》中的幻游冥府、《暴风雨》中的魔法、《鲁滨孙漂流记》中的孤岛求生、《浮士德博士》中的出卖灵魂,等等,这些神秘而浪漫的故事,无不充满奇特、奇异和奇幻的色彩,又无不与生活、情感相关。在中国,莎士比亚的戏剧故事最初被称为"传奇",与莎剧的传奇性有关,也与中国读者"尚奇"和"喜怪"的接受心理有关。莎剧能够在中国受到各种读者群体的青睐,传奇性是一个重要因素,它极大地满足了广大读者的"好奇"和"追奇"的审美期待。

二、莎剧的传奇性

长期以来,国内外关注莎士比亚传奇剧之论述不在少数,研究莎剧之"暴风""魔法""鬼魂"等超自然元素之文章也随处可见,但这些研究多侧重莎剧的超现实性、浪漫性、理想性、象征性等特征层面,与本书所强调的"离奇""超常规"等传奇特性有些距离。众所周知,莎士比亚绝大多数戏剧故事并非原创,而是取材于历史故事、民间传说或其他奇闻轶事,这些素材本身就是流传甚广的传奇故事。比如,《威尼斯商人》中的鲍西亚"选匣择亲"这一极富传奇性的情节,来源于英国13世纪的一个小说集《罗马人传奇》,《李尔王》中按照"爱的原则"分配国土来自斯宾塞的《仙后》,《第十二夜》孪生兄妹被人错认的喜剧来自普劳图斯的《孪生兄弟》,《麦克白》中的女巫移植于米德尔顿的《巫婆》,还有莎士比亚笔下的亨利五世、理查三世等传奇人物主要来源于何林塞的《史记》,等等。莎剧题材种类繁多,有以帝王将相为题材的历史剧,有以普通市民生活为题材的风俗闹剧,也有以青年男女爱情、友情为题材的悲剧、喜剧与传奇剧等。尽管莎剧故事大都并非原创,但莎士比亚以其天才的笔墨对移植的故事进行加工润色再创造,经过莎士比亚打磨过的戏剧人物性格更加鲜明,思想内涵更加丰富,故事情节也更加动人,传奇色彩更加浓厚。无论是浪漫主义气息浓厚的喜剧、传奇剧,还是现实主义色彩强烈的悲剧、历史剧,大多洋溢着传奇之美。

莎剧的传奇性首先体现在对奇人、奇事、奇情的描写上。历史剧中的亨利五世英勇无比、智慧过人,他以非凡的帝王之才平息内乱、降服邻邦,为大英帝国创造一时辉煌。理查三世擅长权术,工于心计,谋略过人。为登王位,他不惜泯灭亲情,手足相残,无恶不作。他谋害安夫人丈夫、公公之后还能巧言骗取对方的信任,娶其为妻。理查三世的谋略、胆识、智慧和邪恶无人能及,已经达到离奇之境。亨利五世和理查三世一正一邪、一美一丑,成为莎翁笔下最伟大和最卑劣的"奇人"。《威尼斯商人》中的鲍西亚,女扮男装冒充律师,在法庭上能言巧辩,诱导夏洛克坚守"一磅肉"的契约,又用"割肉不流血"的条件战胜夏洛克,让狡猾的夏洛克心服口服。她的知识、智慧、老练、圆滑均超凡脱俗,非一般女性可比。《亨利六世》中的贞德,力大无比,手握圣剑,连赫赫有名的塔尔博也多次败在她的手下。不仅如此,贞德有谋有略,胆识过人还神通广大,"她具有很深的道行,比古罗马的九天仙女的道行还要高"[①]。鲍西亚和贞德,一文一武,是莎翁笔下最具传奇色彩的女性形象。犹太商人夏洛克为发泄心中的怨恨,借钱给安东尼,约定如果违约,不要金钱,而要从他身上割"一磅肉";鲍西亚按照死去父亲的遗嘱择匣定夫婿,均是一桩桩离奇之事。《仲夏夜之梦》中神奇的仙汁让拉山德爱上自己讨厌的海丽娜,连仙后提泰妮娅也因仙汁爱上一头"驴子",仙汁不仅解决了两对青年男女纠葛纷争的爱情,也化解了父女之间的恩怨。仙汁的魔力,神奇而荒诞,是罕见的奇闻。《皆大欢喜》中的奥兰多在森林中,先是赶走缠绕在奥列佛头上的金绿蛇,后又与蹲伏在旁边的母狮搏斗且很快将狮子打倒,均是如武松打虎般神奇的奇遇和奇事。此外,还有反映海外冒险的《泰尔亲王配力克里斯》、揭示人间冷暖的《雅典的泰门》、描写人性弱点的《奥赛罗》,等等,这些题材要么是描写于普通人而言遥不可及的冒险和宫廷爱情,要么描写虚构的人间怪闻,要么描写夸张日常生活中的冲动,无不渲染着"不同凡响"的生活经历和情感体验。男女爱情本是平常之事,但罗密欧与朱丽叶的爱情,却发生在家族宿仇之家,这便

[①] [英]莎士比亚:《莎士比亚全集》Ⅴ,朱生豪等译,人民文学出版社1994年版,第106页。

不同寻常。罗密欧爬上高墙前来幽会,朱丽叶传送绳梯接送情人,修道士利用睡药之计帮助这对恋人,家族宿仇又因这对青年的悲剧而消解,这些故事情节离奇而浪漫,充满奇异色彩。安东尼与克拉佩特拉的爱情,则在权力争夺和利益取舍中波澜起伏,一世英雄为爱情自杀,一代艳后为爱情引蛇自残,创造了一段悲壮凄美的乱世"奇情"。莎剧写人入木三分,写事波折离奇,写情刻骨铭心,神奇而浪漫。

  莎剧的传奇性其次体现在对奇巧、巧合等艺术技巧的使用上。无论是写军国大事的帝王将相,还是写青年男女的爱恋和市民生活中的闹剧,莎士比亚通常以巧妙构思,使原本简单的情节波澜起伏,使原本平淡的故事离奇生动。喜剧《第十二夜》巧妙使用了巧遇、错认、巧合等叙事策略,来营造故事的传奇性。孪生兄妹海上落难,兄妹都巧为人救,妹妹则女扮男装做了伊利里亚伯爵的侍童。伯爵苦恋奥维利亚小姐,而奥维利亚却对女扮男装的薇奥拉情有独钟。哥哥来到伊利里亚,阴差阳错被奥维利亚小姐拉进府里成了婚。伯爵误以为自己的侍童夺走了自己心爱的人,奥维利亚误以为自己的丈夫变了心,正当大家误会四起时,薇奥拉哥哥的出现化解了一些误会。兄妹二人恰巧是"一样的面孔,一样的声音,一样的装束,化成了两个身体"[1],这种相同的巧扮惊诧全场。莎士比亚把原有孪生兄妹之间的误会、巧合发挥到极致,一波未平一波又起,情节连贯而生动,波折而离奇。传奇剧《泰尔亲王配力克里斯》同样通过巧妙叙事,讲述了一个动人离奇的故事。泰尔亲王为躲避灾难漂泊海外,巧遇潘塔波里斯国王之女招亲,被招为婿。泰尔王后在一个暴风雨的夜晚生下女儿后死去,被放入大海安葬,而棺木却碰巧被医术高明的贵族遇见,王后得以起死回生。女儿受人陷害大难不死,被卖到妓院却能保持贞洁,后又被人请去治病,与自己父亲巧遇。泰尔梦中受女神指引前去狄安娜神庙祭拜,又巧遇自己的妻子。莎士比亚在巧遇、巧合中完成泰尔亲王的传奇一生:海上的漂泊、美丽的邂逅、不幸的遭遇、家人的巧遇,波折离奇而充满异国情调。《威尼斯商人》中安东尼的商船恰巧遭遇风暴,面临割肉还债的处境,鲍西亚乔装替代的律师又恰巧是自己的表兄,巧合推动鲍西亚女扮男装来到法庭审理夏洛克割肉一案。《辛柏林》中的伊摩琴,女扮男装寻

---

[1] [英]莎士比亚:《莎士比亚全集》Ⅴ,朱生豪等译,人民文学出版社1994年版,第86页。

夫,因寻找食物,误入洞穴,巧遇失散多年的哥哥。《冬天的故事》中被国王抛弃的女儿潘狄塔偏偏被牧羊人救起,又巧遇弗罗利泽王子,无不巧得离奇。莎士比亚其他传奇剧《错误的喜剧》《暴风雨》《爱的徒劳》《皆大欢喜》《维洛那二绅士》等都是在巧合、偶遇中,完成故事叙事,这些情节都巧得出奇、奇得惊诧,出乎意料的情节转变,增强了剧作的故事性和戏剧性,曲折优美,委婉动人。

此外,莎剧的传奇性还体现在对奇异景象的渲染上。莎剧通过描写巫婆、鬼魂、仙女、精灵等诡异形象,渲染了神秘而奇幻的气氛。《麦克白》开场描写了怪异的女巫和阴森而恐怖的场景,奠定了剧作的悲剧情调。麦克白的命运因女巫的预言而改变,血光四溅的杀戮在女巫的预言中展开,整个剧作笼罩在恐惧氛围之中。《哈姆雷特》中有夜间游荡的鬼魂,鸡鸣时刻悄然而逝,神秘的鬼魂意象与哈姆雷特内心的猜疑相互映衬,增加剧作的神秘感。鬼魂对自己不幸遭遇的诉说,像一团未解之谜迫使哈姆雷特寻找答案,探究真相,哈姆雷特的痛苦随之加深,哈姆雷特的悲剧因此产生。如同《麦克白》中的女巫一样,老哈姆雷特的亡魂是诱发哈姆雷特悲剧的起因。此外,《麦克白》中还有班柯的鬼魂,《理查三世》和《裘力斯·凯撒》中也有鬼魂显现,这些恐怖意象似真似幻,既映衬人物的内心,又为剧作添香增色,营造出奇幻意境。正如梁实秋在《略谈莎士比亚剧作里的鬼》所说:"鬼的出现,总是有因的。或是因了冤抑而要求报复,或是因了生前有藏镪在地而出来呵护,或是因了将有不祥之事而预做朕兆。"[①]尽管这些女巫和鬼魂不是剧作的主角,出场也非常有限,可他们的出现为剧作增添了诡异之美。与鬼魂、巫婆相反的仙女和精灵,则为剧作增添了喜剧气氛。《仲夏夜之梦》中梦幻森林里的仙王、仙后争风吃醋,与凡间赫米娅和拉山德的爱情追逐相互映衬,犹如世外桃源中的爱情闹剧,妙趣横生。《暴风雨》中的精灵爱丽尔,美丽、善良、忠诚,她能呼风唤雨,帮助普洛斯彼罗教训仇敌,阻止谋杀,为荒凉的孤岛带来和平与欢乐。莎剧中的诡异形象,给剧作蒙上一道道神秘的面纱,在给人以玄妙之感的同时,又引人思考。莎士比亚还描写了一幕幕怪诞的自然景观,增强了剧作的神秘感。《麦克白》的剧中人在麦克白实施谋杀的当晚看到了怪异景象,列诺克斯说他看见"烟囱倒了下来",听到"空中有哀哭的声音""死亡的惨叫"和"凶鸟"的吵

[①]梁实秋:《略谈莎士比亚作品里的鬼》,《论语》1936年第92期,第951页。

叫①。老翁也说他看见一头雄鹰竟然被吃田鼠的鸱鸮啄死了,洛斯亲眼见到邓肯的骏马"忽然野性大发","倔强得不受羁勒",而且"彼此相食"②。《裘力斯·凯撒》中凯斯卡描述他所见到的怪异景象,一个卑贱的奴隶手上燃烧着20个火炬却不觉得灼痛、狮子出现在圣殿、女人面无人色、夜枭出现在白天③,等等。凯撒的妻子凯尔弗妮娅梦见凯撒的雕像"浑身流着血"。莎剧通过描写异常自然景象,预示凶兆的来临,为剧作制造了恐惧而神秘的气氛。此外,莎士比亚还描写了神秘的暴风雨、神奇的魔法、荒凉的孤岛、田园般的亚登森林,为剧作描绘出一幕幕奇景。《仲夏夜之梦》中的森林,幽静而甜蜜,这里住着仙王、仙后和各种精灵,这里还有神奇的爱情仙汁和快活的夜游人。仲夏夜之初,仙人们在山上、谷中、树林、草场、石泉、海滨等处聚集,风中有牧人的麦笛声,草地上有成群的牛羊,夜间有颂神的歌声,一幅悠闲、自由的田园图景,如同陶渊明笔下的世外桃源。仲夏夜的神奇和美妙为两对青年男女的爱情,营造了浪漫而迷人的梦幻奇景。黑夜没有恐惧,黑夜没有忧伤,黑夜有爱的幻想、爱的追逐,快乐和喜庆荡漾在每个角落,填满每个人的胸膛。莎士比亚的仲夏夜之奇景,勾勒了一幅绝美的人间仙境,谱写了一首神奇的爱情颂歌。《暴风雨》中的魔法拥有奇特的魔力,可以让波涛汹涌澎湃,可以让海水颠覆船只,可以使唤精灵,可以降服女巫。莎士比亚以其魔法般的笔墨为他的最后一部剧作创造了一个神秘而怪异的魔幻空间,在这里邪恶可以改变,恩怨可以化解,良知可以找回,一种博爱的力量如同神奇的魔法,拥有巨大的威力。

  莎剧的传奇性还体现在莎翁文笔的奇美上。在描写青年男女的情感时,莎士比亚让他们使用美妙绝伦的文字表述内心。热情奔放的罗密欧在爱情受挫之后感慨地说:"吵吵闹闹的相爱,亲亲热热的怨恨!啊,无中生有的一切!啊,沉重的轻浮,严肃的狂妄,整齐的混乱,铅铸的羽毛,光明的烟雾,寒冷的烟火,憔悴

---

① [英]莎士比亚:《莎士比亚全集》Ⅷ,朱生豪等译,人民文学出版社1994年版,第331页。
② [英]莎士比亚:《莎士比亚全集》Ⅶ,朱生豪等译,人民文学出版社1994年版,第335页。
③ [英]莎士比亚:《莎士比亚全集》Ⅸ,朱生豪等译,人民文学出版社1994年版,第17—18页。

的健康,永远觉醒的睡眠,否定的存在!"①莎士比亚将非常不和谐甚至相反的词语,如吵闹与相爱、亲热与怨恨、沉重与轻浮、整齐与混乱等巧妙地组合在一起,在矛盾与错位中形成巨大的张力,反衬罗密欧苦恋罗瑟琳却又未收获爱情时的苦闷心情。罗密欧对罗瑟琳的爱情就像未吃到嘴的蜜糖,幸福、痛苦又让人眷恋。莎士比亚同样让爱上罗密欧的朱丽叶,敞开心扉,用奇特优美的词语宣泄激荡的爱情。夜晚来临的时候,朱丽叶等待情人的到来,她的思绪飘向远方:"来吧,温柔的夜……来吧,黑夜! 来吧,罗密欧! 来吧,你黑夜中的白昼! 因为你将要睡在黑夜的翼上,比乌鸦背上的新雪还要皎白。来吧,柔和的黑夜! 来吧,可爱的黑颜的夜,把我的罗密欧给我!"②朱丽叶对情人的相思,对情人的怀念,对情人的期盼,在她诗意盎然的舌尖上流淌,犹如黑夜中舒缓而优美的乐章,美不胜收。莎士比亚让罗密欧与朱丽叶在矛盾的言辞中,表达极致的情感,言说极致的幸福和哀怨,从而揭示出爱情所具有的神奇魔力。在描写奢华、惊艳的埃及艳后时,莎士比亚不惜浓墨重彩地渲染:"她坐的那艘画舫就像一尊在水上燃烧的发光的宝座;舵楼是用黄金打成的;帆是紫色的,熏染着异香,逗引得风儿也为它们害起相思来了;桨是白银的,随着笛声的节奏在水面上下,使那被它们击动的痴心的水波加快了速度追随不舍。讲到她自己,那简直没有字眼可以形容;她斜卧在用金色的锦绸制成的天帐之下,比图画上巧夺天工的维纳斯女神还要娇艳万倍……"③埃及艳后拥有"发光的宝座""黄金的舵楼""银制的桨""锦绸天帐",她的美可以让风儿"害相思",让水波"追随",以至于"年龄不能使她衰老","习惯也腐蚀不了她的变化无穷的伎俩","她却越是给人满足,越是使人饥渴","最丑恶的事物一到她的身上,也会变得美好"④。莎翁的铺陈与渲染呈现出一个奢华淫靡的埃及艳后形象,她不仅有美艳绝伦的外表、蛇一般的狡诈,还有火一样的热情和旺盛的生命力。有时,莎士比亚又惜墨如金,《李尔王》中有一段这样的对话:

---

① [英]莎士比亚:《莎士比亚全集》Ⅰ,朱生豪等译,人民文学出版社1994年版,第192页。
② [英]莎士比亚:《莎士比亚全集》Ⅰ,朱生豪等译,人民文学出版社1994年版,第241页。
③ [英]莎士比亚:《莎士比亚全集》Ⅸ,朱生豪等译,人民文学出版社1994年版,第258页。
④ [英]莎士比亚:《莎士比亚全集》Ⅸ,朱生豪等译,人民文学出版社1994年版,第259页。

李尔　谁认错了人,把你锁在这儿?
肯特　是那一对男女——你的女婿和女儿。
李尔　不。
肯特　是的。
李尔　我说不。
肯特　我说是的。
李尔　不,不,他们不会干这样的事。
肯特　凭着朱诺起誓,有这样的事。①

李尔王的仆人肯特被里根夫妇上了足枷,李尔王怎么也不愿意相信这是自己女儿干的。在这段朴实、简洁的对话中,没有任何渲染,肯特斩钉截铁的肯定和李尔王断然的否定,构成巨大的戏剧张力,体现了肯特率直的性格,又暴露李尔王的无知和愚蠢,平淡之间却又不失滑稽和幽默。莎士比亚笔下的比喻是奇特的、唯美的,不仅能从罗密欧与朱丽叶的台词、描写埃及艳后的词语中发现,也能够从仆人嘴里听见。《辛柏林》中伊摩琴的仆人毕萨尼奥这样比喻谣言:"它的锋刃比刀剑更锐利,它的长舌比尼罗河中所有的毒蛇更毒,它的呼吸驾着疾风,向世界的每一个角落散播它的恶意的诽谤……"②毕萨尼奥将谣言与刀剑和尼罗河的毒蛇相比,形象生动地指出了谣言能够杀人的特性。同时,又将谣言与呼吸、长舌联系起来,状写谣言散播之快,流播之广。毕萨尼奥通过奇特的比喻让谣言物化、人化,制造出新奇的效果。莎剧中还有无数热情澎湃的演讲,还有许多悦耳动听的情话,也有低俗诙谐的嬉笑怒骂,更有寓意深刻的人生感悟。莎翁驾驭语言的能力高超,剧作的语言如行云流水,在高雅与低俗之间,在奢华与朴实之间,在激越与舒缓之间散发出神奇的魔力。

莎士比亚挥动着他手中的"魔杖",书写人生的悲欢离合,再现世间的恩怨情仇,歌颂美好的理想,鞭笞卑劣的人性。莎士比亚如同高高在上的神灵,俯瞰芸

---

① [英]莎士比亚:《莎士比亚全集》Ⅶ,朱生豪等译,人民文学出版社1994年版,第172页。
② [英]莎士比亚:《莎士比亚全集》Ⅶ,朱生豪等译,人民文学出版社1994年版,第58页。

芸众生,应用他传奇性的"魔杖"塑造了一批批个性鲜明的奇特人物,叙述了一桩桩奇巧的事件,营造了一幕幕奇幻的场景。莎剧因巧而奇,因奇而美。莎剧的奇美彰显着陌生性,散发出神奇的魔力吸引读者和观众。莎剧的传奇性是莎剧艺术的内在灵魂和生命,使莎剧折射出异样的光彩。

三、传奇性与莎剧剧目的早期遴选

20世纪初,外国小说蜂拥而入,其中绝大多数作品都与冒险、离奇、怪异等传奇故事有关。比如,风靡一时的《巴黎茶花女遗事》因其一段奇情而捕获读者芳心,家喻户晓的《福尔摩斯探案集》因一件件"奇案"而拥有广大读者群。莎剧故事能够进入国人的视野,同样与其传奇故事模因有关。据模因理论,莎剧故事中的奇人、奇事、奇情、奇景等,均是一种可传递或模仿的因子。莎剧的传奇因子是最早吸引中国译者、演剧者与学术研究者的模因之一,在莎剧经典在近代中国的传播与遴选过程中起到至关重要的作用。

中国近代译者林纾等人是推介莎剧的急先锋。林纾以翻译"海外传奇"而名扬四海。他的译著,如《迦茵小传》《鲁滨孙漂流记》《十字军英雄记》《块肉余生述》《古鬼遗金记》等,不是言情、冒险、侦探,就是传奇和神怪。林纾的莎译,是据兰姆姐弟《莎士比亚戏剧故事集》与库奇《莎士比亚历史剧故事集》改写的系列文言小说。从林译《吟边燕语》的标题中的"鬼招""蛊征""神合""仙狯""情惑""飓引"等来看,这些故事不是神话鬼怪,就是人物传奇,充满奇异色彩。不仅如此,商务印书馆在出版的《吟边燕语》封面上明确标注"神怪小说"字样,有意凸显莎剧故事的"奇"和"怪"。林纾等人翻译的莎剧故事,展现了莎剧的奇美与怪异,极大地满足了20世纪初中国读者的好奇心与审美期待,因此成为畅销小说,风靡一时。

林译莎剧故事的出版,为莎剧的舞台改编提供了底本。中国近代的演剧者将传奇色彩浓厚的莎剧故事搬上了中国的戏剧舞台。从1913年第一部"新剧"《女律师》在上海城东女学上演,直到新中国成立以前,莎剧在中国戏剧舞台上的搬演主要出现在1913—1922年和1936—1949年间。文明戏时期,中国戏剧舞台上演最多的莎剧是《威尼斯商人》的各种改编本,如《女律师》《借肉还债》《肉券》等,其次是《哈姆雷特》的各种改编本,如《杀兄夺嫂》《韩姆列王子》《篡位盗嫂》

《乱世奸雄》等。1936年之后,中国戏剧舞台上演频率较高的莎剧剧目主要是《罗密欧与朱丽叶》《威尼斯商人》,其次是《哈姆雷特》和《李尔王》。总体来看,近代中国戏剧舞台对莎剧剧目的选择相对集中,以《威尼斯商人》《哈姆雷特》《罗密欧与朱丽叶》《李尔王》等剧为主。这些剧作,不是奇人、奇事,就是奇情、奇景。

《威尼斯商人》是文明戏舞台改编最多的剧目之一。文明戏舞台上的女律师主要以法庭审判为重头戏,突出女扮男装的鲍西亚如何依靠自己的聪明才智帮助安东尼奥打赢官司。首先,"割肉还债"契约的达成,本身就是一件怪事。夏洛克和安东尼奥两人一向不和,经常相互辱骂,可安东尼奥偏向夏洛克借债,而且吝啬、贪财的夏洛克不要金钱而要"人肉利息",这本身就是违反常规的奇事。其次,女律师身份也显得荒诞,莎士比亚让鲍西亚女扮男装上场,竟然连自己的爱人巴萨尼奥也没有识破,这又是另一道奇景。再次,被公爵请来审判夏洛克割肉还债一案的培拉里奥恰巧是鲍西亚的表兄,鲍西亚借助表兄的推荐信成功冒充律师,而且在法庭上以"割肉不流血"的条件击败夏洛克。鲍西亚游刃有余地打赢官司,以其超凡脱俗的思辨能力和口才而成为一个奇人。仅看剧情梗概,就知道此剧极富传奇色彩。再加上鲍西亚遵守父亲遗嘱"选匣择婿",更加浪漫而奇特。同时,《威尼斯商人》表达了对婚姻自由的渴望,凸显了女性的聪明才智,具有很强的思想启蒙色彩,因此无论是戏曲还是新剧,均频繁选编此剧。《威尼斯商人》也因其思想性和传奇性而受到演剧者的欢迎和广大观众的喜爱。

此外,以"奇情"著名的《罗密欧与朱丽叶》,也是国人搬演频率较高的作品。罗密欧突然忘却前情,与仇家之女朱丽叶一见钟情,两人第一次月下幽会,互诉衷肠,便难舍难分。就连他们的媒人劳伦斯神父也感慨道变化太快,旧时的泪痕还没有揩去,罗密欧转眼又找了新欢。可罗密欧与朱丽叶却是真真切切地相爱了,两人因爱而疯狂,不顾世仇的阻隔,第二天便私自结婚,仅从时间来看就"短得出奇"。罗密欧与朱丽叶的偶遇、花前月下的幽会、遭遇家长反对、为情而亡的情节,犹如中国戏曲故事中的《梁山伯与祝英台》,浪漫而凄美。这部看似有违常理的爱情故事,却揭示了自由婚姻的主题,表达了有情人终成眷属的人类理想,却又在情理之中。《罗密欧与朱丽叶》描写的传奇爱情与中国传统戏曲故事中的情节具有相似性,因此成为近代中国戏曲舞台搬演最多的莎剧剧目,越剧、沪剧、京剧等多个剧种均改编过此剧。此外,《哈姆雷特》中的弑兄娶嫂、鬼魂告密,《李尔王》中的国王沦为乞丐、儿女残害父亲等,无不是一件件奇事,同时又涉及家庭和谐和国家稳定,与中国当时的历史语境非常相似。

中国戏剧舞台,在文化启蒙与救亡运动中发挥了重要作用,它们对莎剧剧目的选择,与莎剧揭示的时代观念,如婚姻自由观念、个体和家庭伦理精神及政治问题等有紧密关系,同时又与莎剧故事的趣味性和观赏性有关。那些富有传奇色彩的莎剧剧目与中国广大戏剧观众的尚奇心理相契合,因此成为近代中国舞台搬演最多的外国作品。莎剧的传奇性,是中国演剧者选择莎剧剧目的重要尺度。莎剧传奇故事模因,也借助中国戏剧舞台的反复搬演而重获生命,推动了莎剧剧目经典的遴选。

莎剧的传奇性也是吸引学术研究者的重要元素。学术大师王国维在《莎士比传》中评价莎翁剧作说:"盖莎氏晚年诸作,均含有一种不可思议之魔力,以左右人世。"[1]接着又说莎氏之文字"愈咀嚼,则其味愈深,愈觉其幽微玄妙","其所著作,皆描写客观之自然与客观之人间,以超绝之思,无我之笔,而写世界之一切事物者也。所作虽仅三十余篇,然而世界中所有之离合悲欢,恐怖烦恼,以及种种性格等,殆无不包诸其中。"[2]王国维所说的"左右世人的魔力",不仅指莎剧文字之奇,也指莎剧构思、选材、人物性格塑造等多个方面。孙毓修《莎士比之戏曲》评价莎翁的选材"信而好古""运古入化","正如荷花出乎污泥之中而亭亭玉立并无土气息,泥滋味,吸受泥土之供养而不染其汗滓"[3]。孙毓修指出莎剧题材的奇特和构思的巧妙,肯定了莎剧题材的神奇性。邢鹏举在《莎氏比亚恋爱的面面观》中指出《罗密欧与朱丽叶》"是一篇不可思议的悲剧……没有一节不紧张,没有一节不神奇"[4],宗白华《莎氏比亚的艺术》提到《仲夏夜之梦》所营造的"诗的情调"和《麦克白》营造的"恐怖的情调",其实就是对莎剧"神秘"奇景的评价。沈蔚德在《莎士比亚剧本中的女性》中称《威尼斯商人》是一部"浪漫喜剧,悲喜剧,甚至奇情剧",其剧情"真可谓是

---

[1] 王国维:《王国维哲学美学论文辑佚》,华东师范大学出版社1993年版,第281页。
[2] 王国维:《王国维哲学美学论文辑佚》,华东师范大学出版社1993年版,第285页。
[3] 孙毓修:《欧美小说丛谈》(文艺丛刻甲集),商务印书馆1916年版,第95页。
[4] 邢鹏举:《莎氏比亚恋爱的面面观》,《新月》1930年第3卷第3期,第4页。

变化莫测,离奇诡谲了"①,同样指出莎剧故事的离奇性和情节的曲折性。可见,莎剧的"传奇元素",是莎学批评者激赏莎剧的一个重要"看点"。

莎剧在近代中国的传播和接受过程,也是莎剧剧目在中国的遴选过程。在漫长的传播与接受过程中,译者、批评者和舞台演剧者根据中国文化的需要和自己的审美喜好,挑选出一批莎剧经典剧目。尽管中国文化主体对莎剧剧目的选择有着复杂的原因,但莎剧的"传奇性"无疑是最早捕获中国读者芳心的一个要素,是沟通莎剧与中国读者的一道桥梁,是推动莎剧与中国戏剧进行碰撞和交融的内在经典质素之一。

第四节　美感形态与舞台呈现的典范性

莎剧是为舞台而写的剧本,莎剧与中国戏曲的嫁接,是莎剧在中国本土化的有力体现。在中国的跨文化改编中,莎剧是戏曲改编最多的外国作品。与西方戏剧不同,戏曲诞生于民间,种类繁多,地方特色鲜明,表演形式独特。从内容上看,戏曲要求雅俗共赏,因此李渔倡导戏曲语言贵浅不贵深;从价值取向上看,戏曲反映广大民众的诉求和理想,戏台上往往是善恶有报、爱憎分明,洋溢浓厚的伦理精神;从表演形式上看,戏曲是集唱、念、做、打于一身的程式化、虚拟性的舞台艺术,民族性相当鲜明。外来作品能否经改编登上戏曲舞台,除了思想内容要切合中国观众的需求之外,还要看其能否满足戏曲舞台表演的需要。如果说莎剧的思想内容、伦理性、传奇性是莎剧与中国文化产生共鸣的基础,那么莎剧悲喜杂糅的美学形态与虚实结合的表演形态,则是其与戏曲实现嫁接的关键要素。

一、悲喜交错的美感形态

中华文明向来追求和谐与圆满,人与自然、个体与群体以及自我身心的和谐统一是中华人文精神的最高境界。道家观自然,讲究泛爱众物、天人合一;儒家观风俗,讲究仁爱天下、中庸之道;禅宗观心灵,讲究明心见性、自净其心。建立

---

①沈蔚德:《莎士比亚剧本中的女性》,《妇女文化》1947年第2卷第3期,第11页。

在儒道禅基础上的中国传统文艺思想,讲究真、善、美的和谐统一,讲究圆融和乐感,正如鲁迅所说:"所以凡是历史上不团圆的,在小说里往往给他团圆:没有报应的,给他报应,互相骗骗。——这实在是关于国民性底问题。"[1]王国维也曾在《红楼梦评论》中说:"吾国人之精神,世间的也,乐天的也,故代表其精神之戏曲小说,无往而不着此乐天之色彩:始于悲者终于欢,始于离者终于合,始于困者终于亨。"[2]尚圆和喜乐是中国传统文化的一个显著特征。中国戏曲因此不像西方古典悲剧和喜剧那样泾渭分明、壁垒森严,通常是"将悲与喜、离与合等相异的成分调和、混杂在同一作品之中:悲欢沓见,离合环生;乐而不淫,哀而不伤,造成一种悲喜中节的审美形态"[3]。在西方,从戏剧诞生之时起,悲剧和喜剧就界限分明,"喜剧总是摹仿比我们今天的人坏的人,悲剧总是摹仿比我们今天的人好的人"[4]。喜剧中所说的"坏"不是"恶",而是"丑",是"滑稽之事物",是为了博得观众一笑,通常不引起痛苦和伤害。悲剧中的"好人"是指与"我们"接近的、"不十分善良,也不十分公正"的人,他不是完美的人,有某种缺陷或可能犯某种错误,遭受了不应该遭遇的厄运而引起观众的同情和怜悯。在西方古典戏剧中,悲剧的地位要高于喜剧。但莎剧却打破了戏剧悲喜两分的格局,其悲喜混杂的形态,更接近中国戏曲追求和谐、圆满和乐感的审美习惯。莎剧与中国戏曲的碰撞与嫁接因此也具备了一定的美学基础。

悲喜交错的美感形态,不仅体现在莎翁传奇剧中,在莎翁的悲剧、喜剧、历史剧等中也均有明显体现,就连充满血腥杀戮的《麦克白》和《理查三世》也像中国戏曲故事一样,加上了惩恶扬善的"尾巴",让恶人受到惩罚,让正义战胜邪恶。

莎翁喜剧和传奇剧并不像西方传统喜剧那样仅仅讽刺愚蠢,而是也歌颂美德,常与向善的伦理指向联系在一起,给人以道德启示。以《暴风雨》为例,米兰公爵普洛斯彼罗因酷爱魔法,把国事交给弟弟安东尼奥,可弟弟贪恋权欲,勾结那不勒斯王篡夺了公爵王位,把普洛斯彼罗及其三岁的女儿放逐。这段情节描

---

[1] 鲁迅:《国学杂谈》,北京理工大学出版社2020年版,第63页。
[2] 方麟编:《王国维文存》,江苏人民出版社2014年版,第142页。
[3] 郑传寅:《中国戏曲文化概论》,武汉大学出版社2003年版,第165页。
[4] (古希腊)亚理斯多德:《诗学》,罗念生译,人民文学出版社2002年版,第7页。

写的是"不十分善良,也不十分公正"的普洛斯彼罗从顺境转入逆境,具有浓厚的悲剧色彩,令人产生怜悯之感。当普洛斯彼罗被流放到荒岛以后,他用魔法降服了巫婆母子,并放逐了被囚禁的精灵爱丽儿,成为岛上的主人。至此,情节发生了逆转,转悲为喜。接下来,普洛斯彼罗使用魔法让安东尼奥和那不勒斯王及其王子腓迪南等人乘坐的船只漂到海上,普洛斯彼罗的女儿与腓迪南一见钟情,奴隶凯列班诱使安东尼奥等人复仇,由此,悲喜交织在一起。在善恶交锋中,最终善胜恶、正压邪,凯列班复仇失败,安东尼奥等人悔过自新,兄弟和解,爱情圆满。《暴风雨》的剧情由悲变喜、悲喜交错,是一部典型的悲喜剧。米兰达和腓迪南的爱情纯洁而美丽,兄弟之间的恩怨也因弟弟的忏悔和哥哥的原谅而化解,善良、仁爱和宽恕等美德显然是莎翁歌颂的对象。《辛柏林》《冬天的故事》《泰尔亲王配力克里斯》等剧作大体上也是这种悲喜混杂的情节模式,最终都是过失者获得了宽恕和谅解,有情人终成眷属,失散的亲人终于团聚,和谐与圆满是莎翁传奇剧的最终选择。

莎翁喜剧往往是一波三折,离奇曲折,结尾都是走向和解,犯罪者受到正义和法律的制裁,过失者得到宽恕和谅解。以《无事生非》为例,少年贵族克劳狄奥爱上梅西那总督里奥那托之女希罗,亲王唐·彼德罗出面做媒,不久便定下婚约。亲王之弟唐·约翰对亲王怀恨在心,对克劳狄奥也心存嫉妒。于是,他和属下诬陷希罗失去贞操,通过破坏这对情侣的婚约以达到报复的目的。克劳狄奥被唐·约翰的诡计所惑,在婚礼上侮辱希罗并宣布退婚。为了帮助希罗洗清冤屈,神父宣布希罗忧伤而死,借此平息风波。不久,唐·约翰及其属下的恶行被公之于众,克劳狄奥自知犯下过错,后悔不已。总督里奥那托与希罗都宽恕他的言行,让其与"另一个希罗"举行婚礼。克劳狄奥与希罗的婚姻,由喜入悲,由悲入喜,最终是行恶者自食其果,犯错者悔过自新,有情人终成眷属。《仲夏夜之梦》中的赫米娅与青年拉山德相爱,本是喜事,可父亲却阻止他们结婚,并以违抗父命为由将赫米娅告到公爵处,剧情由喜入悲。赫米娅为了爱情和幸福,与拉山德逃到雅典城外的森林,可森林仙王的爱情仙汁却让拉山德爱上第一眼看见的人——前来追寻狄米特律斯的海丽娜,拉山德移情别恋,剧情再度由喜转悲。直到最后,仙汁魔力解除,拉山德重新回到赫米娅的怀抱,海丽娜也赢得了狄米特律斯的爱情,仙王与仙后和解,雅典王让赫米娅的父亲同意女儿的婚事,赫米娅的情感在悲喜之间发生转变。莎翁其他喜剧,如《皆大欢喜》《一报还一报》《第十二夜》《维洛那二绅士》《终成眷属》等都有悲情成分,有许多"令人酸鼻"的情节。阿·尼柯尔认为《威尼斯商人》中夏洛克的言行已经"接近悲剧性的边缘",认为莎翁"在喜剧中,凡是写复杂人物的地方,通常总要暗示出哀惋的成分,或悲哀的成分"①。可见,莎翁喜剧和传奇剧中悲喜交错的美感形态,与中国戏曲非常相似。

相对来说,莎翁的悲剧和历史剧则悲多喜少,但也呈现出悲喜混杂的特征。比如,《麦克白》《哈姆雷特》《李尔王》《约翰王》《理查二世》《理查三世》等剧中的人物麦克白、哈姆雷特、李尔王等人,大多数时间生活在阴暗、忧郁、愤怒中。但剧作中仍有许多滑稽、调笑的成分,并非完全严肃、纯粹没有喜剧调剂的悲剧。以《李尔王》为例,戏谑、调侃的文字随处可见。开场,大臣葛洛斯特向肯特介绍爱德蒙时说:"这畜生虽然不等我的召唤就自己莽莽撞撞来到这世上,可是他的母亲是个迷人的东西,我们在制造他的时候,曾经有过一场销魂的游戏,这孽种我不能不承认他。"②此处葛洛斯特以自我调侃的方式,指出爱德蒙的私生子身份,与中国戏曲中的插科打诨类似,气氛轻松而幽默。爱德蒙展现自己本性说:"我的父亲跟我的母亲在巨龙星的尾巴下交媾,我又是在大熊星底下出世,所以我就是个粗暴而好色的家伙。"③幽默和邪恶交织在爱德蒙的言辞之中,为庄严的悲剧增添了诙谐的色调。李尔王受到大女儿高纳里尔冷眼后,弄人嬉笑道:"听了他人话,土地全丧失;我傻你更傻,两傻相并立:一个傻瓜甜,一个傻瓜酸;一个穿花衣,一个戴王冠。"④弄人在嬉笑中调侃李尔王的愚蠢和糊涂。弄人如同中国戏曲中的丑角,在剧中插科打诨,逗人发笑,为李尔王的悲剧增添喜剧气氛。《理查三世》的开场,如同戏曲人物出场一样自报家门,理查三世自嘲畸形的外表和丑陋的灵魂,直接向读者和观众展现内心的邪恶,不失滑稽和幽默。《理查三世》中的阴谋诡计和血腥杀戮,让剧作笼罩着悲剧色彩,可理查三世丑陋的外

---

① [英]阿·尼柯尔:《西欧戏剧理论》,徐士瑚译,中国戏剧出版社1985年版,第115—116页。
② [英]莎士比亚:《莎士比亚全集》Ⅶ,朱生豪等译,人民文学出版社1994年版,第130页。
③ [英]莎士比亚:《莎士比亚全集》Ⅶ,朱生豪等译,人民文学出版社1994年版,第144页。
④ [英]莎士比亚:《莎士比亚全集》Ⅶ,朱生豪等译,人民文学出版社1994年版,第152页。

貌和邪恶的愚人技巧却给人留下滑稽的印象,他的伶牙俐齿和油嘴滑舌又给人以机灵、风趣之感,为剧作增添了几分喜庆。结尾也是恶人走向灭亡,正义战胜邪恶,为剧作增加了"亮丽"的"尾巴"。莎翁其他悲剧和历史剧,也是亦庄亦谐,悲喜混杂,庄严之中不失诙谐与幽默。

莎剧中也有喜多悲少的剧作。比如,《罗密欧与朱丽叶》《安东尼与克莉奥佩特拉》两部悲剧,基本是喜剧剧情占据主导地位。《罗密欧与朱丽叶》第一幕以蒙太古家族和凯普莱特两家的斗殴及罗密欧的失恋开场,接着就是凯普莱特的宴会、罗密欧与朱丽叶的一见钟情。第二幕是恋人的月下幽会、互诉衷肠和自订婚约,这对情侣沉浸在幸福中。第三幕家族斗殴再次出现,罗密欧因杀死了朱丽叶的表兄提伯尔特而遭放逐。朱丽叶听到表兄被杀消息以后,先是悲伤,后又转为喜悦,她在乳母面前替心上人辩护道:"他要是不杀死我的哥哥,我的凶恶的哥哥就会杀死我的丈夫。回去吧,愚蠢的眼泪,流回到你的源头;你那滴滴的细流,本来是悲哀的倾注,可是你却错把它呈献给喜悦。我的丈夫活着,他没有被提伯尔特杀死;提伯尔特死了,他想要杀死我的丈夫!这明明是喜讯,我为什么要哭泣呢?"[①]朱丽叶心中忧虑的并不是表兄的死亡,而是罗密欧被放逐。第四幕罗密欧刚离开维罗那,凯普莱特便为女儿举办结婚喜宴。为了逃婚,朱丽叶喝下假死的药水。第五幕罗密欧以为朱丽叶已死,喝下毒药自杀,醒来之后的朱丽叶看见罗密欧已死,于是殉情。一对恋人的生命,换来两个世仇家族的和解。在剧中,读者和观众看到的是罗密欧与朱丽叶激情洋溢的爱情表白,是诙谐幽默的调侃,就连朱丽叶最悲痛的表白也是悲喜交织的,其中幸福喜悦远远压倒悲伤。《安东尼与克莉奥佩特拉》在喜剧气氛中展开,罗马大将安东尼沉溺在埃及艳后克莉奥佩特拉的柔情中,乐不思蜀。为了罗马和自身的荣誉,安东尼返回罗马与凯撒言和。罗马三巨头联手让战争变成了和平谈判,安东尼、凯撒、莱比多斯在庞贝船上饮酒狂欢。至此,整个剧作洋溢着欢乐氛围。为了独揽大权,凯撒破坏了与庞贝的和平协定,并寻找借口除掉了莱比多斯。安东尼在维护自身地位的海战中,鬼使神差地跟随埃及女王逃离了战场,导致海战失败和荣誉的丧失。安东尼因此迁怒女王,剧作气氛由喜入悲。女王本想以假死来平息安东尼的怒火,可安东

[①] [英]莎士比亚:《莎士比亚全集》Ⅰ,朱生豪等译,人民文学出版社1994年版,第244页。

尼却信以为真,选择了自杀,失去安东尼的克莉奥佩特拉也无法存活于世。除了悲壮的结局,这部剧作如同《罗密欧与朱丽叶》一样,有流血,有死亡,但大量的幸福喜乐成分大大削弱了其悲剧性。莎翁历史剧《亨利四世》《亨利五世》都是喜剧色彩浓厚的历史剧,前者以塑造了喜剧人物福斯塔夫而闻名于世,后者因为"理想"君王亨利五世接连不断的胜利而充满喜庆气氛。

莎翁悲剧中有"好人"从顺境转入逆境,有"恶人"从逆境转入顺境,并有滑稽调笑的成分穿插其间,使剧作呈现出悲喜混杂之美。其喜剧并非完全"嘲笑丑陋",也歌颂"美德",还有悲剧情节的穿插。因此,莎剧悲喜交错、亦庄亦谐,突破了悲喜两分的传统,与中国戏曲的审美形态比较相似。

以丑为美是中国戏曲的显著特点。在戏曲中,丑是舞台演出不可缺少的角色。戏曲中的"丑"有不同的说法,徐渭《南词序录》称:"以墨粉涂面,其形甚丑,今省文为丑"[①]。王棠在《知新录》中称"丑角"出自纽元子,而"纽元子"指杂扮、拔和、名杂班,是杂剧之散段,是借以资笑的杂剧散段。李啸仓在《宋元伎艺杂考》中称丑同"纽",是一种舞蹈,忸怩作态的意思,刘晓明也持同样的观点,认为"丑"即"纽""扭"。赵建伟则认为"'丑'从'参军'来,'参军'谓猴,'丑'同'参军',亦是演猴戏者"[②]。尽管,中国理论界对丑字的探源并未达成共识,但丑角以插科打诨和逗人欢笑为职却是公认的,"我国戏台上的丑角却是备受尊崇的'台柱子',不光观众十分喜爱丑角,旧时,戏班子里头亦有尊丑的传统习惯"[③],"戏行尊丑的主要原因在于广大观众喜爱笑乐——喜剧之美"[④]。丑往往与美联系在一起,佴荣本这样描述丑角:"丑角是以喜剧性丑为特征的特殊喜剧形象,它是喜剧创作主体以强烈的喜剧精神、鲜明的夸张手法,创造出形体与性格都超乎常态、严重不谐调的喜剧艺术形象。"[⑤]事实上,戏剧美学所说的"丑"远远不仅指戏曲所说的"丑"这一行当,还包括其他戏剧角色身上体现的滑稽、有趣、可笑的喜

[①] 赵建伟主编:《中国古典戏曲概念范畴研究》,文化艺术出版社2010年版,第171页。
[②] 赵建伟主编:《中国古典戏曲概念范畴研究》,文化艺术出版社2010年版,第173页。
[③] 郑传寅:《中国戏曲文化概论》,武汉大学出版社2003年版,第269页。
[④] 郑传寅:《中国戏曲文化概论》,武汉大学出版社2003年版,第271页。
[⑤] 佴荣本:《文艺美学范畴研究:论悲剧与喜剧》,南京大学出版社2002年版,第208页。

剧因素。因此,丑在戏剧中具有独特的美学特征:第一,丑是一种形式美和内涵美的表现。丑角的滑稽装扮和说、唱、舞、绝等功法,给人滑稽、幽默之美感;丑往往又通过调笑、嘲弄、讽刺甚至以自身的"丑行"来揭示社会和人生问题。第二,丑的审美价值常以"美以丑出"和"正以反出"来实现。当丑扮演正面人物时,嬉笑怒骂之间,能见善良与正直,丑中见美;当丑扮演反面人物时,仍不失滑稽、幽默之感,以丑衬美。第三,丑的美感通过插科打诨体现出来。戏曲舞台上的插科打诨虽"不止为花面而设,通场脚色皆不可少"①,但净丑之科诨却是"戏剧眼目",其"嬉笑诙谐之处,包含绝大文章"。尊重丑角是中国戏曲的优良传统,以丑为美是中国戏曲审美的重要品格。西方戏剧中没有丑行,但有丑角。在莎士比亚时代,丑角可用来指滑稽可笑的乡下佬,大多数情况下指国王的弄臣、侍从,宫廷的小丑、丑角等人物,是喜剧气氛的制造者。莎剧中的丑角与中国戏曲中的净、丑在表现形式上差异显著,但他们在剧作中的作用是相似的:通过插科打诨来制造幽默、滑稽之美,吸引观众。莎剧中"以丑为美"的审丑观念与中国戏曲是一致的。

  莎士比亚的悲剧、历史剧、喜剧和传奇剧打破了古典主义悲喜两分的格局,推倒了美与丑之间的藩篱,正如《麦克白》中三个女巫所说的,"美即丑恶丑即美"②,莎剧在舞台上呈现了美与丑、善与恶、喜与悲的相依相生,因此走出了传统的单向度的审美模式,让美丑并存,让畸形、低俗、邪恶、黑暗伴随着高雅、崇高、善良和光明,展现了一个相对的、多元的、复杂的、丰富的人性世界。

  莎翁的悲剧和历史剧中的丑角是不可忽视的艺术形象,他们的插科打诨、调侃戏谑为剧作增添了"巨大的容量"。李艳梅在《莎士比亚历史剧研究》中指出,历史剧中丑角"听似胡言乱语、荒诞不经的话语中,隐含着真知灼见,揭示出事件或现象的本质,蕴涵着深刻的哲理意义"③,其实莎翁悲剧中的丑角也是如此。以《李尔王》为例,当李尔王失势之后,弄人、李尔王与肯特之间有一场有趣的对话:

---

① (清)李渔:《闲情偶寄》,浙江古籍出版社2011年版,第29页。
② [英]莎士比亚:《莎士比亚全集》Ⅷ,朱生豪等译,人民文学出版社1994年版,第307页。
③ 李艳梅:《莎士比亚历史剧研究》,中国社会科学出版社2009年版,第196页。

弄人　你把你所有的尊号都送了别人；只有这一个名字是你娘胎里带来的。
肯特　陛下，他倒不全然是个傻瓜哩。
弄人　不，那些老爷大人们都不肯答应我的；要是我取得了傻瓜的专利权，他们一定要来夺我一份去，就是太太小姐们也不会放过我的；他们不肯让我一个人做傻瓜。老伯伯，给我一个蛋，我给你两顶冠。
李尔　两顶什么冠？
弄人　我把蛋从中间切开，吃完了蛋黄、蛋白，就用蛋壳给你做两顶冠。你想你自己好端端有了一顶王冠，却把它从中间剖成两半，把两半全都送给人家，这不是背了驴子过泥潭吗？你这光秃秃的头顶连里面也是光秃秃的没有一点脑子，所以才会把一顶金冠送了人。我说了我要说的话，谁说这种话是傻话，让他挨一顿鞭子。——
这年头傻瓜供过于求，
聪明人个个变了糊涂，
顶着个没有思想的头，
只会跟着人依样葫芦。①

弄人的调侃，一针见血地指出了李尔王的糊涂和昏庸。李尔王把自己的权力和国土完全分给两个女儿，自己却一无所有。在小丑看来，李尔王的不幸在于他拱手让出了自己的王冠。弄人的嬉笑和调侃之词有着真知灼见，预示着李尔王即将到来的不幸。果然不久，李尔王遭到大女儿的辱骂和虐待，可他还寄希望于二女儿。弄人已经清醒地意识到李尔王已经被两个女儿抛弃，继续玩弄着他的语言游戏。

弄人　你到了你那另外一个女儿的地方，就可以知道她会待你多么好；因为虽然她跟这一个就像野苹果跟家苹果一样相像，可是我可以告诉你我所知道的事情。
李尔　你可以告诉我什么，孩子？

---

①［英］莎士比亚：《莎士比亚全集》Ⅶ朱生豪等译，人民文学出版社1994年版，第152—153页。

弄人　你一尝到她的滋味,就会知道她跟这一个完全相同,正像两只野苹果一般没有分别。你能够告诉我为什么一个人的鼻子生在脸中间吗?

李尔　不能。

弄人　因为中间放了鼻子,两旁就可以安放眼睛;鼻子嗅不出来的,眼睛可以看个仔细。

李尔　我对不起她——

弄人　你知道牡蛎怎样造它的壳吗?

李尔　不知道。

弄人　我也不知道;可是我知道蜗牛为什么背着一个屋子。

李尔　为什么?

弄人　因为可以把它的头放在里面;它不会把它的屋子送给它的女儿,害得它的角也没有地方安顿。①

弄人不仅预知了李尔王二女儿的态度,还讽刺了李尔王的无知,自己即将无家可归却还全然不察。一个身份低微的小丑和傻瓜都知道的道理,身为一国之君的国王却如此迟钝。直到亲眼看见二女儿的无情之后,李尔王才意识到自己的过错。弄人毫不留情地指出李尔王两个女儿的势利与薄情,在"老父满裹金"之时,"儿女尽孝心";在李尔王"贫穷"之时,两个女儿毫不留情地遗弃了他。国王和小丑、崇高和卑微、痛苦和欢乐、愚蠢和聪明、无情和有情等形成鲜明的对照。国王李尔王身居高位,却糊涂昏庸,按照"爱"的非理性原则分配国土,导致个人不幸、家庭不和、国家不安;而大智若愚的弄人却睿智、清醒,看似疯言疯语的戏谑和调侃,却道破常情,说出真相。于是,小丑与国王相映成趣,互为镜像,为李尔王的悲剧增添了几分喜庆,也丰富了《李尔王》悲剧的内涵。

莎翁悲剧中还有许多类似的丑角,比如《哈姆雷特》中的掘墓人、《罗密欧与朱丽叶》中的乳媪和茂丘西奥、《奥赛罗》和《安东尼和克莉奥佩特拉》里的小丑、《麦克白》里的门房等,他们在剧中所起到的作用不同。比如朱丽叶的奶妈,唠唠叨叨却有一副乐于助人的热心肠,她在罗密欧与朱丽叶的爱情中牵线搭桥,对剧

---

①［英］莎士比亚:《莎士比亚全集》Ⅶ,朱生豪等译,人民文学出版社1994年版,第159页。

情的发展起到重要作用。同时,她唠叨、滑稽、风趣而又世俗,为剧作增添了许多欢乐。《麦克白》里的门房和《奥赛罗》中的小丑,上场次数很少,但他们的调笑却具有象征意义,与故事情节的发展有密切关系。在谋杀被发现之前,门房所念叨的敲门声已经预示着死亡的来临,他喋喋不休道:"(内敲门声)敲,敲,敲!凭着魔鬼的名义,谁在那儿?一定是个囤积粮食的富农,眼看碰上丰收的年头,就此上了吊……敲,敲!凭着还有一个魔鬼的名义,是谁在那儿?哼,一定是什么讲起话来暧昧含糊的家伙,他会同时站在两个方面,一会儿帮着这个骂那个,一会儿帮着那个骂这个;他曾经为了上帝的缘故,干过不少亏心事,可是他那条暧昧含糊的舌头却不能把他送上天堂去……敲,敲,敲!谁在那儿?哼,一定是什么英国的裁缝,他生前给人做条法国裤还要偷材料,所以到了这里来……敲,敲;敲个不停!你是什么人?可是这儿太冷,当不成地狱呢。我再也不想做这鬼看门人了。"[1]黑暗中的敲门声与麦克白夫妇的恐怖谋杀如出一辙,门房的诅咒与现实的罪恶相互映衬,麦克白家的门成为"地狱之门"的象征。门房喋喋不休的唠叨,为剧作增添了几分滑稽与幽默。同样,《奥赛罗》中也有类似的喜剧场景。如,奥赛罗的仆人,拿"好朋友"与凯西奥的调侃,拿"假朋友"与奥赛罗夫人调笑,无疑也预示着凯西奥与苔丝狄蒙娜将被"假朋友"坑害。丑角的存在使莎剧悲壮之中不失滑稽,恐怖之中不失幽默,莎剧也因此具有"令人解颐"的成分和场面,以致观众或读者在欣赏剧作时也能有"哀而不伤"的情感体验。

如果说莎翁悲剧中的小丑是喜剧情调的点缀,那么莎翁喜剧中的小丑则是营造喜剧气氛的主力军。莎剧中著名的喜剧丑角有《温莎的风流娘儿们》中的福斯塔夫、《仲夏夜之梦》中的波顿、《第十二夜》中的马伏里奥、《皆大欢喜》中的试金石、《仲夏夜之梦》中的巴唐和彼得贡斯、《如愿》中的罗莎林和塔齐斯顿、《维罗那二绅士》中的朗斯的作用,等等。这些丑角身份各异,但都精力充沛,散发出乐观的天性。在剧中,丑角,一是滑稽调笑,活跃气氛;二是谲谏讽刺,以丑衬美或丑中见美。以试金石为例,他在《皆大欢喜》中承担着滑稽调笑和活跃气氛的重任。当罗瑟琳和西莉亚离开宫廷的时候,她们唯一带上的人就是小丑试金石,因为他能让她们的旅途不寂寞。在亚登森林,试金石想与村姑奥德蕾结婚,急着找

---

[1] [英]莎士比亚:《莎士比亚全集》VIII,朱生豪等译,人民文学出版社1994年版,第329页。

证婚人和许嫁人,前来的杰奎斯问:"你要结婚了吗,傻瓜?"试金石风趣地回答:"先生,牛有轭,马有勒,猎鹰腿上挂金铃,人非木石岂无情?鸽子也要亲个嘴儿;女大当嫁,男大当婚。"①试金石机智、幽默,生动形象地说出男婚女嫁是自然现象,又不失风趣。试金石是一个傻瓜,可他聪明、机智,无所不知,冷嘲热讽之中说出人生哲理。试金石谈论牧人生活时说:"照它的清静而论,我很喜欢这种生活;可是照它的寂寞而论,实在是一种很坏的生活……你瞧,这是一种很经济的生活,因此倒怪合我的脾胃;可是它未免太寒伧了,因此我过不来。"②试金石对生活有独特的理解,能够看到牧人生活的自由,也能感悟到田园生活的寂寞、无聊和寒伧,不乏哲人的思维。如公爵所说,小丑试金石是隐蔽在"傻气"烟幕中的人间"智者"。丑意味着真,揭露世间丑恶与缺点,道出生活的真相;丑又意味着智,无所不知,无所不晓,他们来自底层,出入宫廷,明白人情世故,知道世道变迁,对生活、人生有睿智的见解。丑还意味着美,意味着快乐。对于小丑来说,宫廷和达官显贵们豢养他们,就是因为他们能够给人带来快乐,主人能够拿他们寻开心,他们利用了小丑的"傻气",随意调侃,以获得满足感。试金石在剧作中跳进跳出,非常自由,他戏弄牧人,调戏村夫,向牧羊姑娘求婚,还自嘲说:"傻瓜们信口开河,逗人一乐,总是这样。"③试金石和杰奎斯一唱一和,妙语连珠,让整部剧作欢笑不断。如果去掉了这两位人物的插科打诨,这部喜剧将会失去灵气而显得平淡无味。《温莎的风流娘儿们》中的福斯塔夫也是如此,他不仅是喜剧中的关键人物,还是《亨利四世》中的调笑人物,有他的存在,莎士比亚的历史剧才不至于沉闷,喜剧也增加了笑点。莎士比亚笔下丑角的言行,并未给他人带来痛苦,而是欢乐;丑角的疯言疯语、傻气的玩笑和随意的调侃,并未给他人带来伤害,反而透露着滑稽、幽默和机智。在莎士比亚那里,丑是一种聪明的艺术,是一种滑稽调笑的艺术,丑的存在为剧作增加了趣味性和观赏性。

就美学形态而言,莎剧在继承古希腊罗马戏剧的悲、喜两分的美感形态的基础上,巧妙地实现了悲喜元素的杂糅。这种悲喜交错的模式,成为一种新的美感

---

① [英]莎士比亚:《莎士比亚全集》Ⅳ,朱生豪等译,人民文学出版社1994年版,第280页。
② [英]莎士比亚:《莎士比亚全集》Ⅳ,朱生豪等译,人民文学出版社1994年版,第264—265页。
③ [英]莎士比亚:《莎士比亚全集》Ⅳ,朱生豪等译,人民文学出版社1994年版,第313页。

形态,不仅丰富了西方戏剧观念,也更新了西方戏剧的创作模式。在中国,莎剧的悲喜交错的美感形态,与崇尚"大团圆"的中国文化精神一致,特别是与中国戏曲的悲喜叠加的美感模式异曲同工,为莎剧与中国戏曲的对话提供了广阔的空间。

二、虚实结合的舞台呈现形态

中国戏曲的传统舞台大多是一桌二椅,时空转换自由灵活,往往是"一个圆场百十里","一个慢板五更天",超越了剧情实际时空的限制。演员通过程式化、虚拟性的表演,在舞台上创造出不受舞台物理时空限制的心理时空,借助唱、念、做、打来抒情和表意,使"象""意""情"有效地结合。这种"立象以尽意"的舞台呈现,要靠演员表演与观众想象共同完成。莎剧的剧情时空跨越很大,剧情复杂,莎剧舞台呈现与追求"逼真"的话剧舞台表现形式相对疏离,与写意的戏曲舞台表现形式则比较接近,也具有时空自由流转和一定的虚拟性特征。

从舞台时空来看,莎剧不受"三一律"原则束缚,时空跨度较大。以《麦克白》第一幕场景的转换为例,开场三个女巫出现在荒原之上,第二场转向福累斯附近的营地,第三场回到荒野,第四场转入福累斯宫中,第五场出现在麦克白的城堡之中,第六场城堡之前,第七场重新回到城堡之中。场景从荒野转入宫廷,从宫廷转入城堡,从堡内转向堡外,其间又出现反复。再以《罗密欧与朱丽叶》第一幕场景转换为例,故事从维洛那广场到街道、凯普莱特家中、再回到街道、凯普莱特厅堂。这里的时空转换如同《麦克白》一样,有外景和内景的转换,也有空间的往返。《泰尔亲王配力克里斯》的空间转换跨度更大,在国内与国外、海上与陆地上转变。第一幕故事场景在三个王国之间转换,即安提奥克斯王宫、泰尔、塔萨斯。第二幕在潘塔波里斯与泰尔王国之间转换。第三幕从陆地转到海上,又从海上转到以弗所。第四幕重新回到塔萨斯,从塔萨斯转到米提林。亲王配力克里斯从求婚开场,到女儿成人相逢,时间跨越十几年,大大打破时间、地点和行动统一原则。莎士比亚的其他剧作比如《第十二夜》《冬天的故事》《哈姆雷特》《李尔王》等,都是时空跨度较大的剧作。从实际舞台演出来看,写实舞台很难在有限的时空内完成如此复杂的时空转换。莎剧时空的跨越性,必然要求莎剧舞台呈现具有时空自由流转和表演动作的虚拟性。

莎剧大量运用符号化的意象,这些意象具有强大的表情达意功能。首先,莎剧设计了许多意象化人物,如《麦克白》中的女巫和鬼魂,《哈姆雷特》《裘力斯·凯撒》《理查三世》中的鬼魂,《暴风雨》中的精灵爱丽尔及其岛上其他精灵们,《仲夏夜之梦》中的角色意象,如仙王、仙后及豆花、蛛网、飞蛾和芥子等小神仙和精灵,等等。这些意象化人物组成了梦幻般的神话王国或梦幻空间,不仅丰富了剧情,增强了剧作的神秘感和浪漫情调,还推动了剧情的发展,有其独特的审美意义。其次,莎剧使用许多意象化场景,如《李尔王》中的暴风雨、《皆大欢喜》和《仲夏夜之梦》中的森林、《暴风雨》中的风暴和荒岛、《辛柏林》中的洞穴、《冬天的故事》中的田园等。这些"场景"通常与特定的意义相连,要么为剧作营造独特的气氛,要么外化人物内心。此外,莎剧还使用大量的自然意象烘托剧情。比如,麦克白派人暗杀班柯后说:"天色在朦胧起来,乌鸦都飞回到昏暗的林中;一天的好事开始沉沉睡去,黑夜的罪恶的使者却在准备攫捕他们的食物。"①麦克白通过朦胧的天色联想到夜晚,由夜晚逐渐延伸到夜晚中的乌鸦及其黑夜中的行动,并将白天中的"好事"与黑夜中的"罪恶"进行类比。黑夜、乌鸦、昏暗的树林等意象共同构成一种隐喻式的背景,在揭示麦克白内心罪恶的同时,又为剧作营造了恐怖气氛。在《李尔王》中,当李尔王被驱逐之后,肯特这样描述暴风雨:"我从没有看见过这样的闪电,听见过这样可怕的雷声,这样惊人的风雨的咆哮;人类的精神是经受不起这样的折磨和恐怖的。"②闪电、雷鸣和风雨等自然意象与李尔王内心的暴风雨相互映衬,象征他的不幸,外化他那备受折磨的内心,同时也预示了李尔王的悲剧结局。罗密欧被流放之前,朱丽叶仿佛看到坟墓底下的尸骸和罗密欧惨白的脸,莎翁使用"尸骸"和"惨白的脸"的意象,暗示"死亡",预示不幸。莎剧符号化意象的使用,不仅连接了外部世界和内心世界,还增强了剧作的生动性和丰富性。莎剧的写意性和象征性,决定了莎剧舞台呈现必然具有虚拟性特征,因为这些意象大多无法通过"写实"的方式来呈现。中国戏曲舞台上一直就有运用符号化意象的传统,甚至有扮演符号化意象的行当,例如扮演鬼魂的"魂旦"就是旦行的一个分支,其装扮和舞台动作都有规定性。

---

① [英]莎士比亚:《莎士比亚全集》Ⅷ,朱生豪等译,人民文学出版社1994年版,第344页。
② [英]莎士比亚:《莎士比亚全集》Ⅶ,朱生豪等译,人民文学出版社1994年版,第185页。

莎剧舞台呈现的虚拟性,还可以从莎剧开场词及舞台提示语中略知一二。在《亨利五世》的开场中,致辞者介绍说:"难道说,这么一个'斗鸡场'容得下法兰西的万里江山?还是我们这个木头的圆框子里塞得进那么多将士?——只消他们把头盔晃一晃,管叫阿金库尔的空气都跟着震荡!请原谅吧!可不是,一个小小的圆圈儿,凑在数字的末尾,就可以变成个一百万……发挥你们的想象力,来弥补我们的贫乏吧——一个人,把他分身为一千个,组成了一支幻想的大军。"①致辞者一是向观众介绍了剧情,讲述这场表演可能发生的故事;二是向观众介绍故事场景和时空,并提示用"头盔晃一晃""小小的圆圈"等指出莎剧表演的虚拟性;三是提醒观众发挥想象,与剧作家和演员一起共同创造戏剧情境。一个时辰之内,在一个斗鸡场那么大的舞台上,无法容纳千军万马,无法展现山川河流,更无法呈现流逝的时间,这需要观众发挥想象,与演员共同完成。《亨利五世》中的致辞者直接表明了莎剧舞台演出的虚拟性。《仲夏夜之梦》中波顿这样描述布景道具说"叫一个人一手拿着柴枝,一手举起灯笼,登场说他是假扮或代表着月亮","让什么人扮做墙头;让他身上涂着些灰泥黏土之类,表明他是墙头"②。波顿等人演戏所采用"柴枝"和"灯笼"指代月亮,在人身上撒上"灰泥黏土"表示墙头,均提示舞台表演的假定性。《暴风雨》中爱丽尔化作怪鸟以翼击桌时,专门有舞台提示"用一种特别的机关装置"来说明表演的假定性和间离性。

在舞台呈现上,莎剧不仅具有与戏曲相似的虚拟性,还具有与戏曲相似的开放式结构。对于戏曲来说,"一部戏曲能否演出,它的成败,在某种程度上取决于结构的好坏。结构的好坏,也是区别于戏曲剧本是场上之曲还是案头之文的重要界石"③。戏曲布局是否合理,往往关乎演出的成败。故戏曲理论家李渔称戏曲创作"结构第一",汤显祖也说传奇家从来也以"结构串插"为第一。李渔强调:"一本戏中有无数人名,究竟俱属陪宾,原其初心,止为一人而设。即此一人之身,自始至终,离合悲欢,中具无限情由,无穷关目,究竟俱属衍文,原其初心,又

---

①[英]莎士比亚:《莎士比亚全集》Ⅳ,朱生豪等译,人民文学出版社1994年版,第107—108页。
②[英]莎士比亚:《莎士比亚全集》Ⅱ,朱生豪等译,人民文学出版社1994年版,第184页。
③张庚、郭汉城编著:《中国戏曲通论》(上),文化艺术出版社2014年版,第235—236页。

止为一事而设。此一人一事，即作传奇之主脑也。"①此处"一人一事"的"主脑"与"减头绪"中所说的"一线到底"，就是李渔认为的最佳戏曲结构——开放式的线性结构，这与西方古典戏剧所提倡的闭锁式结构不同，它讲究故事的完整性，有始有终，而不是选取某个故事的横断面展开。中国戏曲的线性结构与自由转换的舞台时空观念一致，为演员的程式化、虚拟性舞台表演提供了广阔的空间。

莎剧虽有截取某一生活横断面且集中展现人物、事件和戏剧冲突的剧作，如《暴风雨》，但大部分莎剧则采用开放式结构，按照事件的本来顺序加以呈现，通常多线交织、主线清晰、副线映衬，剧情往往在偶然、巧合中实现突转，从而突出戏剧冲突的力量。以《威尼斯商人》为例，剧作以商人安东尼奥与高利贷者夏洛克之间的割肉还债为中心线索，以贵族巴萨尼奥与鲍西亚之间的选匣择婚及夏洛克女儿杰西卡和基督徒罗兰佐之间的爱情为两条副线，同时展开而相互交错。巴萨尼奥为了参与鲍西亚的选匣而向好友安东尼奥借钱，安东尼奥因货物压在海上而向夏洛克借贷，并达成"一磅肉的契约"。杰西卡与罗兰佐私奔，激起夏洛克对基督徒的复仇，要坚守"人肉"契约。为帮助巴萨尼奥，鲍西亚假扮律师到法庭审案，解决纠纷。《威尼斯商人》剧情发展基本按照故事先后顺序展开，环环相扣，头绪多而不杂乱。男女青年的爱情推动割肉还债案件走向法庭，达到高潮。再以《李尔王》为例，李尔王与女儿之间的纠纷是主线，大臣葛罗斯特与儿子之间的矛盾为副线，同时进行又相互交叉。李尔王将国土分配给了善于迎合的大女儿高纳里尔和二女儿里根，驱赶了小女儿考狄利娅，致使自己丧失权力。不久，李尔王遭遇两个女儿的驱赶，流落荒野。与此同时，大臣葛罗斯特受私生子挑拨，驱赶长子爱德伽，致使爱德伽流落荒野，自己也遭遇私生子爱德蒙陷害失去双眼。葛罗斯特的家庭悲剧与李尔王相互映衬，主副线在荒野一场戏中巧妙汇合。同时，爱德蒙与李尔王两个女儿的情感纠葛交织其间，推动悲剧向深入发展。《李尔王》的剧情也大体按照时间先后顺序展开。《无事生非》也是类似的结构，希罗与克劳狄奥之间的婚姻风波构成了剧作的主线，贝特丽丝与培尼狄克之间的戏剧冲突与爱情则构成了一条副线，其间夹杂唐·约翰与唐·彼德罗和克劳狄奥等人的矛盾。绝大多数莎剧都是这种多线条同时发展又相互交织的结构。

---

① (清)李渔：《闲情偶寄》，浙江古籍出版社2011年版，第4页。

莎剧舞台呈现的虚拟性和莎剧结构的开放性,是莎剧能够与戏曲实现融合的重要原因。中国戏曲表演的虚拟性擅长呈现繁复的莎剧意象,并让复杂的人物内心外化为动作"物象",能凸显莎剧人物复杂的内心世界。戏曲舞台时空的自由流转,对处理莎剧巨大的时空跨越也有利。戏曲按照时间顺序建构剧情的点线式结构,与大多数莎剧以时间顺序展开故事的结构模式相契合。

戏曲对莎剧情有独钟,原因很多,但莎剧与戏曲的相似性显然是二者得以"嫁接"的关键。以易卜生剧作为例,易卜生戏剧是新文化巨子们大力推荐的作品,从某种程度上来说更适合中国文化转型的需要。中国话剧频繁搬演易剧,可戏曲舞台搬演易剧者则寥寥无几。笔者以为,易剧之所以远离戏曲舞台,是因为易剧形态与戏曲形态龃龉不合。第一,易剧多反映现实社会现实问题,属于"现实主义作品",悲剧色彩浓厚,与追求和谐、尚圆的戏曲精神差异显著。第二,易剧结构以闭锁式板块结构为主,与戏曲的开放式点线结构完全不同,不利于发挥戏曲"以歌舞演故事"的优势;而莎剧则不同,不仅思想、内容、精神特质与戏曲可以形成对话,其美感形态和舞台呈现形式也与戏曲相似,这为戏曲改编莎剧提供了方便。

三、戏曲舞台对莎剧剧目的遴选

戏曲与莎剧的碰撞与交融有悠久的历史。早在1913年,林纾翻译的莎剧故事《驯悍》就被搬上戏曲舞台,随后《罗密欧与朱丽叶》《威尼斯商人》《哈姆雷特》《李尔王》等莎剧剧目也陆续登上戏曲舞台。新中国成立后的前三十年,被戏曲改编的莎剧剧目较少,仅有《奥赛罗》和《威尼斯商人》。1980—1999年,戏曲搬演莎剧出现热潮,《哈姆雷特》《麦克白》《李尔王》《奥赛罗》《罗密欧与朱丽叶》《威尼斯商人》《冬天的故事》《第十二夜》等是戏曲改编较多的莎剧剧目,《无事生非》《温莎的风流娘们》《维洛那二绅士》首次在戏曲舞台上亮相。纵观戏曲搬演莎剧史,不同时期不同剧种对莎剧剧目的选择各有偏爱,但《罗密欧与朱丽叶》《威尼斯商人》《哈姆雷特》《李尔王》等剧却一直活跃在戏曲舞台上。新时期以来,戏曲对《奥赛罗》《麦克白》《冬天的故事》《第十二夜》等剧的改编也比较频繁。

戏曲对莎剧的选择,往往原因复杂。在戏曲改编的莎剧剧目中,《罗密欧与朱丽叶》《威尼斯商人》《哈姆雷特》《李尔王》《奥赛罗》《麦克白》《冬天的故事》《第十二夜》等剧目改编频率较高。这些剧作不是奇人异事,就是奇情异景,剧情大多离奇曲折,故事性很强,符合戏曲"以歌舞演故事"的传统。同时,这些剧作不是表现婚姻、爱情、亲情,就是与是非善恶有关,富有伦理精神,与戏曲隆礼崇义的取向相通。不仅如此,莎剧的审美形态也与戏曲相似。莎剧悲喜混杂、以丑为美,符合戏曲舞台的审美习惯,莎剧的虚拟性和开放式结构也为戏曲改编莎剧提供了方便。

戏曲种类繁多,特色各异,莎剧能否与戏曲实现"嫁接",关键看莎剧能否适合戏曲剧种舞台表演的需要。换言之,戏曲根据自身的特点选择适于搬上舞台的莎剧剧目。民族化的歌舞是戏曲的特色,也是其重要的表现形式,绝大多数剧种的歌舞成分占比较高,这就使戏曲长于抒情,叙事则逊于话剧。因此,戏曲在改编搬演莎剧时,一是根据剧种特色选择适合自己的剧目,二是对莎剧复杂的剧情和众多的登场人物进行删减,突出其剧情主线。在国内,越剧和京剧是搬演莎剧最多的剧种,其次是粤剧、川剧和沪剧,昆曲、婺剧、黄梅戏、豫剧、东江戏、庐剧、花灯戏、丝弦戏等也都改编过莎剧。这里只能择其要者言之。

诞生在南方的越剧以唱功见长,唱腔阴柔委婉,表演细腻真切,这种舞台风格决定了它对莎剧的选择,必然偏向感情戏。越剧舞台上的莎剧有《情天恨》《孝女心》《公主与郡主》《玉蝶奇传》《天长地久》《冬天的故事》《第十二夜》《王子复仇记》等,它们不是爱情戏就是家庭伦理戏,有大量的苦情或悲情成分,越剧的尺调腔、弦下腔等声腔音乐能够很好地表现莎剧悲喜交错的复杂情感。越剧对莎剧剧目的选择,还考虑到了其行当特色和长处。越剧行当以生、旦为主,小生、小旦、老生和小丑合称"四柱头",男性角色一般也由女演员扮演,女班受欢迎的程度远胜男女合演。这种表演形式使越剧在选择莎剧作为改编对象时,自然要偏向以男女青年为主人公,主要表现爱情、其中有插科打诨的小丑的剧目,莎剧中插科打诨的小丑能为越剧"小花脸"的表演提供空间。不过,因越剧以唱为主要表现手段,因此,在与莎剧"嫁接"时,对多线条交织的莎剧剧情进行删减就显得至关重要。比如,1985年,上海虹口越剧团编演的《天长地久》,大量删减了罗密欧与罗瑟琳及其他朋友之间的纠葛,以罗密欧与朱丽叶的爱情为主线,使剧情结构更加集中,为生旦担纲主演提供了条件。1994年上海越剧院明月剧团上演的《王子复仇记》在保留了王子复仇和爱情线索的前提下,将原剧五幕十九场浓缩为九场,突出王子,让王子在大段演唱中外化内心,凸显性格。

与越剧阴柔的风格不同,诞生在北方的京剧唱腔豪放峭拔、气势宏伟,有生、旦、净、丑四大行当,每个行当还有多个各具特色的分支,擅长表现重大题材和历史故事。京剧剧种的特色和风格决定了它对莎剧剧目的选择必然偏向以男性为主人公,描写军国大事、历史风云的悲剧。除了第一部京剧改编的莎剧故事《借债还肉》(1922)是喜剧外,京剧改编的其他莎剧,如《生死鸳鸯》《铸情记》《奥赛罗》《乱世王》《麦克白斯》《歧王梦》《王子复仇记》均是悲剧。京剧对莎剧剧目的选择,也要考虑发挥其行当和表演的优势。以1983年北京实验京剧团上演的《奥赛罗》为例,编剧大胆删减原剧情节,保留奥赛罗与苔丝狄蒙娜之间的爱情主线和伊阿古的复仇副线,奥赛罗以花脸扮演,罗德利哥和伊阿古以丑应工,采用"一桌二椅"的舞台陈设,借用卧榻、山石等砌末,为演员的虚拟表演创造条件。又比如,1995年,上海京剧院上演的《歧王梦》同样对莎剧进行了压缩处理,删减葛罗斯特及其儿子之间的情感纠葛,以李尔王与三个女儿之间的故事为主要情节。剧作将莎剧的写意性与京剧的程式化表演有机结合起来,极大地发挥了京剧唱腔优势和舞的特长,比较成功地刻画了李尔王的形象。李尔王的弄人由丑行扮演,为此剧增色不少,既符合莎剧剧情的规定性,也凸显了京剧的特色。

此外,新中国成立前还有沪剧搬演过《窃国盗嫂》《铁汉娇娃》,川剧搬演过《杀兄夺嫂》。新中国成立以后,粤剧先后改编过《威尼斯商人》和《第十二夜》,川剧改编过《维洛那二绅士》和《麦克白》,黄梅戏有《无事生非》《仇恋》,婺剧有《血剑》,昆剧有《血手记》,潮剧有《再世皇后》,豫剧有《罗密欧与朱丽叶》,东江戏有《温莎的风流娘们》,湘剧有《巧断人肉案》,庐剧有《奇债情缘》,丝弦戏有《李尔王》,云南花灯戏有《卓梅与阿罗》,二人转有《罗密欧与朱丽叶》,等等。与越剧和京剧一样,这些剧种对莎剧的改编,既要满足自身行当表演的需要,发挥唱腔优势,凸显剧种特色,还要考虑如何传递莎剧精神。

戏剧作品要成为经典,既要有文学性,也要有舞台性,那些文学性和舞台性均很强的剧目往往更容易成为经典,具有极高的舞台生命力。往往那些经过时间淘洗,长期活跃在舞台上的剧目才是名副其实的经典剧目。400多年来,莎剧不仅是西方读者传阅的文学经典,也是舞台艺术的经典。在中国,莎剧生命的延续不仅靠文本,舞台也是莎剧经典化的重要途径和媒介。戏曲对《罗密欧与朱丽叶》《威尼斯商人》《哈姆雷特》《李尔王》《麦克白》《奥赛罗》《冬天的故事》《第十二夜》等剧的频繁改编,促成了这些剧目的经典化。戏曲改编莎剧的过程,是推动莎剧走向本土的过程,也是筛选莎剧剧目的过程。莎剧与戏曲形态的相似性,推动了莎剧与中国戏曲的结合,是莎剧在中国经典化的内在质素。

第三章 文化语境与莎剧在中国的经典化

莎剧在中国的经典化,不仅与莎剧良好的内在质素息息相关,外在文化语境的影响更是不可小觑。在西方的经典化理论中,有把外在的文化语境视为经典化决定性因素的论断。本书认为,文学艺术作品的经典化是作品良好的内在质素与外在条件相互作用的过程与结果,故在探讨了莎剧的经典内质之后,有必要对莎剧在中国经典化的文化语境进行分析。

在笔者看来,如果没有近代中国"别求新声于异邦"的文化新潮,没有马克思主义经典作家对莎士比亚的推崇和新中国对马克思主义的尊崇,没有中国的改革开放,莎剧在中国的经典化就不可能实现。可以说,莎剧在中国的经典化是中国近代以来新的思想文化运动的果实。

中国近代文化的转型为莎剧在中国生根、发芽提供了肥沃的土壤。在救亡图存的政治语境和西学东渐的文化大潮中,中国文化精英根据中国政治、文化和艺术发展的需要,选择、利用莎剧,推动莎剧剧目在近代中国的筛选和传播。新中国成立后的"十七年"间,在政治与艺术的双重标准下,国人对莎剧剧目进行了严格的筛选与过滤,选择了与中国当时的文化语境大体相一致的莎剧剧目,有些莎剧被视为文学创作的典范,有的被贴上了现实主义的标签。之后的10年,莎剧传播基本中断,莎学活动基本停滞,可因有马克思、恩格斯的推崇,莎剧依然出现在课堂上。1976年以后,在拨乱反正的文化语境中,莎学活动迅速恢复,莎剧的经典化重新启动,莎剧的权威性得到再次确认。改革开放以来,随着思想解放运动的深入,中国莎学打破单一的社会学的批评模式,引入多种批评理论和方法,莎剧经典得以更新并被重新解读。中西文化交流和全球化趋势催生了一批跨文化改编的莎剧舞台作品,莎剧文学经典走向舞台。在文学出版市场化运作中,满足大众需求的莎剧通俗读物如雨后春笋般出现在大江南北,莎剧文学经典逐渐走向大众。可见,莎剧在中国的经典化,与几度转换的文化语境是密切相关的。近代以来的中国文化语境决定了莎剧剧目的遴选、经典的确立、经典化的途径与方式,也决定了莎剧经典化进程的启动、停滞与重启,是莎剧在中国经典化的外在推动力。

第一节　早期大学英语文学教学与莎剧推介

从办学主体来看,中国早期大学包括外国人创办的教会大学和中国人创办的普通大学,上海圣约翰大学和北京大学分别是这两类大学的代表。清末民初,在其他大学还在重组、联合或合并时,上海圣约翰大学和北京大学的系科设置和英语教学已日趋成熟。这两所大学在英语文学教学中引入了莎士比亚,"英美文学""英国文学""英国文学史""西洋文学史""欧洲文学史"等文学课程中已有对莎士比亚戏剧的介绍,莎士比亚专题教学也得以展开。上海圣约翰大学和北京大学的英语文学教学起步较早,积累了丰富的经验。1912年以后,教育部加强教育管理,全国各大学(教会大学除外)的系科设置和课程安排日渐规范和统一。圣约翰大学和北京大学的英语文学教学理念和经验,随着英语文学课程的普及和人才的流动,逐渐推广到其他高校,为其他高校所效仿。1926年前后,之江大学、金陵大学、岭南大学、燕京大学、上海大学、清华大学、国立高等师范学校(英语部)、南开学校(大学部)等高等院校,均开设了"英国文学""英国文学史"等课程,有些学校还出现了莎士比亚专题教学。以上海圣约翰大学和北京大学为考察中心,探究这两所大学的英语文学教学与莎剧推介,可略窥中国早期大学在莎剧经典化过程中所扮演的特殊角色。

一、圣约翰大学英语文学教学与莎剧引进

在16所教会大学中,13所基督教大学侧重于使用英语教学,另外3所天主教大学侧重于使用法语教学。上海圣约翰大学是基督教大学中最"洋化"的学校,有"中国哈佛"之称。自1881年英文部设置后,圣约翰大学不久就成为英语学习的中心,除国文课之外,其余课程均用英语讲授,课堂教学、教材编写、课内

外交流等全都英文化。经过一段时期的发展,圣约翰大学的系科设置和课程计划已渐趋丰富和完善,莎剧教学伴随着英语文学课程设置的细化和专题化而出现。

1892年,圣约翰书院成立正馆(大学部)后,成为名副其实的大学。当时的正馆课程设置比较随意,不成体系。以英文类课程为例,涉及文学的课目仅有"英文史记""近世史记""传奇二本";其他课目,如"富国学""刑学""代数""心灵学"等,均与文学无关。1896年,英文学类课程略有变化,与文学相关的课目仍只有"杂著一本""杂诗一本"①。1904—1905年,圣约翰学院的英语文学课程设置更加细化,文学教学也渐成体系(见表3-1)。这一时期的英文阅读和文法学习依旧占据主导地位,可备馆四年级已开设"欧洲史"和"绝岛漂流记""汤晤勃浪学校之经历"等原版小说名著欣赏课程。正馆普通科一年级有"泰西新史揽要"课目。"欧洲史""泰西新史揽要"等文学课程可能会涉及莎士比亚,但莎剧是否进入了英语文学教学环节,还很难确定。不过,圣约翰学院的课外活动较早地涉及了莎剧,这在一定程度上可以佐证莎剧学习的存在。如 The History of the University St.John's University 1879—1929 一书曾记录过1898年的"学生事业",其中就有"Shakespeare's Club"(莎士比亚研究会)、"meeting Saturday evenings for reading one of Shakespeare's plays"(每星期六晚聚会,宣读莎士比亚剧本一种)②。1905年前后的《约翰声》和《北华捷报》等报刊也有圣约翰校园莎剧演出报道,并提到《哈姆雷特》《亨利八世》《如愿》等剧(见表3-2)。这些零碎的史料,虽然不能证明莎剧教学已经存在,但至少可以说明莎士比亚及其剧作已频繁出现在圣约翰学院的校园里。

---

① 参见徐以骅主编:《上海圣约翰大学(1879—1952)》,上海人民出版社2009年版,第17—18页。

② F.L.Hawks Pott. The History of the University, From St.John's University 1879-1929, Kelly and Walsh Limited,1929,p.15.

表3-1　备馆、正馆英语课程摘录（1904年3月—1905年1月）

开设学馆	开设时间	英语读本
西学斋备馆	第一年	英文读本（第一、二本），薄拉克著；文法（第一、二本），纳司斐尔著
	第二年	英文读本（第三、四本），薄拉克著；文法（第三本），纳司斐尔著
	第三年	文法（第四本上半），纳司斐尔著
	第四年	欧洲（中古、近世）史，庞晤史著；绝岛漂流记；汤晤勃浪学校之经历；文法（第四本下半），纳司斐尔著；中西互译；华英翻译捷诀
西学斋正馆普通科	第一年	泰西新史揽要（上半部），麦恳西著；各教比较
	第二、三年	科目不详

（资料来源于陈谷嘉、邓洪波主编：《中国书院史资料》（下册），浙江教育出版社1998年版，第2078—2080页）

表3-2　圣约翰大学英文莎剧片段演出（1896—1911年）

演出时间	演出剧目	演出者	备注
1896年7月18日	《威尼斯商人》法庭一景	上海圣约翰学院学生	夏季学期结业式上英文演出
1899年7月19日	《凯撒大帝》广场一景	上海圣约翰学院学生	同上
1901年7月19日	《哈姆雷特》墓园一景	上海圣约翰学院学生	同上
1902年7月18日	《威尼斯商人》法庭一景	上海圣约翰学院学生	同上
1904年7月21日	《亨利八世》红衣主教失势一景	上海圣约翰学院学生	同上
1906年7月6日	《如愿》选段	上海圣约翰大学学生	同上
1907年7月5日	《驯悍记》选段	上海圣约翰大学学生	同上
1908年7月9日	《仲夏夜之梦》选段	上海圣约翰大学学生	同上

（资料来源于钟欣志：《清末上海圣约翰大学演剧活动及其对中国现代剧场的历史意义》，《戏剧艺术》2010年第3期，第18—26页；袁国兴编著：《清末民初新潮演剧研究》，广东人民出版社2011年版，第33—34页）

1905年后，圣约翰书院正式升格为大学，学校的系科设置和英语文学教学有了新的变化，文学类课程主要"讲述西方国家的文学、戏剧和名家论说"[1]，课

---

[1] 熊月之、周武主编：《圣约翰大学史》，上海人民出版社2007年版，第88页。

程设置显然向专题化方向发展。1912年,正馆文艺科不仅设有"泰西名人小说""泰西文学史""诗集"等文学课程,高年级还开设了"西国名剧"课程(参照表3-3)。同年的格致科上级、高级均设有文学课程,上级以"泰西文学史及诗集"教学为主,高级则主讲"西国名剧"课程[1]。1912年的《圣约翰大学章程》第9章"各科教法大意"规定了"莎士比亚剧本"的讲授内容:"高级生读每礼拜三小时,一千九百十二年至十三年之课本,以驯悍、亨利第五、蛊惑、该撒、女变、林遇、冬记等,同时研究各种以利沙白时之戏曲及从希腊、法国所译之剧。每生须自出心裁作英文论一篇,其要旨在观察人性之微以及研究人生问题。"[2]章程不仅规定了高年级学生读剧的时间,而且规定了所读的莎剧剧目,探索剧作内涵。从章程规定的"莎士比亚剧本",不难看出莎剧教学在"西国名剧"课程中的地位。莎士比亚借助于"戏剧""西国名剧""泰西文学史"等课程频繁出现在英语文学课堂中,特别是莎剧教学进入学校章程,意味着莎剧教学的制度化。自此以后,每年的章程都有莎剧教学的相关规定。如,1913年的学校章程规定莎剧教学内容为"驯伏悍妇奇谭、亨利第五、行恶报、该撒帝、利益王、如意郎、消寒谈"[3]等。可见,1912年前后,莎剧教学已经成为圣约翰英语文学课堂的重要组成部分。

表3-3　正馆文艺科英语课程摘录(1912.9—1913.7)

年级	课程名称
初级	欧洲近古史;作论说;泰西名人小说
中级	英国历史;美国历史;文辞法程;作论说;泰西文学史
上级	诗集;作文
高级	英国政治史;西国名剧;法文

(资料来源于圣约翰大学:《圣约翰大学堂章程汇录》(1912.9—1913.7),美华书馆1915年版,第19—26页)

---

[1]圣约翰大学:《圣约翰大学堂章程汇录》(1912.9—1913.7),美华书馆1915年版,第30—31页。

[2]圣约翰大学:《圣约翰大学章堂程汇录》(1912.9—1913.7),美华书馆1915年版,第55页。

[3]圣约翰大学:《圣约翰大学堂章程汇录》(1913.9—1914.7),美华书馆1915年版,第50页。

1914年,圣约翰大学开始出现"莎士比亚剧本"专题课(见表3-4)。章程这样规定"莎士比亚剧本"的教学内容:"课本用驯伏悍妇奇谭、亨利第五传、麦克白传、该撒传、利益王传、如意郎、消寒谈等,同时须研究他种以利沙白时代之戏曲及从希腊文、法国文所译出之古剧本。每生须自出心裁作英文论一篇,其要旨在令学者能洞察人性与处世之理。"①从章程规定的教学内容来看,1914年的莎剧教学内容与1912年并无太大差别。1915年,"莎士比亚剧本"以"第9学科"名目出现在《圣约翰大学章程》中。1916年的英语文学课程设置与1915年大体相似,1917年新增了大学院课目"以利沙白时之戏剧"(见表3-5),仍然是以莎士比亚和同时代其他戏剧家为核心的戏剧专题教学。1919年,圣约翰大学的系科设置和课程规划再度发生大变革,英文部的许多课程,如"美国文学""英文论说""英文散体文"等被大幅度削减,"英文小说、英文粹、英文诗歌、英文文学史、莎士比亚剧本、弥尔顿著作、以利沙伯时代之剧本和19世纪之文学"②等课程被保留下来,莎士比亚专题教学始终存在。自1912年以后,莎剧教学成为圣约翰大学英语文学教学的重要内容,尽管教学剧目不时发生变化。如,1915年文、理高年级学生必读的莎剧剧本有《麦克白传》《暑夜梦奇谈》《约翰王传》《哈姆莱传》《利益王传》《如意郎传》《消寒谈》七种③,1916年则变为《该撒传》《兄弟解仇录》《冤鬼现形录》《仇杀记》《弑王记》《威匿斯商人传》《暑夜梦奇谈》七种④。除了个别剧目的增减和莎剧译名的变化,《裘力斯·凯撒》《麦克白》《李尔王》《哈姆雷特》《威尼斯商人》《仲夏夜之梦》等剧目大体未变。1920年前后,圣约翰大学的英语教学体系和课程设置比较完备,莎剧教学传统已然形成。

---

①圣约翰大学:《圣约翰大学堂章程汇录》(1914.9—1915.7),美华书馆1915年版,第63—64页。
②熊月之、周武主编:《圣约翰大学史》,上海人民出版社2007年版,第141页。
③参见圣约翰大学:《圣约翰大学堂章程汇录》(1915.9—1916.7),美华书馆1915年版,第76页。
④参见圣约翰大学:《圣约翰大学堂章程汇录》(1916.9—1917.7),美华书馆1915年版,第78页。

表3-4 英语文学课程摘录(1914.9—1915.7)

年级	课程名称	相关说明
初级	英文小说(文科生) 英文散文体(理科生)	
中级	英学文粹(文科生、理科生)	
上级	英国诗歌(文科生) 英国文学史(文科生)	
高级	莎士比亚剧本(文科生、理科生)	说明:主要以驯伏悍妇奇谭、亨利第五传、麦克白传、该撒传、利益王传、如意郎、消寒谈等剧作为主

【资料来源于圣约翰大学:《圣约翰大学堂章程汇录》(1914.9—1915.7),美华书馆1915年版,第60—64页】

表3-5 英语文学课程摘录(1917.9—1918.7)

时间	课程类别	科目
1917年	文科课程	1.英文小说(文科初级生)2.英文论说(文科初级生)3.美国文学(理科初级生)4.作文(理科初级生)5.文粹(中级文科生)6.作文总类(中级文科、中级理科)7.英文散体文(中级理科、上级文科生)8.英文诗歌(上级文科生上学期)9.英文文学史(上级文科生下学期)10.注解(上级文科生)11.莎士比亚剧本(高级文科生)12.弥尔顿诗集(大学院生)13.以利沙白时之戏剧(大学院生)14.新文学发达史(大学院生)
1918年	文科课程	除了以下几门科目外,其他同上;弥尔顿著作(大学院生)、以利沙白时之剧本(大学院生)、19世纪之文学(大学院生)

(资料来源于熊月之、周武主编:《圣约翰大学史》,上海人民出版社2007年版,第99页)

二、北京大学英语文学课程与莎剧教学

北京大学历史悠久,最早可追溯到洋务运动时期的京师同文馆。京师同文馆是中国政府创办的最早的外语学堂之一,以培养外语人才为目的。甲午战争失败后,维新变法运动又推动了京师大学堂的诞生。1902年,同文馆并入京师大学堂,成为译学馆的组成部分。京师大学堂是中国第一所官办大学堂,它的系科设置和课程体系仿照日本大学而建,注重中西兼容、文理兼顾,对近代大学学

科的发展起到引领作用。1912年,京师大学堂更名为北京大学,不久便成为新文化运动的前沿阵地,会集了一批留洋归来的学界精英。北京大学以全新的教学理念和现代的课程体系闻名全国,成为中国近代大学中的领头羊,为其他普通大学的系科设置和课程体系建设提供借鉴。

同文馆时期,外语学校以培养翻译人才和传播西学为己任,英语课程设置以句法、文法等语言基础学习为主,并未涉及文学。1898年诞生的京师大学堂,逐渐改变了以往重技能轻文化的教学理念,逐步提高文学教学的地位。在更名为北京大学之前,京师大学堂共颁布了三次章程,即1898年《奏拟京师大学堂章程》、1902年《钦定京师大学堂章程》和1904年《奏定大学堂章程》,详细规定了英语学科的教学内容(见表3-6)。1898年章程明确了文学门的教学任务,英语语言文字学以学习英语基础知识为主。1902年章程设有文学科,课程设置更加详细,英语类依然以句法、文法、翻译、作文、讲读等为主。1904年章程把文学科分为9种,英国文学、中国文学等均成为独立学科。学科分类越细,课程设置也越具体。"英国文学史""英国史"等课目是英国文学门的主要科目,"西洋文学史""外国文"等课目同样列入中国文学门的课程表。"英国文学史""西洋文学史"等课程,涉及的内容非常广博,但都离不开文艺复兴时期的文学,离不开莎士比亚。1904年颁布的癸卯学制,是中国近代第一个由中央政府颁布并要求在全国推行的新式学制,莎士比亚伴随着新学制的推行出现在各大高校的英语文学课堂里。北京大学英文系1910年毕业生张心澂回忆北京大学译学馆时,提到美国人安德逊用英语讲授过莎士比亚的戏剧①。在1912年《大学令》颁布之前,莎士比亚专题课程并未进入京师大学堂章程,可莎剧教学已在英语文学教学实践中出现。

表3-6 京师大学堂文科文学课程摘录(1898—1904年)

章程名称	系科与文学课程设置
1898年7月《奏拟京师大学堂章程》	1.溥通学10门,其中第9门为文学 2.专门学25门,其中第11门为英国语言文字学

---

① 参见张心澂:《译学馆回忆录》,载全国政协文史资料委员会编:《文史资料选辑》(第40辑),中国文史出版社2000年版,第178页。

续表

章程名称	系科与文学课程设置
1902年8月《钦定京师大学堂章程》	1.大学院以研究为主，未设课程 2.大学专门分科7门，其中第2门为文学。文学门包括外国语言文字学。主讲内容：讲读、文法、翻译、作文 3.大学预备科分为政科和艺科，两科均设有外国文科目。主讲内容有：讲读文法、翻译、作文 4.附设仕学馆和师范馆，也设有外国文科目。一年级讲音义，二年级讲句法（翻译），三、四年级讲文法
1904年1月《奏定大学堂章程》	1.文学科大学分为9门：中国史、万国史、中外地理、中国文学、英国文学、法国文学、德国文学、俄国文学、日本文学 2.中国文学主要科目：文学研究方法、西国文学史、外国文等16门 3.英国文学主课科目：英语英文（补助课）、英国近世文学史、英国史、中国文学等7门

（资料来源于北京大学校史研究室：《北京大学史料（1899—1911）》（第一卷），北京大学出版社2000年版，第82页；舒新城编：《中国近代教育史资料》（中册），人民教育出版社1961年版，第546—553页、第588页、第590页）

1912年，教育部颁布《大学令》，次年又颁布《大学规程》。北京大学的系科设置和课程计划随之进行了调整，文史哲等学科之间的交流加强，"近世欧洲文学史"成为英文类和国文类的共修课（见表3-7）。作为世界文学版图上的重要一块，莎士比亚自然是"英国文学""英国文学史""近世欧洲文学史"等课程教学绕不开的内容。1913年进入北大预科学习的茅盾曾回忆说："新来的美籍教师，据说是美国的什么师范大学毕业的，年纪不过三十岁。他的教学方法好。他教我们莎士比亚的戏曲，先教了《麦克白》，后又教了《威尼斯商人》和《哈姆雷特》等，一学期以后，他就要我们作英文的论文。"[①]从茅盾的回忆可以看出，莎剧教

[①] 茅盾：《茅盾回忆录》，载孙中田、查国华：《茅盾研究资料》（上），中国社会科学出版社1983年版，第168页。

学不仅被纳入本科生英语文学教学计划,也进入了预科生的英语文学课堂。1912年的壬子学制和1913年的癸丑学制,是面向全国推广的学制,莎士比亚及其剧作借助于英语文学课程体系的细化而出现在广大校园的英语文学课堂里。

表3-7 教育部规定的文学科目与课程

规程名称	系科与文学课程设置
1913年《大学规程》	文学门8类:国文学类、梵文学类、英文学类、德文学类、俄文学类、意大利文学类、言语学类
1913年《大学规程》	1.国文类:文学研究法、中国文学史、近世欧洲文学史、哲学概论、美学概论、希腊罗马文学史、世界史等13门 2.英文学类:英国文学、英国文学史、英国史、文学概论、中国文学史、近世欧洲文学史、哲学概论、美学概论等11门

(资料来源于舒新城编:《中国近代教育史资料》(中册),人民教育出版社1961年版,第645—646页)

1917年9月,教育部再次颁布《修正大学令》,北京大学课程计划又经过多次修订,英国文学门课程以"英国文学""英国史""英文修辞学"等为主。蔡元培就任北京大学校长之后,采取兼容并包的办学方针,引进了一批留学英美、日本的优秀学者,其中有胡适、辜鸿铭、周作人等外国文学研究专家。北京大学师资力量的增强,促使文学教学向专题化方向发展。英国文学门除了开设"英国文学""英国文学史"等课程外,还增设了"欧洲文学名著""欧洲文学史"等课目,"英国文学"又细分为诗歌、散文和戏剧。与之相似,中国文学门也讲授"欧洲文学史""十九世纪欧洲文学史"课程(见表3-8)。1917年10月,北京大学文学类课程已把莎士比亚纳入"特别讲演内容"。1917年12月,课程修订案中第一次出现"莎士比亚剧本"的选修课目。1918年,《国立北京大学规程》在现行课程中明确规定了"莎士比亚剧本"的专题教学。北京大学英语文学课程设置的细化和专题化,推动了莎士比亚专题教学的出现。

1917—1918年间,讲授英国文学和欧洲文学课程的教员有陶孟和、王启常、辜鸿铭、胡适、威尔逊等人。1919年后,又有宋春昉、卜思、陈源、林语堂、徐志摩、柯乐文夫妇等加入,周作人主讲中国文学门的"欧洲文学史"。这些具有深厚文学造诣的大家们不仅通过文学课堂推介了莎士比亚,还通过课外学术讲座扩大了莎剧在北京大学校园里的影响。1921年,胡适聘请柯乐文夫妇来英语系任教后,英语文学专业的课程更加丰富。柯乐文夫人专门为三、四年级的同学讲授选修课"萧士比亚"①。1924年,北京大学《英文学系课目说明书》提到的莎士比亚英文剧本有《裘力斯·凯撒》《威尼斯商人》《仲夏夜之梦》《如愿》《李尔王》《麦克白》《哈姆雷特》和《暴风雨》等②。与圣约翰大学相比,北京大学的"莎士比亚剧本"课程出现稍晚,但莎剧教学的具体实践大体都出现在1912年前后。1920年前后,莎剧教学成为北京大学英语文学教学的重要内容,莎剧教学传统已经形成。

表3-8 北京大学文科文学课程摘录(1917.9—1918.7)

年份	系科与文学课程	主讲教师
1917年10月	1.文学门通科:中国文学史、西洋文学史等 2.英国文学专科:英国文学史、英国史、英文修辞学	
	特别讲演内容: 1.以一时期为范围者,如先秦文学、两汉文学、魏晋六朝文学、唐诗、宋词、元曲、宋以后小说、意大利文艺复古时代文学、法国18世纪文学、德国风潮时期文学等 2.以一派别为范围者,如楚辞、长庆体、江西派、唐宋八家文、西洋仿古派、理想派、自然派等 3.以一人之著作为范围者,如屈原赋、《陶渊明集》、杜诗、《韩昌黎全集》、莎士比亚乐府、斯各脱小说、《嚣俄全集》、《格代全集》、陶斯道小说等 4.以一书为范围者,如《诗经》《庄子》《史记》《文选》和美耳之《伊里亚及阿顿社》、但丁之《神剧》、格代之《否斯脱》等	
1917年11月 (现行课程)	英国文学门: 1.第一年级:英国文学(散文、诗、戏剧)、英国文 2.第二年级:英国文学(散文、诗、戏剧)、英国史 3.第三年级:英国文学(散文、诗、戏剧)、亚洲文学名著(英译本)、英国史	杨子余、胡适、陶孟和、倭纳、朱遏先、威尔逊、辛汤生、王启常等

---

①参见胡适:《英文学系科目之内容(1921—1922)》(手写本),中国社会科学院近代史研究所藏"胡适档案",卷宗号2144-4。
②参见李良佑、张日昇、刘犁:《中国英语教学史》,上海外语教育出版社2004年版,第232页。

续表

年份	系科与文学课程	主讲教师
	中国文学门现行外国文学课程： 1.第一年级：欧洲文学史 2.第二年级：19世纪欧洲文学史	周作人
1917年12月 （修正案）	1.英文学门必修课：英文学概要（散文、诗、戏剧）、英文学史大纲、修辞学 2.英文学门选修课：欧洲古代文学名著（英译本）、欧洲新剧（英译本）、莎士比亚剧本、英国19世纪小说之研究等十多种课目	
1918年 （现行课程）	英语文学门相关的课程：英文学（散文、诗、戏曲）、英国文学修辞及作文、英国文学史大纲、莎士比亚剧本、英国19世纪小说、英国史、欧洲文学史、19世纪欧洲文学史、欧洲文学名著等	杨子余、胡适、陶孟和、倭纳、朱遏先、威尔逊、辜汤生、王启常等
	中文学门外国文学课程：欧洲文学史、19世纪欧洲文学史、欧洲文学名著（英译本）研究	周启明（周作人）

（资料来源于《北京大学文理法科本预科改定课程一览》，《教育公报》，1917年第4年第14期，第11—12页；《文科本科现行课程》，《北京大学日刊》，1917年11月29日第12号，第3版；《改订文科课程会议纪事》，《北京大学日刊》，1917年12月2日第15号，第4版；北京大学：《国立北京大学规程》，1918年版，第82—84页）

三、早期大学英语文学教学与莎剧推介对莎剧经典化的影响

上海圣约翰大学和北京大学的英语文学教学，历史悠久、传统深厚、经验丰富，具有很强的辐射性和示范性。1926年前后，"英语文学""英国文学史""近世戏剧""欧洲文学史"等课程在各大学英文系陆续普及开来，有的学校还开设了莎士比亚专题课。就连最不重视英语教学的齐鲁大学，后来也设置了英语系，并开设了"英国文学""英国戏剧"等课程。英语文学教学对莎剧的推介，既推动了莎剧的校园传播，也促成了莎剧的学府遴选，同时还为莎剧在中国的经典化培养了一批推手——后来的莎剧翻译家、莎剧批评家、莎剧导演，等等。早期大学英语文学教学和英文莎剧推介，为莎剧在中国的经典化营造了良好的氛围，提供了重要条件。

英语文学教学和莎剧专题教学,为莎剧的校园传播提供了可能。课堂上,广大学生通过文学课程认识了莎士比亚。莎翁的经典作家身份,莎翁在英国文学史、世界文学史上的地位均给广大师生留下了深刻的印象。以圣约翰大学为代表的教会大学,通过文理兼修和跨专业选修模式,让文、理科学生都有机会接触和认识莎士比亚。以北京大学为代表的中国普通大学,通过跨专业授课、学术讲座、自由听课制度等,也让不同专业的学生能够接触到莎剧作品。此外,校园课外阅读和莎剧演出,进一步扩大了莎剧的影响。

以圣约翰大学为例,校园文学社、戏剧社等学生团体经常举办莎剧阅读、莎剧研究和莎剧演出活动。如,"莎士比亚研究会"自1898年成立后,一直保持了集体读剧的习惯。1905年,校长卜舫济让"莎士比亚研究会"向全校学生开放,并规定每周六8点至9点开始研读莎剧[①]。除了课外阅读,圣约翰校园的莎剧演出活动在1911年前非常兴盛。据钟欣志考证,1896—1911年间,圣约翰校园莎剧演出几乎成为夏季毕业典礼的惯例。1911年后,《约翰声》对校园演剧活动有过一些报道,但提及上演剧目者寥寥无几。不过,1918年《约翰年刊》有文章描述过圣约翰校园演剧变迁:"其初以学生擅此者寡。教员多与其事者。教员多西人,故剧多西剧,此萌芽时期也。及后喜此者渐众。教员引去变为完全学生之组织,唯皆遇事召集,事后解散,无正式之团体。所演亦多抄集旧剧,无精彩之可言,此过渡期也。及1913年,许子渺仙,肄业本校,剧界亦有经验者也。召集同志,研究改革,思有以集其大成。于是有演剧团之社。"[②]圣约翰校园演剧先有大量"西人教员"参与,以西剧为主,这可能是莎剧最早出现在圣约翰校园的主要原因。后来变为"学生组织",演出"多抄集旧剧",可能还是以莎剧和其他西剧为主。1913年后,校园戏剧社团成立,演剧社志在改良,"务求新勉,避雷同",被认为是"旧剧"的莎剧演出就不如以前兴旺了。1922年,鸿年曾在《二十年来之新剧变迁史》中称:"新剧发源之时代,盖已二十余年。当圣约翰书院每年耶稣圣诞时,校中学生将泰西故事编演成剧,服式系用西装,道白亦纯操英语,年年旧规,

---

① St. John's Echo, May 20, 1905, p.2.
② 熊月之、周武主编:《圣约翰大学史》,上海人民出版社2007年版,第304页。

习以为常。迨至今日,仍未废止。"①从鸿年的描述可以肯定圣约翰大学有用英语演西剧的传统,从"年年旧规,习以为常"和"迨至今日,仍未废止",大致可以推断1912—1922年间还有西剧演出。有莎剧演出传统的圣约翰大学一定不会完全放弃莎士比亚演出,只因资料阙如,上演的剧目一时无从考证。

圣约翰校园莎剧演出首先是针对全校师生的,因此吸引了更多学生关注莎剧,莎剧也通过校园舞台深入人心。其次,圣约翰校园的演剧活动,常有校外人士参与,如特邀的官员、家长、媒体记者、他校学生等。莎剧演出不仅仅是语言的练习,更是对现代剧场艺术的探索,参演人员对演出服装、道具和表演技巧的重视,同样吸引了兄弟院校和其他社会演剧团体的注意,再加上《北华捷报》《约翰声》等报刊的宣传和报道,演出产生了不小的社会影响。1908年,立群(鲍鹤龄)曾描述他的观剧体验:"圣约翰书院与华童公学及青年会中,皆有演戏部,虽做而不唱,而其讽世刺俗之意有足多焉。"②立群所描述的"做而不唱"的演出,其实就是纯用道白的西剧演出。此外,朱双云《新剧史》和汪优游《我的俳优生活》都提到过圣约翰大学的早期学生演剧。圣约翰大学的校园演剧,不仅推动了莎士比亚及莎剧的校园传播,而且扩大了莎剧的社会影响力。

莎剧在校园里广泛传播的同时,莎剧剧目也接受着校园师生的遴选。校园师生通常根据自己的审美趣味,在教学和演出中挑选莎剧剧目,以提升学生学习的积极性和观剧的趣味性。从圣约翰大学的系列章程和校园莎剧演出大致可以推断,《凯撒》《威尼斯商人》《驯悍》《如愿》《哈姆雷特》《李尔王》《麦克白》《仲夏夜之梦》《冬天的故事》等是圣约翰师生比较喜爱的剧目。相对来说,北京大学的课程计划较少提及莎剧剧目。根据1924年的课程说明书和学生的零星回忆,大致可推断《威尼斯商人》《仲夏夜之梦》《如愿》《凯撒》《哈姆雷特》《麦克白》和《李尔王》等是北京大学校园师生比较喜欢的剧目。燕京大学同样是早期演剧比较活跃的学校之一。就读此校的冰心曾回忆说:"我记得我们演过许多'莎士比亚'的戏,如《威尼斯商人》、《第十二夜》等等……鲁迅先生写过文章说爱罗先珂先生说

---

① 鸿年:《二十年来之新剧变迁史》,《戏杂志》1922年4月尝试号,第38页。
② 立群:《沪上演戏界记略》,《国华报》1908年5月第1期,第1页。

我们演的比当时北京大学的某一出戏好得多。"①1922年,冰心所说的爱罗先珂还专门写了一篇剧评《观北京大学学生演剧和燕京女校学生演剧的记》,高度评价了燕京女校上演的莎剧《无风起浪》②。同年,周作人在《晨报副刊》发表《燕大女校扮演莎士比亚名剧》,也提到《无风起浪》一剧③。此外,燕大学生赵萝蕤在《怀念叶公超老师》一文中提到她演出过《皆大欢喜》一剧④;李素在回忆燕大学生生活时,谈到用英语演出过《驯悍》⑤。通过这些零碎的记录可知,燕京大学师生偏爱莎士比亚的喜剧,如《驯悍》《皆大欢喜》《无事生非》《威尼斯商人》《第十二夜》等等。早期大学校园对莎剧剧目的选择,直接或间接地影响到后来的译者、批评者和舞台艺人对莎剧剧目的挑选。

早期大学校园的英语文学教学和莎剧演出实践,还培养出一批莎学人才和莎剧爱好者。与林纾一起翻译莎剧故事的魏易,曾经是圣约翰学院的学生,在1900年毕业之前,"至少演出过《威尼斯商人》和《凯撒大帝》的片段"⑥。后来,魏易进入京师大学堂任教,他的演剧体验及对莎剧的接触,不可能不影响他后来的文学教学和译莎事业。同校学生宋春舫,后来执教于北京大学,专门从事戏剧教学与研究,是早期莎剧研究者之一。早年毕业于北京大学的茅盾,后来曾执教于上海大学,他讲授过"欧洲文学史""西洋文学通论"等文学课目,还写过莎士比亚评论,也是早期莎学研究者之一。曾在北京大学英文系学习的余上沅,在国立剧专工作期间,多次为毕业学生导演莎剧,是最早的莎剧导演之一。燕京大学毕业的熊佛西和焦菊隐,均是后来戏剧界的精英人物。熊佛西在大学三年级时,就"广泛阅读了欧洲戏剧史上著名剧作家莎士比亚、易卜生、肖伯纳、高尔斯华绥、

---

① 卓如编:《冰心全集》(第六册),海峡文艺出版社2012年版,第382页。

② 参见[苏]爱罗先珂:《观北京大学学生演剧和燕京女校学生演剧的记》,鲁迅译,《晨报副刊》1923年1月6日。

③ 参见密:《燕大女校扮演莎士比亚名剧》,《晨报副刊》1922年12月18日。

④ 参见赵萝蕤:《我的读书生涯》,北京大学出版社1996年版,第238页。

⑤ 参见李素:《燕大学生生活》,载钟叔河、朱纯:《过去的大学》,同心出版社2011年版,第287页。

⑥ 袁国兴编著:《清末民初新潮演剧研究》,广东人民出版社2011年版,第54页。

葛莱格瑞夫人、约翰·沁孤的作品"①，并积极参加校园演剧和编剧活动。焦菊隐后来从事戏剧工作，并多次把莎剧搬上中国戏剧舞台。莎剧翻译家和批评家梁实秋、方重等人对莎士比亚的热爱，与他们在清华大学所接受的英语文学教育也密不可分。此外，还有其他参与莎剧教学、研究、翻译的早期学者们，如徐志摩、柳无忌、顾绶昌、梁宗岱等，他们对莎士比亚的兴趣多少都与早期大学的文学教育和莎剧教学有一定关系。

早期大学对莎士比亚的推介，重心在其剧作，而且大多是英语原著，不同于新文化先驱们对莎士比亚的符号化宣传，也不同于林纾远离莎剧原貌的大众化推介。早期英语文学和莎剧教学的承担者，多是英美传教士、归国的留学人员及国内的文界精英。他们不仅知晓莎士比亚，更懂得莎剧的价值。他们对莎剧的推介，一方面让广大学生了解莎剧之原貌，感悟莎剧之精神；另一方面又让莎翁经典作家身份及其经典作品的体认得以初步实现。同时，早期的英语文学教学和莎剧推介，为莎剧在中国的经典化培养了一大批未来的推手，他们后来或参与莎剧译介，或参与莎剧批评，或参与莎剧演出，共同推动了莎剧在中国的传播。因此，早期大学校园的英语文学教学和莎剧推介，为莎剧在中国的经典化创造了良好的条件。

第二节　近代文化转型与莎翁名作的遴选

中国近代文化的转型包含对传统文化的激烈批判和西学的引进两个层面。在亡国灭种的紧要关头，中国知识分子主动承担起救亡图存的历史使命，积极推动传统文化的转型。在"别求新声于异邦"的文化思潮的影响下，一批新文化人致力于译介西方文学名著，已经影响世界数百年的莎翁这时才进入国人的视野。

近代中国的文化启蒙思潮催生了一批新式学堂，它们仿效欧美和日本办学，逐步建立了现代学制。作为现代教育的重要组成部分，文学教学逐渐在全国各

---

①上海戏剧学院熊佛西研究小组：《现代戏剧家熊佛西》，中国戏剧出版社1985年版，第12页。

大高校推广开来。文学教育者根据文学教学的需要,推介了西方文学名家莎翁,标出了莎翁名作,推动了莎翁名家身份及其名作的校园认同建立。学术研究者在文学研究中引入国际显学"莎学",并参与到莎学研究中来,推动了莎剧的价值认知形成。中国戏剧革新者在引进话剧和改良旧剧的过程中,也发现和借鉴了莎剧,进而推动莎剧走上中国戏剧舞台。中国近代的文化转型开启了莎剧经典化的征程,促成了莎剧经典剧目在近代中国的初步遴选,同时,莎剧的引进也成为促使中国文化转型的一个重要途径和动力。

一、救亡、启蒙与莎剧的推介

鸦片战争以后,西方列强的坚船利炮不仅打开了封闭的中国国门,也打击了泱泱大国的民族自豪感。中国文化精英们不再因五千年灿烂文明而故步自封,他们开始反思、怀疑甚至否定自身的文化传统,并以开放的姿态接纳西学。莎翁与莎剧在西学东渐的浪潮中,进入新文化先驱们的视野。

严复、梁启超、鲁迅等新文化先驱在翻译西学、探寻利用外国文学——特别是西方的小说、戏剧开启民智的过程中,发现并推介了莎翁与莎剧。严复在《天演论》注解中标出莎翁"词曲家"身份。《国闻报》所刊发的《本馆附印说部缘起》(严复、夏曾佑作)中列举了包括《安东尼与克莉奥佩特拉》[①]在内的中外戏曲小说来说明文学"使民开化"的功效。与严复"小说启蒙说"遥相呼应,梁启超提出"小说新民说"。梁启超说:"欲新一国之民,不可不先新一国之小说。故欲新道德,必新小说;欲新宗教,必新小说;欲新政治,必新小说;欲新风俗,必新小说;欲新学艺,必新小说;乃至欲新人心,欲新人格,必新小说。"[②]在梁启超看来,中国要改变积弱之面貌,要去除国人的奴性、愚昧、自私、虚伪、懦弱、麻木等国民劣性,就要"新小说"。与严复一样,梁启超认为小说可以醒世觉民,可以革新风俗。梁启超为此发掘了莎士比亚等欧美文学名家的启蒙思想,表达文学启蒙主张。梁启超《中国唯一之文学报〈新小说〉》提到具有革新精神的"索士比亚",《晚清两大家诗钞》题词和《秋蟪吟馆诗钞》序均以莎翁戏剧样式、语言形式和思想观念为

[①]张静庐:《中国出版史料补编》,中华书局1957年版,第100页。
[②]林文光选编:《梁启超文选》,四川文艺出版社2009年版,第165页。

参照,提出诗界革命的一般原则。梁启超是文化界的领军人物,他对莎翁思想的推崇和宣传影响深远,以至李伟昉认为梁启超《中国唯一之文学报〈新小说〉》一文,是启发《澥外奇谭》和《吟边燕语》译者翻译莎士比亚故事的重要原因之一[①]。此外,鲁迅也在《科学史教篇》《文化偏至论》《摩罗诗力说》等早期文艺作品中提到莎士比亚。除了《文化偏至论》提过《裘力斯·凯撒》的剧情外,鲁迅和梁启超一样很少提及莎剧作品,主要是从文学启蒙立场出发推介莎翁思想。

早期新文化先驱关注的并非莎剧本身,而是莎翁与莎剧符号的能指意义。莎翁的革新精神及《安东尼与克莉奥佩特拉》《裘力斯·凯撒》等剧所彰显的爱国精神,应和了救亡图存的时代号角,成为新文化先驱们借以实现"小说新民"和"开启民智"的利器。

新文化巨子对莎翁的宣传,扩大了莎翁的社会影响力。译者林纾积极响应"文学救亡"的号召,将自己的译书提到"开启民智"和"爱国保种"的高度。林纾在"广译东西之书,以饷士林"[②]和"以小说启发民智"[③]的译书精神指引下,将兰姆姐弟的《莎士比亚戏剧故事集》改写为文言"神怪小说"《吟边燕语》出版。林纾《黑奴吁天录》跋语这样写道:"今当变政之始,而吾书适成。人人既蠲弃故纸,勤求西学,则吾书虽俚浅,亦足为振作志气、爱国保种之一助。"[④]可见,林纾的"译莎"不仅仅是传播西学,还承载着文学救亡的历史使命。1915年后,林纾又翻译了莎翁历史故事《科利奥兰纳斯》[⑤]《亨利六世》《亨利四世》《裘力斯·凯撒》《理查二世》《亨利五世》,体现了他忧国忧民的情怀。诚如郑振铎所说,林纾的确翻译了不少二三流的作品[⑥],但长期的翻译实践早就练就了他评判世界文学高下的

---

① 李伟昉:《接受与流变:莎士比亚在近现代中国》,《中国社会科学》2011年第5期,第152页。

② 林纾:《译林序》,《清议报》1900年第69期,第4400页。

③ 林纾:《译林序》,《清议报》1900年第69期,第4399页。

④ 林纾:《林纾文选》,许桂亭选注,百花文艺出版社2006年版,第2页。

⑤ 此故事被林纾译为《欧史遗闻——罗马克野司传》连载在1915年《上海亚细亚报》上,1920年《广肇周报》第69、70、71、74、76、77期再刊了部分译文。可林译《科利奥兰纳斯》被人遗忘,目前收录的林译文献均未见此文。

⑥ 郑振铎:《林琴南先生》,《小说月报》1924年第15卷第11期,第9页。

眼光。

在你方唱罢我登场的政治环境中,林纾翻译莎剧历史故事,其政治隐喻性不言而喻。1915年,林译《欧史遗闻——罗马克野司传》在上海《亚细亚日报》刊出,这是"袁世凯就任中华民国临时政府大总统后创办的御用报纸","是袁世凯御用报纸中立场最顽固的一家"①。此报纸自1912年创刊以后,鼓吹帝制、攻击革命党人,遭到众人反对。林纾在政治内斗极端尖锐的情况下,改译《科利奥兰纳斯》并将其刊在众人避之不及的报纸上,表明自己的政治立场。《欧史遗闻》再现共和政体和君主宪政之间的矛盾与冲突,揭示共和政体的弊端。林纾借此剧表达自己支持君主宪政的主张,如今看来与历史的车轮背道而驰,是思想守旧的表现。可林纾"爱国保种"的初衷则毋庸置疑,试以《欧史遗闻——罗马克野司传》译文为例加以说明。克野司(Marcius)为罗马立下汗马功劳,可他的傲慢引起众人不满。在两个护民官的离间和煽动下,罗马民众驱赶了克野司。一怒之下,克野司倒戈罗马的敌人瓦鲁生攻打祖国。在罗马面临危亡之际,罗马民众又请克野司母亲奥伦尼亚出面求情,于是这位母亲劝说儿子道:"Did we implore thee to save the Romans by destroying the Volscians, thou mightst condemn us aiming against thine honour. But we plead only to reconcile them ... that if thou conquer Rome it will be to reap a name which shall be dogged with curses, and its chronicle thus written, 'the man was noble, but with his last attempt he wiped out the remembrance of it and destroyed his country, and his name remains abhorred'"②。林纾这样翻译此句,"果吾求尔拥护罗马反戈向瓦鲁生,则我为不解事之妇人。顾吾此来,为求和计,非反间也……一灭罗马,则后世遗臭之史书,汝永永不朽为枭獍之行为,吾度史臣必载笔书曰:罗马有伟人某系出贵族,武力绝人,晚节竟自戕其祖国,试思恶名镌之简册,汝万死足以涤耶?"③林纾用"求和计"和"反间计",使奥伦尼亚变成了一位懂兵法的"说客",显然夸大和抬高了这位母亲的形象。原文中"荣誉感"(honour)是母亲劝说儿子的关键词,她要求儿子

---

① 中国大百科全书出版社编辑部编:《中国大百科全书:新闻出版》,中国大百科全书出版社2002年版,第432页。

② A. T. Quiller-Couch. Historical Tales from Shakespeare, the Commercial Press, 2001, p.80.

③ 林纾、陈家麟:《欧史遗闻》,《广肇周报》1920年第77期,第18页。

放弃与祖国为敌,是为了维护儿子的"荣誉",不要求他背叛敌人,也是不想损害儿子的"荣誉感"。西方人十分看重的"荣誉",在林纾这里却几乎看不到了。林纾借助这位英雄母亲之口,大肆进行了爱国说教,把这位母亲塑造成一个顾全大局和高尚无私的爱国主义者,显然是林纾以己见改写的结果。在林纾的笔下,莎剧历史故事中的政权更迭、内忧外患、民智未开的社会现状,不正是中国当时社会现实的写照吗?林纾在"爱国保种"理念驱使下选译莎翁的历史故事,明显有以史为镜之意。

林译莎剧故事的流行,引起了剧界人士的关注。早期演剧界搬演莎剧故事主要是为救亡、启蒙服务,同时也是为了进行戏剧革新。《威尼斯商人》《驯悍记》《罗密欧与朱丽叶》《哈姆雷特》《奥赛罗》《麦克白》等被视为"反封建"和"求解放"的莎剧剧目,受到戏剧革新者的欢迎。以《肉券》为例,此剧自1913年首次上演以来,到1922年京剧编演此剧,先后上演10次以上,是文明新戏舞台上演频率最高的莎剧剧目。此剧以割肉还债为中心情节,特别是女主人公鲍西亚机智勇敢,她假扮律师轻松自如地在法庭上赢得官司,表现出过人的才智。此剧个性独立意识鲜明,女性解放色彩浓厚,具有鲜明的启蒙色彩。另外,《鬼诏》在文明新戏舞台上演过3次以上,中国戏曲改良者和新剧实验者借杀兄夺嫂的故事隐射政治内斗和袁世凯篡夺权位,"反封建专制复辟"的意图相当明显。其他上演的莎剧故事,如《铸情》《驯悍》《窃国贼》等大体也与篡夺权位和个性解放有关。早期演剧者选择编演了与时代精神贴近的莎剧故事,既是受当时文化语境的影响,也是服务于时代的自觉行动。

清末民初,莎剧故事在救亡、启蒙的政治呼声中,成为中国文化精英们借以宣传革命思想和开启民智的利器。学者、译者和演剧者在文学救亡的探索中发现和借鉴了"异邦新声"——莎剧,并根据救亡图存的政治需要放大了莎翁的符号能指功能和莎剧的工具意义。

二、文学教育与莎翁名作的标举

随着西学的引进和近代思想启蒙的开展,国人逐渐意识到教育对民族振兴和国家富强的意义。1892年,郑观应在《盛世危言》之《西学》篇中说:"学校者,人才所由出,人才者,国势所由强,故泰西之强,强于学,非强于人也。我则欲与之争强,非徒在枪炮战舰也,强在学中国之学,而又学其所学也。"①郑观应认为西方之所以强大,在于他们注重知识学习和人才培养。甲午战争失败以后,以康有为、梁启超为代表的维新派人士也意识到,要拯救中国,仅靠军事强大远远不够,还需广设学校,培养人才。于是,全国掀起一股效仿欧美和日本的办学热潮,一批公立或私立新式学堂纷纷出现。1901年以后,清政府为了改变颓势,先后颁布三次章程,推动中国教育的近代转型。作为现代教育的重要组成部分,外国文学教学体制快速传入校园。文学教育者根据外国文学教学的需要,推介并标举莎翁名作,特别是外国文学教材对莎翁名作的选编,引领广大师生接受与认同莎剧经典。

清末民初,以上海圣约翰大学为代表的教会大学和以北京大学为代表的中国自办普通大学,在英语文学教学中引入了英语莎剧。1920年左右,上海圣约翰大学和北京大学的莎剧教学传统均已形成。随着全国教育管理的规范化和制度化,上海圣约翰大学和北京大学的现代教育理念及莎剧教学模式逐渐推广到其他高校。1926年以后,莎剧教学在其他高校逐渐普及开来。比如,暨南大学1928年《英国文学系课程指导书》明确规定英文系二年级有"英国文学史略"课程,三年级有"沙士比亚"课目②。1930年北京师范大学英文系课程计划中有"英国文学史""莎士比亚""伊利莎白时代文学""戏剧史"及十八世纪"西洋文学史"等课程③,武汉大学英文系同样开设了"英国文学史""莎士比亚""戏剧入门"等课程④。1935年的中央大学外国文学系课程有必修科目"英国文学史""莎士比亚""欧洲文学史"等⑤。同年,安徽大学国文学系有"西洋文学史"的选修课,外文系有"英文文学史""西洋戏剧""莎士比亚"等必修课⑥。1938年9月,教育部拟订了《文理法三学院共同科目表》,旨在规范大学课程设置。在教育部统一规定

---

①陈学恂主编:《中国近代教育文选》,中国人民教育出版社1983年版,第53页。
②参见叶崇智:《英国文学系课程指导书》,《暨南周刊》1928年第3卷第2期,第13页。
③参见李良佑、张日昇、刘犁:《中国英语教学史》,上海外语教育出版社2004年版,第239页。
④国立武汉大学编印,《中华民国十九年度国立武汉大学一览》,1931年,第15—16页。
⑤李良佑、张日昇、刘犁:《中国英语教学史》,上海外语教育出版社2004年版,第241—242页。
⑥参见《安徽省立安徽大学课程说明书》(二十四年度),第34—35页。

的文学教学中,外国文学课目,如,"戏剧选读""英国文学研究""英国文学名家选读"等均有莎士比亚戏剧的内容。国内革命战争时期,莎士比亚已经成为国统区广大高校外国文学课程的必讲内容。受苏俄崇莎传统的影响,革命根据地的"红大"或"抗大"在外国文学教学中同样讲授莎士比亚。新中国成立以前,凡是开设英国文学课程或外国文学课程的学校,无不讲授文学名家莎士比亚,无不提到莎翁的代表作。近代高校教学课程规划和参考课程书,提及莎士比亚者居多,列举莎剧剧目者少见。为了更清晰地呈现现代文学教学对莎翁名作的选择,笔者试以外国文学教材和读本对莎剧的选择为例,略作说明。

据笔者的不完全统计,1949年前出版的外国文学教材和参考读本中,涉及莎翁与莎剧者有35部。汉语编写的外国文学教材和读本主要出现在20世纪二三十年代,40年代也有部分旧教材的再版及新教材、新读本的出现。这些教材和读本多标出莎翁"名作""杰作"或"代表作",如周作人《欧洲文学史》第三卷上编第七章重点提到莎翁"绝作"《哈姆雷特》《李尔王》《奥赛罗》《麦克白》《罗密欧与朱丽叶》《仲夏夜之梦》《错误的喜剧》《无事生非》《如愿》等。此书自1918年出版以来,再版7次以上,是使用频率最高的外国文学教材。再比如,苏俄莘里契《欧洲文学发展史》(沈起予转译)第二章"商业资本时代"有莎士比亚专题,作者重点列举《亨利四世》《亨利五世》《理查三世》《理查二世》《裘力斯·凯撒》《威尼斯商人》《温莎的风流娘们》《暴风雨》《雅典的泰门》《李尔王》《哈姆雷特》等代表剧目。此书也是比较流行的教材,再版3次以上,传递了苏俄"选莎"的立场和方法。李菊休和赵景深合编的《世界文学史纲》指出"最使我们感动"的莎剧是《仲夏夜之梦》《威尼斯商人》《罗密欧与朱丽叶》《哈姆雷特》《奥赛罗》《麦克白》《裘力斯·凯撒》和《安东尼与克莉奥佩特拉》等[1]。1947年教育部规定《英国文学史》同样标举莎翁"最初的杰作"是《仲夏夜之梦》《罗密欧与朱丽叶》和《莎士比亚的诗》,第二期"最出色的作品"是《亨利四世》《亨利五世》《凯萨大将》《威尼斯商人》《欢乐的喜剧》和《商籁诗》,第三期的"杰作"是四大悲剧[2]。1949年前出版的教

---

[1] 参见李菊休、赵景深:《世界文学史纲》,中国文化服务社1936年版,第330—331页。
[2] 参见[英]莫逊、勒樊脱:《英国文学史》,柳无忌、曹鸿昭译,商务印书馆1947年版,第98—103页。

材还有王靖《英国文学史》、欧阳兰《英国文学史》、日本学者木村毅《世界文学大纲》(朱应会译)、方璧《西洋文学通论》、张毕来《欧洲文学史简编》等。这些史纲、概要、通论、讲座等外国文学书籍无一例外地列举莎翁的代表作,有的还为莎剧贴上"杰作"或"名作"的标签,如金石声《欧洲文学史纲》指出莎翁"杰作"是四大悲剧及《威尼斯商人》《仲夏夜之梦》《罗密欧与朱丽叶》等[①]。木村毅《世界文学大纲》同样认为莎翁"杰作中的杰作"是四大悲剧,《威尼斯商人》《罗密欧与朱丽叶》《裘力斯·凯撒》《仲夏夜之梦》《暴风雨》《安东尼与克莉奥佩特拉》等剧也是"人人必读的著作"。从周作人自编的《欧洲文学史》到国外教材的译本,如美国学者约翰·玛西编《世界文学史》、英国学者莫逊和勒樊脱合编《英国文学史》、苏俄学者柯根编《世界文学史纲》、萧里契编《欧洲文学发展史》等均标举莎翁"名作"或"代表作"。

再以外国文学读本选编的莎剧为例,《文学的故事》和《世界文学小史》是国外英语读本的译本,前者提到四大悲剧,后者重点列举了《仲夏夜之梦》《第十二夜》《哈姆雷特》《李尔王》《麦克白》和《暴风雨》等剧作,大体未超过上述教材标出的名作范围。国人编译的外国文学读本,如周作人和胡适《世界名著代表作》选编《仲夏夜之梦》,陈陟《世界名著杰作选》选编《仲夏夜之梦》和《错中错》,这几部莎剧均是奚识之据兰姆姐弟莎剧故事翻译的作品。王昌谟《欧美名著节本》选编《哈姆雷特》《奥赛罗》《李尔王》《罗密欧与朱丽叶》《冬天的故事》《威尼斯商人》《仲夏夜之梦》等16部莎剧,是原著的缩写本。另外,陈旭轮《西洋文学讲座》(世界文学)选编《哈姆雷特》,是田汉译本的节选。茅盾《汉译西洋文学名著》和贺孟斧《世界名剧作家及作品》选编的《哈姆雷特》,均为《哈姆雷特》故事介绍和评论。与教材相比,外国文学读本选择的莎剧剧目更加狭窄。作为文学教学的辅助读本,中国编者根据文学教学需要和自己的审美喜好选编了《仲夏夜之梦》《哈姆雷特》等剧,显然是"代表中的代表"。

中国近代文学教学,以传播西学为主。无论是国内学者编写的教材和读本,还是引进的国外教学辅导书,主要从文学知识推介层面介绍了莎翁名作,并标出莎翁在文学史和文化史上的地位。教材和读本对莎剧名作和代表作的列举各有

---

① 参见金石声编:《欧洲文学史纲》,神州国光社1931年版,第71页。

侧重,但国内外学者对莎翁四大悲剧及《威尼斯商人》《仲夏夜之梦》《罗密欧与朱丽叶》《裘力斯·凯撒》等名剧的认同大体一致。外国文学教材或参考读本的编者或译者,如周作人、茅盾、沈起予、欧阳兰、郑振铎、张毕来、胡仲持等是外国文学课程的讲授者或研究者,他们对莎翁名作的遴选,毋庸置疑具有权威性,扩大了莎翁及其名作在校园里的影响。可见,现代文学教育,是推动莎翁名作在广大校园获得认同的关键。

三、国外莎评话语与莎翁名作地位的建构

文学教育带动文学研究的发展。在西学传播过程中,早期学术研究者引入了国际显学"莎学"。新中国成立以前,国内莎评论著多以国外莎评译介和转述为主,这些莎评对莎翁名作的推介和对莎剧价值的探讨,代表了国外莎评的主流,建构了莎翁名作的地位。

新中国成立以前,国内莎评以英美莎评和苏俄莎评译介和转述为主,大体引领着中国莎学的方向。这些莎评大都在推介和评论莎翁剧作时,有意标出莎翁名家身份,凸显莎剧名剧的地位,高度评价和认同了莎翁与莎剧在外国文学史和文化史上的地位。

清末民初,国内的莎评译文主要来自英美,如豪斯(A.W. Howes)《莎士比亚之历史》(汤志谦译)、豪斯(A.W. Howes)《大戏曲家莎士比亚小传》(杨介夫译)等以莎翁生平和剧目介绍为主。《莎士比亚之历史》开篇指出莎翁是"英国文学界中之泰斗,亦世界文学史中有数人物"[①],结尾又称莎氏著作"旷绝前人,传颂来世"[②]。不仅如此,此文还指出莎翁不同时期的代表作:第一时期的爱情戏《爱的徒劳》《错误的喜剧》《仲夏夜之梦》《维洛那二绅士》《终成眷属》《罗密欧与朱丽叶》等是"最著者";第二时期有"最著名之历史戏曲"《亨利四世》和"最美妙之喜剧曲"《威尼斯商人》《无事生非》《如愿》等;第三时期"较著者"是《裘力斯·凯撒》

---

① [美]豪斯:《莎士比亚之历史》,汤志谦译,《南京高等师范学校校友会杂志》1918年第1卷第1期,第6页。
② [美]豪斯:《莎士比亚之历史》,汤志谦译,《南京高等师范学校校友会杂志》1918年第1卷第1期,第9页。

《哈姆雷特》《麦克白》和《李尔王》等;第四时期《冬天的故事》《辛柏林》皆属"诚挚之戏曲"①。《大戏曲家莎士比亚小传》描述莎翁是"英国之大戏曲家"和"欧洲文学史中之名人",评价莎剧"其喜怨哀乐,一言一动,皆能曲体世情,而默会神话,出之以淋漓尽致,使他人效之"②。这些莎评不仅凸显了莎翁戏曲家的身份,还指出了莎剧的地位和价值。

这一时期,中国的莎学意识尚未形成,除了东润《莎氏乐府》外,国内外莎评主要是莎翁与莎剧剧目的推介,与英美莎评大体相似。以1904年无名氏《史传:英国大戏曲家希哀苦皮阿传》为例,此文不仅指出莎士比亚的"大戏曲家"身份,还列举莎翁11部"杰作",即5部悲剧"麻苦败""利阿王""诺赛握及斜列脱""哈姆列脱""倭赛诺",3部喜剧"仲夏之夜梦""阿芝尧拉克伊特""维哀尼士之商人"和3部历史剧"利基亚特三世奇谭""尧尼倭拉斯奇谭""西杳而奇谭"③。王国维《莎士比传》(1907)、孙毓修《欧美小说丛谈:莎士比之戏曲》(1916)等比较专业的莎评文章与上述莎评相似,从莎翁介绍、代表剧目及创作风格等方面入手,介绍了西方文学名家及其名剧。比如,孙毓修评价莎翁"最能引人笑"的剧作是《仲夏夜之梦》《如愿》《错误的喜剧》,"最后杰作"为《辛柏林》《冬天的故事》和《暴风雨》④。1917—1918年间,东润在《太平洋》杂志连载《莎氏乐府谈》,这是近代中国第一篇莎剧"研究"文章。东润从莎翁生平、创作、舞台演出介绍入手,逐渐深入莎翁名作《裘力斯·凯撒》和《罗密欧与朱丽叶》的剧情、结构、人物、语言分析,指出此两剧的文学价值。这些推介式莎评基本上传递了英美莎评的主流声音,凸显了莎翁的名家身份,指出了莎翁代表作,为莎翁名作的认同奠定了基础。

1920—1935年,国内不仅有英美莎评的译介或转述,同时也有苏俄及日本莎评的译文或转述。与早期莎评不同,这一时期的莎评在推介莎翁和莎剧剧目的同时,大都能深入作品探讨莎剧的价值。比如,温彻斯特《莎士比亚的人格》在

---

① [美]豪斯:《莎士比亚之历史》,汤志谦译,《南京高等师范学校校友会杂志》,1918年第1卷第1期,第6—7页。

② 参见[美]豪斯:《大戏曲家莎士比亚小传》,杨介夫译,《美育》1920年第3期,第83页。

③ 无名氏:《史传:英国大戏曲家希哀苦皮阿传》,《大陆报》1904年第2卷第10期,第22页。

④ 孙毓修:《欧美小说丛谈》,商务印书馆1916年版,第94—95页。

指出莎翁是世界名家的同时，以《如愿》《亨利五世》《哈姆雷特》《奥赛罗》《李尔王》《安东尼与克莉奥佩特拉》等莎翁代表作为例，分析莎剧人物、莎剧风格及莎剧思想和内容，指出莎剧的文学价值和社会认知价值。陆雪铮《莎士比亚戏剧述评》是国外莎评的转述，此文从莎翁生平、莎剧介绍逐渐深入莎剧批评，指出莎剧的深刻和伟大在于塑造了生机勃勃、性格鲜明而又身份各异的人物形象，讲述了生动有趣的故事，使用了合理的剧情结构等。当然，此文同样不忘指出莎剧是"世界上最伟大的戏剧"[1]。另外还出现了莎翁评传，如梁实秋翻译的《莎士比亚传略》、金震转述的《莎士比亚叙传》等。同时期，苏俄莎评文章不多，如愈之转述的《托尔斯泰的莎士比亚论》、东声翻译的《托尔斯泰论莎士比亚》等介绍了托尔斯泰对莎剧的批评。另有少数日本莎评，如中村《莎士比亚剧演出之变迁》（田汉译）、小泉八云《莎士比亚》（马彦祥译）等。

国外莎评的引入开阔了国人的视野，莎学学术价值受到关注。1932年，张沅长的《莎学》指出"莎学比中国的红学还要兴盛"[2]，首次在国内提出"莎学"概念，标志着中国学者莎学意识的形成。1932年左右，史晚青《沙士比亚的〈哈姆莱脱〉》（1932）、施章《莎士比亚名剧〈凯撒〉之介绍》（1934）、杜衡《莎剧凯撒传里所表现的群众》（1934年）、梁实秋《〈马克白〉的意义》（1934年）等，均是名剧专论。这些莎评对莎翁名剧的标举和对莎剧价值的认同，大致也与国外莎评相似。比如，施章和梁实秋在标题中先后用"名剧""名著"分别指称《裘力斯·凯撒》和《哈姆雷特》。史晚青、梁实秋、杜衡等学者以莎剧名作为例，肯定莎剧的社会认知价值和文学价值，从内容、形式、思想等多个层面建构《裘力斯·凯撒》《哈姆雷特》《麦克白》等剧的名作地位。1920—1935年，国内外莎评涉及领域逐渐扩大，莎剧研究不断深入，莎评者所标举的莎翁"杰作""名作"或"代表作"大体相似。

1936—1949年间，英美及苏俄莎评大量引入，国内莎评出现两种走向：一是莎评的英美化；二是莎评的苏俄化。1936年以来，英美莎评侧重剧作批评，如东方蓝翻译了斯米吞关于《麦克白》《奥赛罗》《冬天的故事》《李尔王》《雅典的泰门》等剧的莎评，均立足于剧作人物形象分析，从性格刻画、人性复杂性等多方面阐

---

[1] 参见陆雪铮：《莎士比亚戏剧述评》，《学籍年刊》1931年，第201页。
[2] 张沅长：《莎学》，《国立武汉大学文哲季刊》1932年第2卷第2号，第293页。

释了莎剧的价值和意义。早期莎学专家梁实秋延续了英美莎评的传统,他在《李尔王》译序中通过对剧作人物、剧情的分析,指出莎剧描写了普遍的人性;在《马克白》译序中说《马克白》的意义在于描写犯罪心理①。相对而言,1936年以后,苏俄莎评话语更加强势,国内大多数学者开始借鉴苏俄莎评的方法、立场和观点,来解读莎剧作品。在国内译介的苏俄莎评中,A. 斯米尔诺夫《论莎士比亚及其遗产》最具代表性,此文用马列主义文艺理论阐释了《亨利四世》《亨利五世》《温莎的风流娘们》《威尼斯商人》《仲夏夜之梦》及四大悲剧等作品,通过分析作家所处的时代背景和剧作描写的社会内容,详尽阐释了莎翁的人道主义思想和写实主义手法,并指出了莎翁的阶级立场和局限。1936年以后,国内出现了许多莎评,如,田篱《"莎士比亚"与戏剧》、觉元《近代文艺先锋——莎士比亚》、蓝天《从文学时代的反映说到莎士比亚的〈铸情〉》等,从阶级论或社会反映论出发评价莎剧,指出莎剧的社会认知价值和教育价值。类似的莎评还有草林《莎士比亚底哈姆雷特》(1943)、田禽《剧圣莎士比亚》(1948)、戈异《伟大的莎士比亚》(1946)、英新《伟大的思想家莎士比亚》(1947)等。无论是追随英美莎评,还是效仿苏俄莎评,国内学者都从不同侧面,指出莎翁名家身份,肯定莎剧价值,建构莎翁名作的地位。

总体而言,英美莎评和苏俄莎评大体引领着中国莎学的方向。国内外莎评观点各有千秋,莎评者对莎翁名作的标举和对莎剧价值的挖掘,推动了对《罗密欧与朱丽叶》《裘力斯·凯撒》《威尼斯商人》《仲夏夜之梦》《雅典的泰门》及四大悲剧等名作地位的认同。国外莎评话语对莎剧名作地位的建构,进一步推动了莎剧经典剧目的认同。

四、戏剧革新与莎剧舞台生命的再生

莎剧在中国戏剧舞台重获生命,是中国戏剧革新推动的结果。从19世纪末20世纪初开始,中国戏剧革新者在戏曲改良和新剧实验中,选择编演了莎剧故事,推动莎剧故事在戏剧舞台上的广泛传播。1921—1935年间,戏剧教学实践和戏剧创新实验利用和借鉴了莎剧,开始把莎剧原本搬上舞台。1936—1949年

---

① 参见[英]莎士比亚:《马克白》,梁实秋译,商务印书馆1936年版,第7页。

间,现代话剧艺术实验和中国戏曲革新再度选择了莎剧,推动莎剧在中国戏剧舞台上的选择和价值认同。

"文明新戏"时期,救亡图存的政治语境决定了中国戏剧革新与政治的亲密关系。戏剧革新者借鉴了大量的西洋新剧,试图改良戏曲。莎剧在中西文化碰撞交汇中,成为中国戏剧革新者学习和借鉴的对象。

据笔者不完全统计,从1913年第一部新剧《女律师》在上海城东女学上演到1925年"国剧运动"出现,中国戏曲搬演莎剧3部,分别是汉调《驯悍》(1913)、川剧《杀兄夺嫂》(1914)和京剧《借债还肉》(1922)。新剧演出莎剧至少20部,分别是《肉券》《鬼诏》《黑督》《蛊征》等林译莎剧故事的改编本。武昌文华大学、燕京大学及新民社、春柳社、民鸣社、开明社、启民社、民兴社等均搬演过莎剧故事。除了1921年燕大女生上演的新剧《第十二夜》和1922年夏月珊等人上演的京剧《借债还肉》,其他莎剧演出均出现在1918年以前,成为"文明新戏"的重要组成部分。首先,演剧者选择《肉券》《鬼诏》《铸情》《驯悍》《蛊征》等与女性解放或政治稳定有关的故事,是拓宽戏剧题材的需要。戏剧革新者为了参与革命宣传和思想启蒙,他们借助莎剧题材以提升戏剧的思想内容。其次,莎剧表演者多西装革履、卷发长裙登场,不仅突破戏曲符号体系的限制,还据幕表纲要即兴发挥,对话、说白中夹杂英语单词和说教,以"改良新戏"的表演形式和"洋化"的装扮吸引观众,极大地满足了观众的猎奇心理。可见,早期演剧者搬演莎剧,不仅仅是启蒙、救亡的需要,也是戏剧艺术革新的实践需要。

在写实主义戏剧称雄剧团的20年代和30年代前期,莎剧演出相对冷落,除上文提到的《第十二夜》《借债还肉》外,另有1928年和1930年的《威尼斯商人》演出。1930年上海戏剧协社上演的《威尼斯商人》,是第一次莎剧原版演出。这场演出从导演、剧本、服装布景到排练都严谨有序,是戏剧革新者在现代戏剧"整体观"指导下的艺术实践。

1935年,南京国立戏剧学校成立。国立剧专是国民党创办的学校,可校长余上沅在"研究戏剧艺术,养成实用戏剧人才,辅助社会教育"[①]的办学宗旨指导下,采用兼容并包的办学方针,聘请包括左联人士在内的剧界名流前来授课,其

[①] 国立剧专在粤校友编:《情系剧专》,1997年版,第151页。

中就有1930年执导莎剧的应云卫。国立戏剧学校根据戏剧人才培养的需要,以莎剧为训练素材。据笔者不完全统计,1937—1949年间上演的莎剧剧目共6部,国立剧专编演的剧目就有3部,分别是《威尼斯商人》《奥赛罗》和《哈姆雷特》,其中《威尼斯商人》和《哈姆雷特》各上演2次,《奥赛罗》1次。国立剧专的莎剧演出,是剧专毕业生的汇报公演,从导演、剧本、舞美、排演都有严格的规定。其中,《威尼斯商人》《奥赛罗》由余上沅导演,《哈姆雷特》由焦菊隐导演,都采用了梁实秋译本。从余上沅的办学理念和国立剧专的莎剧演出,不难看出国立剧专对莎剧的接受和搬演态度:国立剧专搬演莎剧是戏剧教学的需要和戏剧革新人才培养的需要。与国立剧专遥相呼应,上海各社会剧团纷纷上演莎剧,上海业余剧团、上海新生活话剧研究社和上海海燕剧社先后改编上演了《罗密欧与朱丽叶》,上海艺术剧团搬演《三千金》(据《李尔王》改编),上海各剧团在戏剧创新实验中借鉴和改造了莎剧。以上海艺术剧团搬演的《三千金》为例,此剧由费穆执导,剧本是顾仲彝根据《李尔王》和王宝钏故事编写的一出四幕现代讽刺悲剧,其人物和情节均被"现代化"和"中国化"。上海艺术剧团对莎剧《李尔王》的本土化改造,显然是跨文化的尝试。

为了增强剧种的竞争力,戏曲革新者利用和借鉴了莎剧元素。1937年后,中国戏曲编演莎剧5次,除了1947年中华戏曲学校校友剧社师生在北京上演京剧《铸情记》外,沪剧《窃国盗嫂》《铁汉娇娃》和越剧《情天恨》《孝女心》均在上海演出。以袁雪芬主演的越剧《情天恨》为例,袁雪芬借用《罗密欧与朱丽叶》的婚恋题材来刷新越剧思想内容,表现婚姻自由和反封建专制思想。同时,袁雪芬请话剧导演于吟编导《情天恨》,引入剧本制和导演制,显然是革新越剧表演形式的大胆实验。沪剧《窃国盗嫂》《铁汉娇娃》及傅全香主演的《孝女心》也是类似的革新实验。1937—1949年间的莎剧演出,主要是在现代戏剧"整体观"指导下完成的,话剧和戏曲根据自身的需要选择了莎剧剧目,莎剧艺术价值在反复搬演中获得剧界人士的广泛认同。

莎剧剧目在中国戏剧舞台上的遴选,伴随着中国戏剧现代化的历史征程。戏剧革新者根据中国戏剧艺术发展的需要和创新的需要,选择性地利用和借鉴了莎剧元素。在长期的搬演实践中,莎剧的艺术价值得到普遍认同,莎剧的舞台生命得以彰显延续。可见,中国戏剧革新,是推动莎剧在中国戏剧舞台重获生命的动力。

在参照西方文化的文化转型中,中国知识分子根据救亡和启蒙的时代需要,选择和吸收了莎翁与莎剧的思想元素,推动思想文化转型;文学教育者利用莎翁"名作"教学以传播西洋文化;文学研究者通过推介莎翁与莎剧,以传播现代学术;戏剧革新者选择性地吸收、利用和改造莎剧,以丰富和发展自身。在近50年的纵向"批评""论争"和"比较"中,在不同时段的"阅读""观看"和"群选"中,《威尼斯商人》《罗密欧与朱丽叶》《哈姆雷特》《麦克白》《李尔王》《奥赛罗》《裘力斯·凯撒》等莎剧经典剧目,在中国文化精英的群选中诞生,成为公认的名作。近代文化转型,为莎剧经典剧目的遴选提供了机遇,是莎剧在近代中国经典化的重要外因。

第三节　红色语境与莎剧文学经典的建构

新中国成立以前,莎剧在批评、辩论的纵向比较中彰显了自身的生命力;在阅读、观看的"群选"中赢得了声望。一些莎剧剧目如《威尼斯商人》《仲夏夜之梦》《罗密欧与朱丽叶》《裘力斯·凯撒》《雅典的泰门》及四大悲剧等,在长期的传播与接受过程中,成为公认的名作。由于莎剧译介的姗姗来迟,中国文化精英对莎剧原貌的认知相对较晚,对莎剧经典性的认知并不深入,因此莎翁名作的认定多停留在提名层面。新中国成立以后,莎剧翻译、莎剧教学、莎学批评甚至莎剧演出等莎学活动,受到苏俄的现实主义思潮影响,马列主义的立场、方法和观点成为遴选莎剧经典的权威准则。在红色文化语境中,莎剧的思想蕴涵,特别是与政治、人民、阶级相关的思想元素及现实主义创作方法被深入挖掘,莎剧也因此被尊奉为现实主义文学典范。

一、马恩话语与莎剧经典地位的建构

新中国成立后的"十七年"里,中国莎学发展迅速,莎剧译介欣欣向荣,莎剧批评生机勃勃,莎剧演出接连不断。在这一时期,莎剧为何成为中国学者推崇的文学典范?除了其自身博大精深的思想内容和精妙的艺术形式之外,马克思、恩格斯的话语是莎剧经典地位确立的关键力量。

据孙家琇统计,马克思、恩格斯在其论著中论及莎剧24部。"在马、恩全集中,涉及莎士比亚的地方有300多处,远远超过他们所关注的任何一位世界性的作家。"[①]马克思、恩格斯并非专业的莎评者,可他们在其论著及私人信件中广泛引用了莎剧人物、剧情、对话及莎翁的名言警句,是将莎翁尊奉为经典名家的典范。

在马克思、恩格斯笔下,莎士比亚首先是一位写实主义戏剧家,他的剧作多是现实主义杰作。马克思在致斐·拉萨尔信中指出《弗兰茨·冯·济金根》创作之不足时说:"可是现在除宗教自由以外,实际上,国民的一致就是你的主要思想。这样,你就得更加莎士比亚化,而我认为,你的最大缺点就是席勒式地把个人变成时代精神的单纯的传声筒。"[②]此处,马克思批评了拉萨尔"席勒式"创作方法,即用抽象的、主观虚构的描写替代生活经验和社会观察,并指出要表现"国民一致"的主要思想,就得用现实主义创作方法——"莎士比亚化"。如马克思一样,恩格斯认为《济金根》不够现实,太抽象,他说:"我认为,我们不应该为了观念的东西而忘掉现实主义的东西,为了席勒而忘掉莎士比亚,根据我对戏剧的这种看法,介绍那时的五光十色的平民社会,会提供完全不同的材料使剧本生动起来,会给在前台表演的贵族的国民运动提供一幅十分宝贵的背景……我们从那些流浪的叫化子般的国王、无衣无食的雇佣兵和形形色色的冒险家身上,什么惊人的独特的形象不能发现呢!这幅福斯泰夫式的背景……"[③]在恩格斯看来,要让剧作生动起来就要采用现实主义创作方法,如莎士比亚一样把"福斯泰夫式"五光十色的平民社会的背景表现出来。马克思、恩格斯还多次引用《雅典的泰门》中关于金钱的独白,指出财富对人生和现实社会的影响。马恩在《德意志意识形态》中引用了第四幕第三场泰门掘金的经典独白:"金子,只要一点儿,就可以使黑变成白,丑变成美,错变成对,卑贱变成高贵,懦夫变成勇士,老朽的变成朝气

[①]张泗洋、徐斌、张晓阳:《莎士比亚戏剧研究》,东北师范大学出版社2014年版,第439页。
[②]《马克思恩格斯选集》(第4卷),人民出版社1972年版,第340页。
[③]《马克思恩格斯选集》(第4卷),人民出版社1972年版,第345—346页。

勃勃!"①马克思、恩格斯借这段独白揭示了金钱的罪恶,也从批判现实的立场解读了莎剧思想的深刻性。马恩还有许多论述莎剧现实主义的文字。再比如,1873年12月10日,恩格斯在致马克思的信中说:"单是《风流娘儿们》的第一幕就比全部德国文学包含着更多的生活气息和现实性。单是那个兰斯和他的狗克莱勃就比全部德国喜剧加在一起更具有价值。"②无论是《风流娘儿们》的第一幕,还是《维洛那二绅士》中的小丑"兰斯"及其小狗"克莱勃",他们都充满"生活气息和现实性"。由此可见,马克思、恩格斯一致认为莎剧生动、真实地反映了英国社会现实,为现代戏剧创作提供了范本。

其次,马克思、恩格斯还指出莎剧情节、人物的典范性。1859年,恩格斯在致斐·拉萨尔的一封信中,指出"戏剧的未来"就是"思想深度""历史内容"和莎剧情节的"生动性和丰富性的完美的融合"③。在恩格斯看来,莎士比亚剧情的生动性和丰富性所达到的高度,很难超越,值得世界各国戏剧创作者学习和借鉴。恩格斯还认为莎士比亚剧作创造了许多不朽的典型形象,他谈论《济金根》人物创作时说:"我觉得一个人物的性格不仅表现在他做什么,而且表现在他怎样做;从这方面看来,我相信,如果把各个人物用更加对立的方式彼此区别得更加鲜明些,剧本的思想内容是不会受到损害的。古代人的性格描绘在今天是不再够用了,而在这里,我认为您原可以毫无害处地稍微多注意莎士比亚在戏剧发展史上的意义。"④恩格斯认为莎士比亚是塑造人物的高手,他的人物常在行动中凸显出鲜明的个性。马克思、恩格斯在其论著中提到许多莎剧人物,比如,忧郁的丹麦王子哈姆雷特、不朽的夏禄、快嘴桂嫂、不朽的约翰·福斯泰夫、屡出洋相的马伏里奥、让人糊涂的孪生兄弟特洛米奥、鲁笨矜夸的哀杰克斯、卑鄙残忍的夏洛克、蠢笨如驴的道勃雷,等等,并以其中的一些人物创造了"特殊词汇",如"哈姆雷特式表情""福斯塔夫式背景""福斯塔夫式幽默",等等。马克思、恩格斯既指出莎剧人物的性格特征,也指出这些人物所蕴含的社会意义。以福斯塔夫为例,

---

① 《马克思恩格斯全集》(第3卷),人民出版社1960年版,第254页。
② 《马克思恩格斯全集》(第33卷),人民出版社1973年版,第108页。
③ 《马克思恩格斯选集》(第4卷),人民出版社1972年版,第343页。
④ 《马克思恩格斯选集》(第4卷),人民出版社1972年版,第344页。

马克思特别喜欢借福斯塔夫身上的缺点讽刺时政当局的各种丑陋行径。比如，马克思曾这样评价福斯塔夫："这是卡尔·福格特的老祖宗、不朽的约翰·福斯泰夫爵士兴高采烈地讲述的那个关于草绿色麻布衣的老故事。这位爵士现在又借卡尔·福格特的肉身还魂了，而且丝毫也未减当年的风韵。"①马克思把爱造谣和诽谤的"福格特"比作撒谎成性、卑鄙无耻的约翰·福斯塔夫，并引用《亨利四世》第一幕第二场的原文说"听听这个肥胖的无赖会向我们讲些什么海阔天空的谎言"②。在马克思看来，福斯塔夫是一位堕落的骑士，是没落阶级的代表，招摇撞骗、吹牛撒谎是其最典型的特征。不仅如此，福斯塔夫在马恩眼中还是一位幽默、快乐的没落骑士。威廉·李卜克内西在《忆马克思》中谈到阅读《福格特先生》一书的感受时说："风格是愉快的，诙谐的，使人不仅想起莎士比亚的欢乐，即由于发现了一个法尔斯达夫而在他身上找到了无穷的笑料的源泉所引起的欢乐！"③马克思、恩格斯《社会主义民主同盟和国际工人协会》也引用福斯塔夫的箴言"慎重是勇敢的最大要素"④，以突出他的幽默。同时，马克思、恩格斯经常引用福斯塔夫使用的幽默、滑稽的语言，来讽刺和批评吹牛撒谎的政客。因此，马克思也创造了"福斯塔夫式幽默"一词。另外，福斯塔夫出入宫廷，行走街巷市井，他不仅是没落骑士阶层的缩影，也是五光十色的英国社会的一道风景。恩格斯因此称莎剧历史剧给读者展现了广阔的"福斯塔夫式背景"。总之，在马恩看来，福斯塔夫是莎剧中典型的不朽形象之一。

此外，马克思、恩格斯坚决捍卫莎士比亚及其剧作的经典地位。德国青年黑格尔派卢格在诋毁莎士比亚因"没有任何哲学体系"而"不是戏剧诗人"时，马克思表示非常愤怒，在写给恩格斯的信中对其进行了责骂，坚决维护莎士比亚的崇高声誉。当德国剧作家贝奈狄克斯说莎士比亚不能与德国诗人相提并论时，恩格斯毫不留情地反驳说："单是《风流娘儿们》的第一幕就比全部德国文学包含着更多的生活气息和现实性。单是那个兰斯和他的狗克莱勃就比全部德国喜剧加

---

①《马克思恩格斯全集》（第14卷上），人民出版社1964年版，第405页。
②《马克思恩格斯全集》（第14卷上），人民出版社1964年版，第437页。
③［法］保尔·拉法格等：《回忆马克思恩格斯》，马集译，人民出版社1973年版，第44页。
④《马克思恩格斯全集》（第18卷），人民出版社1964年版，第387页。

在一起更具有价值。莎士比亚往往采取大刀阔斧的手法来急速收场,从而减少实际上相当无聊但又不可避免的废话,但是笨拙的大屁股罗·贝奈狄克斯对此竟一本正经而又毫无价值地议论不休。"①恩格斯用夸张的对比,指出莎剧在表现社会生活和塑造人物性格方面所达到的高度,是德国戏剧无法比拟的。马克思也批判贝奈狄克斯,认为他根本"不懂莎士比亚"。当然,马恩虽然把莎剧奉为典范,但他们并不认为莎剧完美无缺。恩格斯多次提到莎剧历史剧缺少对群众运动的反映,并认为莎剧并未完全摆脱宗教的影响。

马克思、恩格斯对莎士比亚的推崇和喜爱,特别是对莎剧现实主义特征的提炼和经典人物的概述,对中国接受莎士比亚具有很强的指导作用。在以马列主义文艺理论为指导的年代,中国人民不仅推崇马恩著作,也推崇被两位革命导师奉为经典的莎剧作品。莎士比亚及其剧作的权威性也因马克思、恩格斯的话语而在中国树立起来,莎剧在中国享有"人类宝贵的文化遗产"的突出地位。

二、苏俄话语与莎剧现实主义文学的认同

在中国莎剧全集译介起步之前,苏俄的莎剧译介、莎剧演出、莎学批评已经取得了辉煌的成就,特别是苏俄现实主义莎评的陆续引入,对中国莎学发展产生了深远的影响。新中国成立后,中国的教育,特别是高等教育在苏俄专家的帮助下,进行了全面调整、改组。20世纪50年代,中国的教育体制、教学大纲、教材编写及教学内容都以苏俄为参照,进行了相应的调整。这种教育模式决定了中国的莎剧教学、莎学批评、莎剧演出等莎学活动,基本上沿用苏俄模式。苏俄现实主义莎评话语,不仅推动了对莎剧现实主义文学的体认,也促使了莎剧经典剧目的重选。

首先,苏俄话语推动莎剧文学经典在广大校园里的群选和认同。1956年教育部审定的《英国文学史教学大纲草案》是"根据莫斯科大学外国文学史教学大纲的英国文学部分,并参考列宁格勒师范学院英语系英国文学史教学大纲"②增

---

①《马克思恩格斯全集》(第33卷),人民出版社1973年版,第108页。
②中华人民共和国高等教育部:《英国文学史教学大纲草案》,高等教育出版社1956年版,第1页。

删而成。大纲要求用列宁的"吸收人类优良文化传统的原则"[①]学习英国文学史,英国文学史的研究对象也要求包括"马克思列宁主义关于文学与社会的论点"和"列宁关于一个民族两种文化的斗争的指示"[②],学习方法也包括列宁论文学的党性原则、马克思列宁主义的文学理论、马列主义经典作家对英美文学的评价的指导意义,等等[③]。在具体的莎剧教学内容中,大纲要求学习马列主义经典作家及俄国民主主义革命批评家论"汉姆莱脱"[④]、斯坦尼斯拉夫斯基论《奥赛罗》中的人物形象、杜布罗留勃夫论《李尔王》、马克思论《雅典的泰门》、马恩论莎士比亚是现实主义艺术家、普希金对莎士比亚的评价、别林斯基论莎士比亚剧中的生活主题和人物的现实性、车尔尼雪夫斯基与杜布罗留勃夫论莎士比亚等[⑤]。通过以上大纲对莎剧教学目的、方法及内容的规定,不难看出,中国外国文学教学及莎剧教学都照搬苏俄,苏俄的马列主义莎评方法,苏俄的现实主义莎评观点等,都成为中国莎剧教学和研究的指导原则和效法的典范。

由此,外国文学教学大纲对莎剧经典剧目进行了筛选。《罗密欧与朱丽叶》《无事生非》《驯悍记》《亨利四世》《奥赛罗》等具有反封建思想、反封建专制色彩的剧目,《理查三世》《李尔王》《麦克白》《暴风雨》《雅典的泰门》等揭示社会黑暗、罪恶、暴政和个人野心的剧目,以及《威尼斯商人》《无事生非》《皆大欢喜》《第十二夜》《哈姆雷特》等具有强烈人文主义气息的剧目和《亨利五世》《裘力斯·凯撒》和《科利奥兰纳斯》等反映英雄和民众话题的剧目凸显了出来。将马克思、恩格斯、列宁、普希金、斯坦尼斯拉夫斯基、别林斯基、车尔尼雪夫斯基与杜布罗留勃

[①] 中华人民共和国高等教育部:《英国文学史教学大纲草案》,高等教育出版社1956年版,第2页。

[②] 中华人民共和国高等教育部:《英国文学史教学大纲草案》,高等教育出版社1956年版,第2页。

[③] 参见中华人民共和国高等教育部:《英国文学史教学大纲草案》,高等教育出版社1956年版,第3页。

[④] 中华人民共和国高等教育部:《英国文学史教学大纲草案》,高等教育出版社1956年版,第8页。

[⑤] 中华人民共和国高等教育部:《英国文学史教学大纲草案》,高等教育出版社1956年版,第8—9页。

夫等人的莎评观点被纳入莎剧教学，无疑增强了莎剧教学的权威性和理论性。莎剧作品也在马恩和苏俄权威话语的批评和阐释中凸显了现实主义文学的特征，被中国文学界尊奉为文学经典。

教育部审定的外国文学大纲，不仅指导了全国外国文学教学，也引导了外国文学教材的编写。新中国成立后的"十七年"里，国内使用的外国文学教材主要是苏俄外国文学教材的译本和国内学者自编的教材或读本。这些外国文学教材和读本凡涉英国文艺复兴部分，都有莎剧经典剧目的介绍或经典剧作的节选。许多文学史教材和外国文学辅助读本有马恩的莎评及苏俄马列主义莎评观点的介绍。比如，北京师范大学中文系外国文学教研组编的《外国文学参考资料》"英国文艺复兴时期的文学"，专门选讲了莎士比亚，评价莎士比亚的创作是文艺复兴时期现实主义的极峰[①]，节选了马克思、恩格斯、拉狄谢夫、普希金、别林斯基、陀思妥耶夫斯基、车尔尼雪夫斯基、高尔基等人的莎评文字，并全文引用了莫洛佐夫《威廉·莎士比亚》。苏俄莎学学者主要从文学角度肯定莎翁的名家身份，标举莎剧名作，并剖析了莎剧中的现实主义特征。比如，莫洛佐夫认为莎士比亚是"文艺复兴时期最伟大的代表"，他的作品最动人的地方"在于他的生机勃勃，在于它的现实主义"[②]。为了具体分析莎剧中的现实主义特征，莫洛佐夫以"最重要的和著名的五个悲剧"《罗密欧与朱丽叶》《哈姆雷特》《李尔王》《奥赛罗》和《麦克白》为例，具体分析了剧作主题、人物塑造、心理描写、剧情发展等，说明莎剧是现实主义作品。再比如，阿尼克斯特《英国文学史纲》同样介绍了马恩及苏俄权威莎评者的观点，列举了莎翁重要剧作《罗密欧与朱丽叶》《威尼斯商人》《雅典的泰门》《一报还一报》《暴风雨》及四大悲剧，并结合莎剧人物性格的描写、社会关系的描绘、剧情安排、语言修辞等，指出莎士比亚是一个现实主义者。我国国内编写的教材也效仿苏俄，以马列主义的标准评价莎剧作品，标举了莎翁的名家身份和名作。以石璞《外国文学讲义》为例，编者以《哈姆雷特》《奥赛罗》《李尔王》

[①] 参见北京师范大学中文系外国文学教研组：《外国文学参考资料（古代至十八世纪部分）》（上册），高等教育出版社1959年版，第260页。

[②] 北京师范大学中文系外国文学教研组：《外国文学参考资料（古代至十八世纪部分）》（上册），高等教育出版社1959年版，第282页。

《麦克白》《亨利四世》《威尼斯商人》为例,重点探讨了莎剧的思想、人物、语言,并评价说"伟大的戏剧家莎士比亚之所以伟大,在于无论在他的喜剧、历史剧或悲剧中,都创造出了许多活生生的典型人物形象"①,他的戏剧之所以能够代表文艺复兴时代,首先是因为他的戏剧中充满着人文主义思想,其次是现实主义精神、丰富的人民性和个性化的语言②。很显然,中国学者依旧是以现实主义的接受视野重估莎剧价值,肯定了莎剧中的现实主义精神。

其次,苏俄话语推动莎剧经典在戏剧舞台上的筛选。20世纪50年代初,中国开始全面学习和借鉴苏俄的戏剧教育经验,斯坦尼斯拉夫斯基的舞台现实主义风行全国。根据斯坦尼斯拉夫斯基表演体系,剧本创作、文本解读、导演和表演等一切戏剧活动都要反映现实和突出真实性。在这一表演理论的指导下,中国戏剧教育自然也偏爱现实主义作品。1949—1966年间,中国戏剧学院和北京电影学院频繁排演了《第十二夜》《无事生非》《罗密欧与朱丽叶》等剧,可以算作是斯坦尼斯拉夫斯基表演体系的舞台实践。有的莎剧演出直接由苏俄戏剧专家指导。比如,中央戏剧学院表演干部训练班公演的《罗密欧与朱丽叶》由苏联专家雷科夫和丹尼共同执导,上海戏剧学院表演师资进修班结业公演《无事生非》由苏联戏剧专家叶·康·列普柯夫卡娅指导,北京电影学院表演专修班毕业演出《第十二夜》由斯坦尼嫡系弟子、专家卡赞斯基执导。还有接受过苏俄斯坦尼体系教育的我国戏剧导演张奇虹、凌之浩等,也都对莎剧的排演予以指导。

与新中国成立前的莎剧舞台表演相比,"十七年"期间的莎剧演出剧目相对集中,主要是《罗密欧与朱丽叶》《无事生非》《第十二夜》《哈姆雷特》等剧,1950年中国还上演过一次《麦克白》的话剧片段和一场越剧《公主与郡主》(据《奥赛罗》改编)。

中国戏剧教学主要采用苏俄模式,因此在剧目选择方面也会受到苏俄话语的影响。以中央戏剧学院表演干部培训班和表演系本科生公演的《罗密欧与朱丽叶》为例,在中国的戏剧学校搬演此剧以前,苏俄早已频繁搬演过此剧,而且还拍成舞台艺术片在全国上映。国内《世界电影》和《电影艺术》杂志都登载过苏俄

---

① 石璞:《外国文学讲义》(手写本),四川大学中国语文学系1958年版,第119页。
② 石璞:《外国文学讲义》(手写本),四川大学中国语文学系1958年版,第128—130页。

舞台艺术片《罗密欧与朱丽叶》的介绍和评论文章。1956年,中央戏剧学院表演干部训练班上演《罗密欧与朱丽叶》,此剧由苏俄专家雷科夫和丹尼共同执导。1961年,中央戏剧学院表演系本科毕业生再次将此剧搬上舞台。龚和德评价雷科夫导演的《罗密欧与朱丽叶》说,此剧的舞美设计坚守斯坦尼斯拉夫斯基实事求是的创作原则,最大程度考虑到具体的舞台条件和实现的可能性。罗念生评张奇虹导演的《罗密欧与朱丽叶》说:"这次演出上强调了剧本反封建、反父母之命的主题,表现了青年男女的热情。"①从以上评论大体可以看出,戏剧思想内容和舞美设计,都体现了斯坦尼现实主义的表演思想。另外几部莎剧《无事生非》《第十二夜》主要是戏剧学校、电影学校表演系学生的毕业公演、结业演出和实习公演剧目。可见,中国戏剧教学在苏俄现实主义文艺思想的指导下,挑选出真实性、思想性和艺术性较强的莎剧剧目作为戏剧教学的典范。

在马列主义文艺理论的指导下,在苏俄现实主义莎评话语的影响下,中国文化精英根据中国文化发展的需要,在外国文学教学和戏剧教学中对莎剧剧目进行了重新筛选,肯定了莎剧的现实主义精神,莎剧也被广大师生公认为现实主义文学的典范。可见,苏俄话语是推动莎剧文学在新中国接受、筛选和形成经典认同的重要力量。

三、政治话语与莎剧文学经典的确认

新中国成立前夕,第一次文代会就贯彻了毛泽东同志《在延安文艺座谈会上的讲话》精神,强调文艺发展的工农兵方向,确立了文艺为政治和为人民服务的方向。1953年,第二次文代会将社会主义现实主义确定为文学批评和文学创作的准则。1956年,毛泽东同志提出"古为今用、洋为中用"和"百花齐放、百家争鸣"的方针,提倡吸取中国传统文化的精华和外国优秀的文化遗产以丰富和发展社会主义新文化。新中国成立后的"十七年"间,文艺批评大体是在上述"一个方向"和"两个方针"的指导下进行的,这也促使莎学批评与现实的阶级斗争、群众生活和思想教育结合起来。

新中国成立以后,马克思对莎士比亚剧作的推崇、恩格斯对莎士比亚现实主

---

① 罗念生:《〈罗密欧与朱丽叶〉观后》,《戏剧报》1961年第10期,第34页。

义创作方法的肯定及列宁、毛泽东同志对"人民性"的强调,影响了中国莎评者批评莎剧的方法和立场。

首先,广大莎评者用马列主义的反映论阐释莎剧,肯定莎剧内容的丰富性和写实性。1949—1966年间,国内绝大多数莎评都以马恩和苏俄马列主义莎评者的观点为依据,阐释莎剧产生的社会背景、蕴含的人物形象及丰富而广阔的社会生活,指出莎剧反映了英国的社会现实、揭示了社会的黑暗和弊端。比如,张健《莎士比亚和他的四大悲剧》从反映论出发,指出莎士比亚的四大悲剧是自由理想和残酷现实产生冲突的结果,他评价《哈姆雷特》说"哈姆雷特的所以伟大就在于他能反映出当时英国现实和梦想的冲突"①,认为《奥赛罗》揭示了像奥赛罗和苔丝狄蒙娜那样正直、善良的人"在残酷的社会里是无法活下去的"②,并指出《李尔王》"暴露了当时社会中的各种矛盾,以及各种残酷不合理的现象"③,认为《麦克白》是"当时宫廷的最恰切的写照"④。徐述纶认为"哈姆雷特"的痛苦来自他的人文主义理想和现实罪恶之间的矛盾,"奥赛罗"的悲剧是对"白种人"罪恶的揭露,"麦克白"的悲剧揭露了他的野心,"李尔王"的悲剧则是暴露了"十六世纪英国社会那个充满剧烈的变化和残酷的斗争的时代"⑤。戚叔含认为"哈姆雷特"是"文艺复兴时代的典型环境"⑥中的典型形象。卞之琳认为莎剧历史剧"涉及民族生活",喜剧"涉及家庭生活"⑦,悲剧则广泛地深入社会,表现社会经验,表达人生经验⑧,反映了广阔的民众生活和社会关系。这一时期的莎评大都关注莎剧的社会维度,指出剧作的写实性。比如,李赋宁《莎士比亚的"皆大欢喜"》从莎士比亚的时代入手,分析了《皆大欢喜》与牧歌文学和罗宾汉文学之间的关

---

① 张健:《莎士比亚和他的四大悲剧》,《文史哲》1954年第4期,第972页。
② 张健:《莎士比亚和他的四大悲剧》,《文史哲》1954年第4期,第972页。
③ 张健:《莎士比亚和他的四大悲剧》,《文史哲》1954年第4期,第973页。
④ 张健:《莎士比亚和他的四大悲剧》,《文史哲》1954年第4期,第974页。
⑤ 徐述纶:《清除莎士比亚介绍中的资产阶级思想》,《戏剧报》1955年第4期,第45页。
⑥ 戚叔含:《莎士比亚的悲剧人物个性塑造和他的现实主义》,《复旦学报》(社会科学版)1959年第1期,第70页。
⑦ 卞之琳:《莎士比亚戏剧创作的发展》,《文学评论》1964年第4期,第54页。
⑧ 参见卞之琳:《莎士比亚戏剧创作的发展》,《文学评论》1964年第4期,第62页。

系,与讽刺文学及悲剧创作之间的关系,指出此剧反映了莎翁创作道路的变化——从牧歌式幻想走向对英国社会关系的分析和批评。另外,钱争平《莎士比亚笔下的金钱》(1956)、方鹏钧《莎士比亚的悲剧"汉姆雷特"》(1959)、沈子文《试谈李耳王性格的发展》(1960)、吴兴华《〈威尼斯商人〉——冲突和解决》(1963)、陈嘉《从〈哈姆雷特〉和〈奥赛罗〉的分析来看莎士比亚的评价问题》(1964)、卞之琳《莎士比亚戏剧创作的发展》(1964)等,皆是立足于剧作的社会背景分析,指出莎剧反映了16世纪英国的社会现实,揭露了社会的黑暗和罪恶,等等。莎评者以反映论审视莎剧作品,阐释莎剧表现的社会生活内容、典型人物的现实意义,揭示莎剧思想蕴涵的深刻性,放大莎剧的社会认知作用和思想教育意义,但对莎剧艺术成就的关注不够。

其次,广大莎评者用马列主义阶级论阐释莎剧,肯定莎剧的"人民性"。莎评者从阶级立场出发,运用阶级分析的方法,重新评价被认为是反映了阶级斗争的相关莎剧。徐述纶《清除莎士比亚介绍中的资产阶级思想》批判资产阶级莎评学者抽离了莎剧的社会内容、时代精神、人民理想和愿望及文艺复兴时期的人文精神[1]。徐述纶还评价说莎剧艺术是"英国文艺复兴时期最伟大的代表者的艺术,永远是人类文化遗产中最珍贵的瑰宝之一"[2]。徐述纶不仅指出了莎剧是现实的人民的艺术,还高度肯定了莎剧在世界文学史乃至文化史上的显赫地位。赵澧等人则认为莎士比亚对于人民群众的态度和人民群众历史作用的认识,具有阶级偏见和阶级局限[3]。一方面,莎翁在《亨利四世》《亨利五世》中描绘了福斯塔夫式背景,《裘力斯·凯撒》《哈姆雷特》《科利奥兰纳斯》等剧也肯定了"群众的力量";另一方面又指出了民众的盲从、愚昧的缺点,否定他们创造历史的能力。李赋宁认为《皆大欢喜》是一部具有高度"人民性的作品",它的人民性表现在莎士比亚用人民所喜闻乐见的文学形式(牧歌体)和人民所熟悉和热爱的民间传说

---

[1] 参见徐述纶:《清除莎士比亚介绍中的资产阶级思想》,《戏剧报》1955年第4期,第45页。

[2] 徐述纶:《清除莎士比亚介绍中的资产阶级思想》,《戏剧报》1955年第4期,第44页。

[3] 参见赵澧等:《莎士比亚的社会政治思想及其发展》,《教学与研究》1961年第2期,第25页。

（罗宾汉故事）来表达人文主义理想①。吴兴华认为莎翁笔下的福斯塔夫式背景不仅仅是一个壮丽的画廊，更是一个坚实的社会基础，不能简单地将福斯塔夫集团与人民等同起来②。张健也认为《裘力斯·凯撒》表现了莎士比亚对民众的矛盾立场，既肯定了市民的乐天精神和人民的智慧，又揭示了民众的盲目和不理智。另外，还有许多莎评，如陈嘉《从〈哈姆雷特〉和〈奥赛罗〉的分析来看莎士比亚的评价问题》、卞之琳《〈里亚王〉的社会意义和莎士比亚的人道主义》等都涉及莎剧的思想与立场问题。大多数莎评者从阶级论角度，指出莎翁代表上升时期的资产阶级立场，有同情人民、肯定人民的伟大力量的一面，也有嘲笑和贬斥民众的一面，莎剧思想因此同时具有进步性和局限性。

此外，还有许多莎评直接用政治论、阶级论阐释莎剧思想，肯定莎剧思想的进步性。如赵澧等人在《莎士比亚的社会政治思想及其发展》中指出莎翁的政治思想是拥护君主专制，反对封建割据③，体现了莎翁的爱国精神和维护国家统一的思想。钱争平高度肯定莎翁关于金钱的思想"渗透着人道主义和现实主义的精神"④。陈嘉评论哈姆雷特是"最能代表文艺复兴时期的人文主义思想的人物形象"⑤。张健评"布鲁特斯""是资产阶级人文主义的化身，在他身上所表现的自由、正义、荣誉、仁慈等等人文主义的理想，终于在现实面前被砸得粉碎。布鲁特斯的悲剧也就是人文主义的悲剧"⑥。殷麦良认为戴镏龄《麦克佩斯》与妖氛脱离了文学批评的政治标准，完全抽掉了阶级内容，是与马克思列宁主义的阶级

---

① 参见李赋宁：《莎士比亚的"皆大欢喜"》，《北京大学学报》（哲学社会科学版）1956年第4期，第59页。

② 参见吴兴华：《亨利四世》，《北京大学学报》（哲学社会科学版）1956年第1期，第126页。

③ 参见赵澧等：《莎士比亚的社会政治思想及其发展》，《教学与研究》1961年第2期，第21页。

④ 钱争平：《莎士比亚笔下的金钱》，《读书月报》1956年11期，第24页。

⑤ 陈嘉：《从〈哈姆雷特〉和〈奥赛罗〉的分析来看莎士比亚的评价问题》，《南京大学学报》（人文科学版），1964年第8卷第2期，第47页。

⑥ 张健：《论莎士比亚的〈尤利斯·该撒〉的结构和思想》，《山东大学学报》（哲学社会科学版）1963年S8期，第10页。

观点背道而驰的[①]。这些莎评者,用政治标准评价莎剧,发掘其政治思想意涵,肯定莎剧思想的进步性和深刻性,凸显了文艺批评必须坚持政治标准第一的立场。

新中国成立后的"十七年"间中国莎学研究是在马列主义话语主导下展开的,反映了主流意识形态对文艺批评的巨大影响。得到马克思经典作家推崇的莎剧在这一语境中赢得了较高的声望和文学经典的地位。中国莎评的政治化,推动莎剧经典剧目在新中国的筛选,那些被认为现实主义特征鲜明、应和了阶级斗争学说、与民众生活联系密切的莎剧剧目,如《罗密欧与朱丽叶》《裘力斯·凯撒》《雅典的泰门》《亨利四世》《亨利五世》《理查三世》《哈姆雷特》《麦克白》《李尔王》《奥赛罗》《皆大欢喜》《威尼斯商人》《无事生非》《第十二夜》等,被遴选出来反复言说,成为莎评者关注的重点,莎剧文学的"经典性"也因此凸显出来,获得了文学批评者的认同。

新中国成立的"十七年"间,马克思、恩格斯及苏俄马列主义莎评者对莎剧现实主义精神的推崇和对莎剧典型人物的肯定,使莎剧在新中国赢得"人类宝贵文化遗产"的独特称号。国内莎评凸显了莎剧思想的先进性、人物形象的典型性及莎剧的现实主义特征,莎剧因此被誉为现实主义文学的典范。莎剧文学经典剧目也在权威话语的批评和阐释中获得了更新。

第四节 多元共生与莎剧经典化的推进

改革开放以来,文化学、哲学、艺术学、心理学等新视野、新方法开始影响文艺批评。"百花齐放、推陈出新"和"洋为中用、古为今用"的文艺方针得到贯彻和落实。短短几年间,莎剧教学、莎剧批评和莎译出版便恢复了活力,莎剧在中国的经典化得以重新启动。现代西学新知成为一股强劲的力量渗透到莎剧教学和莎学批评中,推动中国莎学批评话语的多元化,莎剧文学经典也在多元批评话语

[①] 参见殷麦良:《我对〈《麦克佩斯》与妖氛〉一文的意见》,《中山大学学报》(哲学社会科学版)1965年第3期,第107页。

中获得了更新和深度阐释。在国际化、全球化的进程中,中西文化交流催生了一批跨文化改编的莎剧剧目,莎剧在跨文化改编实验中逐渐与本土文化进行嫁接和融合,并形成了中国特色。经济改革也推动中国文学出版的市场化转型,莎剧逐渐进入社会场域,各种莎剧通俗读物应运而生,莎剧文学经典走向大众。相对自由、宽松、多元的文化语境为莎剧在中国经典化的重启与推进提供了可能。

一、多元话语与莎剧经典的更新及多维阐释

改革开放以前,我国的文学教学和研究对莎剧文学经典剧目的选择,基本是在政治话语主导下实现的。那些与现实主义、人民性、阶级论相符合的莎剧剧目被遴选为经典,那些浪漫色彩鲜明和传奇性强的剧目基本上被排斥在经典之外。改革开放之后,莎学批评话语呈现多元格局。

外国文学大纲和外国文学教材对莎剧文学经典的选择,不再以阶级属性为先,而是强调回归文学本体。首先,莎学研究突破了"人性论"禁区。莎学批评不再以阶级属性为依据给人物贴上政治标签,而是承认人性的共同性和复杂性。因此,莎剧中那些深刻剖析人性的剧目被重新发现,进入外国文学教学大纲或教材。其次,反映人类进步的人文主义思想受到了肯定。"十七年"间莎学批评将人文主义与社会反映论和阶级论混为一谈,从阶级立场出发阐释资产阶级人文主义思想的利与弊。改革开放以来,以人性为内核的人文主义受到莎学的关注,与人文主义思想关系密切的莎剧也被广大学者遴选出来,进入文学教学大纲和教材。此外,尽管马列主义莎评话语不再统领中国莎评,但其作为一种重要的批评方法,依旧成为新时期中国文学教学和批评遴选莎剧文学经典的重要方法,那些反映社会现实的文学作品及塑造典型人物的莎剧作品依旧被认为是莎剧的代表作。

文学回归本体是外国文学教学大纲和外国文学教材选择莎剧文学经典的出发点。1982年,《外国文学教学大纲》规定外国文学教学要"比较系统地传授外国文学基本知识,帮助学生掌握外国文学发展历史和重要的作家作品,提高学生分析鉴赏外国文学的能力"[1]。文学大纲明确学习外国文学的目的是提高文学鉴赏能力、

---

[1] 北京师范大学出版社编:《外国文学教学大纲》,北京师范大学出版社1982年版,第1页。

掌握文学知识。具体到莎剧文学经典的选择，大纲将人性论、人文主义的观点和方法用于评论莎剧作品。比如，大纲称《罗密欧与朱丽叶》反映了人文主义的爱情理想和封建恶习、封建压迫之间的冲突；认为《威尼斯商人》的戏剧冲突是友谊、爱情、仁慈和贪婪、嫉妒、仇恨之间的冲突；认为四大悲剧反映了人文主义理想和丑恶现实之间无法调和的矛盾；《暴风雨》宣扬人与人之间的和解的"恕道精神"[1]，等等。从1982年《外国文学大纲》对莎剧的遴选可以看出莎剧批评已经逐渐回到文学本身。1984年，高等师范教育汉语言文学专业《外国文学教学大纲》明确说明选择重点作品的标准：依其思想性和艺术性的统一，或依其与一定文艺思潮的关系，或依其在文学史上的地位，或依其产生的影响，有不同于其他文学史的地方[2]。大纲认为《亨利四世》"批判了封建割据，描绘了通过道德改善而产生理想君主的过程"[3]；认为《罗密欧与朱丽叶》不仅揭露了封建势力对新生事物的摧残，还反映了人文主义的爱情，与喜剧的主题、思想和艺术具有一致性[4]；认为《李尔王》批判了人的利己和贪欲，同时也反映了人民的苦难[5]，等等。另外，大纲还标举和评论了《威尼斯商人》《麦克白》《奥赛罗》《哈姆雷特》《雅典的泰门》和《暴风雨》等莎剧代表作。从方法上看，1984年的大纲依旧坚持了社会反映论，但与机械的反映论不同，这时的反映论已经注意到避免把文学艺术视为政治经济的影子，而是从文学本身出发，且与人性论、人文主义等有机结合起来。

再以各地院校编写的外国文学教学大纲和自学考试大纲为例，1984年辽宁大学中文系使用的《外国文学教学大纲说明》标出莎翁"重要的历史剧"《理查三世》《亨利四世》《亨利五世》，认为剧中人物理查三世和亨利五世分别是暴君和理想君王的

---

[1] 北京师范大学出版社编：《外国文学教学大纲》，北京师范大学出版社1982年版，第16页。
[2] 北京师范大学出版社编：《汉语言文学专业教学大纲》（试用本），北京师范大学出版社1984年版，第207—208页。
[3] 北京师范大学出版社编：《汉语言文学专业教学大纲》（试用本），北京师范大学出版社1984年版，第223页。
[4] 北京师范大学出版社编：《汉语言文学专业教学大纲》（试用本），北京师范大学出版社1984年版，第224页。
[5] 北京师范大学出版社编：《汉语言文学专业教学大纲》（试用本），北京师范大学出版社1984年版，第224页。

典型。大纲指出"思想艺术成就最高"的悲剧是四大悲剧,《雅典的泰门》也很重要①,认为莎剧喜剧代表作是《威尼斯商人》,传奇剧代表作是被喻为"诗的遗嘱"的《暴风雨》。辽宁大学自编的外国文学教学大纲,显然是以"思想艺术"为尺度的。1990年,河南省教育委员会编《〈外国文学〉教学大纲细目》主要从思想性、人物典型性及其他艺术特征等层面评价莎剧,认为莎剧代表作为《亨利四世》《威尼斯商人》《暴风雨》和四大悲剧。1986年,《高等教育自学考试汉语言文学专业外国文学自学考试大纲》以掌握外国文学知识和提高自身文学修养为旨归,重在考查莎剧的思想意义、人物典型、艺术手法,标举莎翁代表剧目《威尼斯商人》《暴风雨》和四大悲剧。这些大纲对莎剧文学经典剧目的遴选显然不再是着眼于其阶级性,而是不仅注重其思想性,更重视其艺术性,是在文学本体意义上的重选,因此,莎剧经典剧目获得更新。比如《裘力斯·凯撒》基本上已落选,《科里奥兰纳斯》一剧除被1982年的外国文学大纲标出过之外,其他大纲也都将其排除在外,而《暴风雨》却作为传奇剧的代表作入选新时期各类外国文学大纲。

与大纲不同,新时期撰写的外国文学教材对莎剧文学经典的选择相对宽泛,更多的莎剧代表剧目被遴选出来。以1982年湘赣豫鄂三十四所院校参编的《外国文学简明教程》为例,此教材是新时期以来参编学校最多的外国文学教材,无疑也是使用范围最广的教材之一。该教材的"绪论"明确指出,教材的编写是在马列主义文艺思想指导下完成的。在遴选莎剧文学经典剧目时,除了《科里奥兰纳斯》外,1982年外国文学教学大纲列举的所有莎剧代表作均被列入其中。同时,大纲未曾提及的剧目《无事生非》《仲夏夜之梦》《温莎的风流娘们》等也被列为"最重要的作品",编者评价说:它们同样歌颂了青春、爱情、友情、婚姻自由,反映了英国社会生活,是对宗教禁欲主义和封建道德观念的冲击,体现了人文主义争取个性解放、反对封建礼教的战斗精神②。显然,思想取向与艺术水准并重是遴选标准。1988年,陈应祥等编写的《外国文学》标出大量超越大纲的剧目,如《温莎的风流娘们》《爱的徒劳》《维洛那二绅士》《仲夏夜之梦》《亨利六世》等都被提及。编者评论《温莎的风流娘们》说,它又一次成功塑造了福斯塔夫这个典型

---

①参见辽宁大学中文系:《基础课教学大纲》(下),辽宁大学中文系1984年版,第467页。
②参见湘赣豫鄂三十四所院校:《外国文学简明教程》,江西人民出版社1982年版,第120页。

形象,认为《爱的徒劳》从人性出发,用自我否定的写法,否定禁欲主义[1],等等。1991年,陶德臻和马家骏主编的高等学校语言文学专业通用教材《世界文学史》同样标举了超出大纲范围的剧目《仲夏夜之梦》和《无事生非》,因为它们不仅宣扬爱情和友谊,还"表现了人文主义新的道德原则和婚姻关系,嘲笑了禁欲主义和封建意识",特别是赫米娅和贝特丽丝是典型的新女性代表人物[2]。通过教材对莎剧文学经典剧目的扩充,可以看出新的方法和视角是新时期莎剧经典化的重要驱动力,不仅推动了经典化的进程,也扩大了莎剧经典的范围。

不仅专业类外国文学教材重选出新的莎剧代表剧目,许多自学类外国文学考试教材也列举了一些超出大纲的剧目。比如,智量主编的《自学考试外国文学史纲》(1988)称"最能体现莎士比亚喜剧特色"的剧目中就有《仲夏夜之梦》,不仅因为女主人公赫米娅能"体现时代精神的资产阶级的新女性形象",还在于此剧"用浪漫主义和现实主义相结合的手法,塑造了新女性赫米娅的形象,鲜明地表现了人文主义思想"[3]。张中义和卢永茂主编的河南省高等教育自学考试教材《外国文学简史》标出了《无事生非》《仲夏夜之梦》和《温莎的风流娘们》,编者认为这些喜剧作品塑造了许多生动形象的主人翁,是"人性美"的化身。[4]从上述简短的批评,可以看出莎剧文学经典的重选标准,与上述教材大致相同。

与大纲不同,外国文学教材的编写多少反映了编者的审美偏好。马列主义莎评话语仍享有崇高地位,深刻影响莎剧文学经典在教材中的遴选,但人性论、形式论、人道主义等也无疑是另一种重要依据。无论方法如何,外国文学教材对莎剧文学经典的选择都未脱离文学本体。文学批评也是如此,广大莎评者立足于莎剧文学本身,以全新的批评方法和批评视野重新提炼了莎剧文学的经典性,对莎剧文学经典进行了再筛选。

1980—1999年间,外国文学大纲所标出的大多数莎剧文学代表剧目均进入中国莎评者的视域,特别是四大悲剧、四大喜剧及《罗密欧与朱丽叶》《亨利四世》《暴

---

[1] 参见陈应祥等主编:《外国文学》,高等教育出版社1988年版,第99—100页。
[2] 参见陶德臻、马家骏:《世界文学史》(中册),高等教育出版社1991年版,第95页。
[3] 智量主编:《自学考试外国文学史纲》,上海文艺出版社1988年版,第64页。
[4] 参见张中义、卢永茂主编:《外国文学简史》,河南人民出版社1987年版,第79页。

风雨》等在莎评者的多元阐释中,呈现了自身的经典特征。以四大悲剧为例,莎学批评者突破单一的反映论模式,将四大悲剧研究重心逐渐转到剧作内部,研究其自身的审美特点,剧情、冲突、人物性格及主题之间的关联等。比如,孙家琇《论四大悲剧》继承了社会反映论的莎评传统,对《哈姆雷特》《奥赛罗》《李尔王》和《麦克白》进行全面阐释。以《哈姆雷特》为例,孙家琇认为此剧是"时代的缩影和简史",哈姆雷特的典型形象既具有"时代和阶级的典型性",又有"超出所属时代的典型意义"[1],另对《哈姆雷特》的剧情安排、语言艺术也有详细而深入的阐释。在孙家琇看来,《哈姆雷特》具有巨大的认知价值和美学价值。李景尧《略论四大悲剧的妇女群》从正、反两种女性群像的分析,指出"苔丝德梦娜是作者理想的化身,科第丽霞是利他主义代表;贡纳梨是利己主义集团的首恶,麦克佩斯夫人则是惨无人道的典型"[2]。李景尧以全新的审美反映论通过分析四大悲剧对女性人物的塑造,及其对建构莎士比亚人文主义理想的意义,重新阐释了四大悲剧的经典性。岸波《不同文化背景下的艺术硕果——元代"四大悲剧"与莎士比亚"四大悲剧"之比较》借鉴比较文学的研究方法,将莎士比亚四大悲剧与中国古代四大悲剧放置于不同的文化语境中进行平行比较,重审四大悲剧的审美价值和艺术价值。王吉梅和阎黎从人类学角度重新研究了莎翁的四大悲剧,指出这些剧作是"站在更高的全人类的角度,关注人类生活的进程,探索人类自身的发展,向往人性,人类道德的和谐美好"[3]。以上评论者从整体角度,重新阐释了四大悲剧,呈现了四大悲剧的各种经典特征。

另外,还有许多莎评者选择了《哈姆雷特》《麦克白》《奥赛罗》《李尔王》等个体剧目进行研究,同样以全新的批评方法和理论视野,阐释了四大悲剧的经典性。以《麦克白》为例,有从心理学视角研究的评论,如师华《〈麦克白〉中的精神分析》、王维昌《俄狄浦斯主题的内窥与外显——〈麦克白〉与〈琼斯皇〉》、陈惇《化无形为有形——莎士比亚〈麦克白斯〉的心理刻画》;有从结构、语言、修辞等方面进行评论的研究,如李向荣《〈麦克白〉对立意象的分析》、曾艳兵《语言的悲

---

[1] 孙家琇:《论莎士比亚四大悲剧》,中国戏剧出版社1988年版,第18页。
[2] 李景尧:《略论四大悲剧的妇女群》,《艺圃》1986年第1期,第39页。
[3] 王吉梅、阎黎:《立足现实 反思人性——莎士比亚四大悲剧的创作倾向》,《学术交流》1995年第2期,第97页。

剧——〈麦克白〉新论》、陈海庆《〈麦克白〉中的修辞手段及其艺术效果》、华泉坤《〈麦克白〉中的时态和语气》等;有从美学角度探究悲剧性的批评,如徐克勤《麦克白的悲剧属于什么类型》、李焕星《试论麦克白的悲剧性》、王瑞璜《野心与人性的冲突——试论麦克白的悲剧原因》等;还有从比较文学角度研究的文章,如章子仁《〈赵氏孤儿〉与〈麦克白〉比较》、乔平《于〈麦克白〉与〈长生殿〉之比较中看中西悲剧的审美》等。在新方法、新视野的重新评估中,麦克白的经典性不仅表现在对人物形象的塑造上,还表现在对心理的刻画、语言的丰富与形象、对主题的揭示上,等等。

另外,外国文学教材所列举的超出大纲的许多剧目,如《温莎的风流娘们》《仲夏夜之梦》《理查二世》《冬天的故事》《维洛那二绅士》《一报还一报》《终成眷属》《亨利六世》等,也被赋予经典地位。以《温莎的风流娘们》为例,雷成德认为《温莎的风流娘们》是一曲人文主义凯歌,表现了莎士比亚的人文主义世界观①。方平认为《温莎的风流娘们》的不朽之处,不仅在于对典型人物的塑造上,还在于作品蕴含的生活气息和现实性②。姚丁玉认为《温莎的风流娘们》的喜剧性,除了福斯塔夫这个典型形象外,还有四个风流娘儿们和"风趣而幽默的语言技巧"③。李景尧从艺术形象的美感角度,重新评价了《温莎的风流娘们》的经典人物福斯塔夫,并认为莎士比亚是在喜剧情节的展开过程中,贬斥了喜剧人物的"龌龊的灵魂"④。徐克勤则认为《温莎的风流娘们》是"闹剧精品",它靠生动的剧情和典型人物的塑造取胜。⑤通过莎评者的批评可知,《温莎的风流娘们》的经典性不仅仅体现在福斯塔夫这一典型形象上,其他人物也具有典范性。再以《一报还一报》为例,廖可兑认为《一报还一报》的意义在于它揭示了社会的阴暗

---

①参见贺祥麟等:《莎士比亚研究文集》,陕西人民出版社1982年版,第122页。

②参见方平:《和莎士比亚交个朋友吧》,四川人民出版社1983年版,第22页。

③姚丁玉:《试论〈温莎的风流娘们〉的人物、情节和语言》,《怀化学院学报》,1987年S1期,第105页。

④李景尧:《寓庄于谐 鞭辟入里——谈〈温莎的风流娘们〉的主要人物形象》,《艺圃》1995年第4期,第40页。

⑤参见徐克勤:《闹剧精品:〈温莎的风流娘们〉》,载阮坤:《莎士比亚新论》,武汉大学出版社1994年版,第161页。

面,同时也具有积极的思想内容,即"人文主义的法治力量和道德力量"[1]。孙家琇则认为《一报还一报》是"不朽的杰作之一",因为此剧不仅塑造了一位典型的艺术形象——安哲鲁,他"饱含着丰富的社会、政治、心理的内容、深刻的真实性和典型意义";同时还体现了莎士比亚的高超的讽刺才能[2]。陈宏新同样认为《一报还一报》故事情节感人,塑造了典型人物,是久演不衰的剧作[3]。可见,在批评者的阐释中,早期不被人关注的《一报还一报》也被许多学者视为莎剧经典。

新时期文化语境的多元性不仅推动了莎剧文学经典剧目在教材中的更新,也推进了广大莎评学者对莎剧文学剧目的再遴选。在文学教学和文学研究者的共同遴选和阐释中,莎剧文学经典剧目得到反复确认和更新,莎剧的经典性也得到更充分的阐释。

二、跨文化交流与莎剧经典的本土化

20世纪80年代以来,改革开放不仅使中国经济腾飞、社会发展,也促成了中国与国际社会广泛深入的文化交流,"引进来"和"走出去"的跨文化交流活动深入开展。在由多个剧种参与的跨文化剧目改编上演活动中,莎剧与我国本土文化实现碰撞与交融,形成了一大批中国化的莎剧经典。

中国舞台上的莎剧经典绝大多数是戏剧节、艺术节、国际会议及其他文化艺术活动的展演剧目。比如,1984年广东省首届艺术节演出的话剧《奥赛罗》、1985年为庆祝莎士比亚421周年诞辰演出的话剧《冬天的故事》《暴风雨》,同年为庆祝国际会议演出的话剧《仲夏夜之梦》,1986年中国莎剧节上演的话剧《泰特斯·安德洛尼克斯》《理查三世》《威尼斯商人》《仲夏夜之梦》《驯悍记》《温莎的风流娘们》《爱的徒劳》《雅典的泰门》《李尔王》《第十二夜》等,1994年上海戏剧节展演的话剧《亨利四世》《哈姆雷特》《威尼斯商人》《温莎的风流娘们》等。另有1986年和1994年莎剧节上演的京剧《奥赛罗》、黄梅戏《无事生非》、昆剧《血手记》、木偶剧《孪生兄妹》、越剧《冬天的故事》,1990年北京第二届中国戏剧节

---

[1] 廖可兑:《谈莎士比亚的〈一报还一报〉》,《戏剧》1981年第5期版,第89页。
[2] 参见孙家琇:《莎士比亚的〈一报还一报〉》,《外国文学评论》1991年第4期,第77—78页。
[3] 参见陈宏新:《〈一报还一报〉创作特色漫议》,《齐鲁艺苑》1997年第1期,第22页。

演出的庐剧《奇债情缘》，1990年亚洲体育运动会开台戏芭蕾舞剧《罗密欧与朱丽叶》，1997年在上海艺术节演出的京剧《歧王梦》，等等。特别是1986年莎剧节上演的莎剧剧目数量之多，史无前例。据孟宪强等人统计，1986年中国第一届莎剧节在京沪上演的莎剧剧目共25台，另有4个展演剧目[①]。1994年，在上海举办的第二届莎剧节，除去外国剧团3台莎剧，中国共上演6台莎剧。新时期以来的莎剧演出，千姿百态、风格各异，但提倡莎剧与我国本土文化嫁接，追求莎剧的本土化成为一种趋势，绝大多数话剧在搬演莎剧时，也自觉引入中国文化元素，戏曲莎剧更是一道莎剧本土化的亮丽风景，引人注目。

在跨文化交流活动中，话剧改编莎剧大体出现了以下几种类型。一是莎剧与中国少数民族文化进行嫁接，将少数民族语言、服装、歌舞等引入莎剧。如，1981年，上海戏剧学院藏族班演出的《罗密欧与朱丽叶》，将藏语引入莎剧，并借鉴戏曲舞台的虚拟表演方式，在莎剧中融入了藏族风情。1986年，上海戏剧学院表演系82级内蒙古班表演的《奥赛罗》引入蒙古语，发挥了蒙古语粗犷豪迈的特色，也是莎剧与蒙古族文化嫁接的产物。二是莎剧与中国戏曲文化进行嫁接，将戏曲的表演形式、舞台布景、装扮等引入莎剧。比如，武汉话剧院上演的《温莎的风流娘们》，大胆借用戏曲"开窗"和"跑圆场"等程式表演，发挥戏曲舞台时空自由转换的特长使莎剧表演更加生动。1982年，中央戏剧学院上演的《暴风雨》，借鉴了京剧的装扮、布景及程式化表演。1986年，中国青年艺术剧院上演的《威尼斯商人》，采用戏曲符号和虚拟表演，在舞台上呈现威尼斯的河水和船只。三是莎剧与中国现代文化元素进行嫁接，使人物装扮中国化，并将时尚文化元素融入莎剧。比如，1986年上海人民艺术剧院展演的《驯悍记》，让出场人物穿中国的练功服，说上海话，"从中国式的简洁服装、布景、场景开始，随着剧情的展开，逐渐演变为欧洲的服饰、布景与场景"[②]。1990年，林兆华工作室改编的《哈姆雷特》使用后现代的先锋手法，解构了莎剧的内容和主题。首先，导演借鉴了中国戏曲舞台的写意手法，创造象征性和写意性的场景，舞台布景是几块废旧的幕布、一把破旧的椅子、时转时停的电扇和时闪时灭的小灯等。其次，导演让

[①] 参见孟宪强：《中国莎学简史》，东北师范大学出版社2014年版，第173页。
[②] 李晓主编：《上海话剧志》，百家出版社2002年版，第234页。

剧中人物穿着现代人的服装,轮流转换角色,这样人人都是哈姆雷特,人人也可能是克劳狄斯,借此表现中国转型时期国人的精神困境,使莎剧具有现代气息。1994年,中国台湾屏风表演班与上海现代人剧社合作演出的《莎姆雷特》,"是一出以演莎士比亚的哈姆雷特为由头,演绎出一部完全不属于莎士比亚的喜剧作品。该剧反映了中国台湾一个剧团的人事纠葛"[①],莎剧与台湾地区本地人的故事组接在一起。三是将莎剧移植到本土,并对莎剧人物、内容进行中国化改造。比如,1986年,中央戏剧学院上演的《黎雅王》,将李尔王故事移植到公元前五百年的黎国,从舞台设计、人物塑造到语言台词都中国化。导演冉杰声称他对《黎雅王》的执导是探索话剧民族化的艺术实践,"加入了很多中国戏曲的语言"[②],以突出民族特色。西安话剧院上演的《终成眷属》,同样借用了戏曲的写意手法,将故事背景、人物姓名、装扮及表演等全部中国化。

戏曲舞台上的莎剧"中国味"更浓,其改编主要有三种模式。第一种是用中国戏曲符号体系和表演形式演绎莎剧故事,但采用"洋化"装扮,保留了莎剧的部分原有风貌。在首届莎剧节上演的《第十二夜》就是一例。为了准确地传达莎剧的人文精神,导演胡伟民让演员"洋装洋扮",基本保留原有的剧情、结构、人物关系等。在声腔音乐上则力求中国化,吕派、袁派、范派、徐派等不同越剧流派的唱腔都出现在舞台上,并根据剧情需要吸收京剧、川剧、河北梆子等剧种的音乐,以增强舞台表现力。在表演动作上,导演将欧式剑术与戏曲的毯子功、把子功等程式动作有机结合起来,演绎了一场"写实与写意、现象与象征、再现与表现"[③]相结合的越剧莎剧。粤剧《天之骄女》、京剧《奥赛罗》、川剧《维罗纳二绅士》、东江戏《温莎的风流娘们》等均属"洋土结合"的跨文化改编。第二种是用戏曲符号体系和表演体系演绎莎剧故事,即人物、事件等被挪移到中国本土,但依旧最大限度保留了莎剧的剧情、结构和题旨蕴涵,使"莎味"与"戏曲味"融为一体。比如,安徽黄梅戏剧院上演的《无事生非》将莎剧人物中国化,最大限度保留了莎剧的

[①] 刘明厚:《多元化的莎士比亚——1994上海国际莎剧节评述》,《戏剧》(中央戏剧学院学报)1994年第4期,第78页。

[②] 冉杰:《我的艺术生涯》,北京大学出版社2014年版,第153页。

[③] 中国莎士比亚研究会编:《莎士比亚在中国》,上海文艺出版社1987年版,第134页。

剧情、结构和精神内核。编剧金芝说黄梅戏对莎剧的改编坚守了既忠实于莎士比亚又忠实于中国戏曲的原则,"让人感到这是黄梅戏在演莎士比亚的戏,而不是一个地道的中国戏"[①]。当然,为了戏曲表演的需要,编剧不得不对莎剧语言、次要剧情和人物进行相应的删减和改动。比如,上海越剧明月剧团上演的《王子复仇记》(1994),在保留莎剧人文精神的前提下,以王子复仇情节为主线,删减其他次要情节及旁枝杂叶,也是兼取"莎味"和"戏曲味"的实验。第三种是戏曲吸收莎剧元素,保留自身的主体性。比如,杭州越剧一团上演的《冬天的故事》、上海昆剧院上演的《血手记》、京剧《歧王梦》等均属这种类型。昆剧《血手记》则是一部戏曲"吃掉"莎剧的典范之作。在结构上,编剧对原剧进行彻底改造,将原作五幕改成九折,分别是《晋爵》《密谋》《嫁祸》《刺杜》《闹宴》《离亲》《求巫》《闺疯》和《血偿》,对原剧的剧情作了大量删减。在精神蕴涵上,昆剧《血手记》大致揭示了人性欲望膨胀的恶果,但与《麦克白》相比,更侧重伦理道德说教。在表演上,将舞台布景、人物姓名、装扮、表演手段等全部中国化,通过唱腔、身段和程式动作及锣鼓等舞台呈现,外化人物内心。又比如,越剧《冬天的故事》将西西里国发生的故事移植到中国古代的息国,波希米亚也变成了中国古代的姬国,人物均转换为中国人。原剧中田园风情的喜宴、歌舞等被别具一格的江南民俗"花朝节"和"扑蝶会"所替代。丝弦戏《李尔王》、花灯戏《卓梅与阿罗》等,均属这类改编。

无论是流于形式的中国化改造,诸如中国服装的穿戴和戏曲元素的添加,还是独具匠心的本土移植,诸如人物、剧情、结构甚至主题的大挪移,新时期以来的莎剧改编承载着跨文化的重任。事实上,昆剧《血手记》不仅参加了中国第一届莎剧节展演,还受邀参加了英国第42届爱丁堡国际艺术节演出,后来巡演英国、瑞典和丹麦,1993年在新加坡和美国也有演出。越剧《王子复仇记》也多次走出国门。戏曲莎剧,无疑是推动戏曲走出国门的载体,是中西文化交流和对话的平台。中国戏剧对莎剧的跨文化编演,传播了莎剧经典,为戏曲剧种和剧团的生存和发展拓宽了空间,也增强了中国文化在国际社会的影响力。莎剧在跨文化改编中,或吸收中国文化元素,或与戏曲进行交融,实现了本土化。

---

①中国莎士比亚研究会编:《莎士比亚在中国》,上海文艺出版社1987年版,第147页。

三、出版改革与莎剧经典的大众化

改革开放以来,出版业获得大发展,这不仅体现在出版单位和出书数量的猛增上,还体现在出版方式的多样化和出版产业化上。这种变化为莎剧在中国的出版、接受的大众化和普及提供了条件。

20世纪80年代初期,中国文学出版基本是在"专业分工"原则指导下进行的。1980年,国家出版局在《出版社工作暂行条例》中规定"不同性质的出版社,按照各自的分工和特点,确定出版范围"[①]。1983年,《国务院关于加强出版工作的决议》再次强调出版社要明确分工,"不得越出确定的出书范围"[②]。1988年,《关于当前出版社改革的若干意见》对出版范围有所放宽,允许专业面较窄的出版社可少量出版相关或相近学科的图书[③]。关于图书价格,国家也有一定的规定。1980年,国家出版局在《关于检查图书定价的通知》规定出版社"努力降低成本,向读者提供质高价廉的图书"[④]。1984年,文化部下发《关于调整图书定价的通知》对图书价格略有放开,但依旧坚守"保本微利"原则。1988年,新闻出版总署则颁发相关文件,将定价权下放给出版社。从以上政策可以看出,1988年以前,中国图书出版运作大致还是在国家宏观调控下进行的,为满足日益增长的文化需求,此后市场化的步伐加快。

对于莎剧而言,新时期出版业的发展最明显的积极作用就是推动莎剧通俗读物急剧增加,莎剧读本不再只是面向文化精英,少年儿童亦能获得适合其阅读的莎剧通俗读物。从出版的数量来看,据笔者不完全统计,20世纪80年代出版的莎剧故事集、莎剧故事图画本、莎剧故事连环画本、莎士比亚隽语、妙语等有22种(见表3—12),莎剧读物出版可谓花样翻新,连绵不断,热闹非凡。莎剧重译

[①] 新闻出版署图书管理司编:《图书出版管理手册》,辽宁大学出版社1991年版,第15页。

[②] 宋原放主编:《中国出版史料》(第3卷 上册),山东教育出版社2001年版,第381页。

[③] 参见新闻出版署:《中华人民共和国现行新闻出版法规汇编》(1949—1990),人民出版社1991年版,第211页。

[④] 文化部出版事业管理局办公室编:《出版工作文件选编(1981—1983)》,文化部出版事业管理局办公室1984年,第66页。

作品的出版则相对有限,仅有《奥赛罗》(方平译)、《丹麦王子哈姆雷的悲剧》(林同济译)和《麦克白斯》(卞之琳译)(见表3-9)3部。莎剧旧译再版频率也并不高,有朱生豪等译本《莎士比亚全集》(1988)、曹未风译本《安东尼与克柳巴》等7部和卞之琳《哈姆雷特》《李尔王》《麦克白》(收入《莎士比亚悲剧四种》)等。从出版机构来看,80年代出版莎剧译著的机构主要是上海译文出版社、中国戏剧出版社和人民文学出版社3家。出版莎剧通俗读物的出版社则相对较多,共15家(上海译文出版社、中国戏剧出版社、上海书局、上海人民美术出版社、中国青年出版社、江西人民出版社、辽宁美术出版社、商务印书馆、上海译文出版社、甘肃人民出版社、北京日报出版社、新世纪出版社、四川少年儿童出版社、湖北少年儿童出版社、中国国际广播出版社等15家,见表3-12)。

全国多家出版社参与莎剧通俗读物的出版,一方面表明中国社会对莎剧读物需求的扩大,另一方面也说明中国出版机构致力于文学经典的通俗化、大众化。出版社对莎剧儿童读物等多种普及读物的青睐,无疑推动了莎剧经典在全国青少年群体中的普及。从莎剧通俗读物的数量亦可推想出莎剧经典的普及率。这一时期莎剧文学译著的出版远不如莎剧普及读物出版的热度高,说明市场化色彩越来越强烈的出版业把盈利放到了比较重要的位置,这一倾向在20世纪90年代就更加明显了。

20世纪90年代以来,随着中国出版体制改革的推进,文学出版逐渐与市场接轨。"文学出版应对机制改革的策略是一方面加大对通俗读物、畅销书的营销策划,另一方面,即使是对纯文学,也极力往大众关注点上靠,或者人为制造出热点、噱头,以'轰动效应'带动图书出版,'卖出去'、'卖得多'、'卖个好价钱'一时间成了文学出版的不二法则。"[①]在以营利为目的的出版、销售策划中,外国文学名著无疑是敲开出版物市场的"敲门砖",各种标上"名著"字样的通俗读物正好迎合了中国出版转轨的需要。作为世界文学名著的莎剧成为新时期的一种"文化资本",进入社会场域。

90年代以来,莎剧通俗读物出版数量出现明显的递增趋势,90年代的莎剧

---

① 吴义勤主编:《文学制度改革与中国新时期文学》,文化艺术出版社2013年版,第173页。

故事、莎剧图画本等出版了约39种,远远超过80年代的数量。出版莎剧通俗读物的机构也遍及全国各个省市。除了笔者统计的中文版莎剧通俗读物外,商务印书馆还推出系列莎剧英文注释本。比如,1985年出版的《裘力斯·凯撒》(裘克安注释),1987年出版的《亨利五世》(支荩忠注释)、《无事生非》(申恩荣注释)、《第十二夜》(支荩忠注释)、《仲夏夜之梦》(裘克安注释),1989年出版的《亨利四世》《威尼斯商人》(张文庭注释),1990年出版的《皆大欢喜》(罗志野、李德荣注释)、《暴风雨》(申恩荣注释)、《一报还一报》(张信威注释)、《冬天的故事》(杜苕注释),1992年出版的《麦克白》(裘克安注释),1995年出版的《特洛伊罗斯和克瑞西达》(何其莘注释)、《安东尼与克莉奥帕特拉》(裘克安注释)等。另外,还有系列英汉对照莎剧读本,如1991年广东教育出版社推出的《威尼斯商人》《哈姆雷特》《罗密欧与朱丽叶》《第十二夜》等。出版商大量推出教辅类莎剧通俗读本,一方面满足学生群体学习之需,另一方面显然也是为了获利。在盈利的刺激下,各种莎剧通俗读物的高频出版和频繁再版,无疑推动通俗版莎剧经典走向市场、走向大众。

20世纪90年代的莎剧旧译再版和莎剧重译也呈现出兴旺之势。据笔者不完全统计,这十年间出现的莎剧重译有8部,分别是方平译《李尔王》、孙法理译《两个高贵的亲戚》及孙大雨的6部莎译(见表3-9)。莎剧旧译仅朱生豪等译《莎士比亚全集》就出版了13次,其中包括1998年出版的《莎士比亚全集 增订本》(见表3-11)。另外,梁实秋译本《莎士比亚全集》出版3次,朱生豪译本《莎士比亚喜剧集》《莎士比亚悲剧集》《莎士比亚四大悲剧》《莎士比亚四大喜剧》《莎士比亚著名悲剧六种》《莎士比亚著名喜剧六种》出版各1次,另有曹禺、方平、卞之琳、孙大雨等莎剧旧译的单行本、合集等(见表3-10)。90年代,上海译文出版社是莎剧重译出版的主要机构,出版莎剧旧译的单位除了80年代的3家出版社之外,新增了13家(浙江文艺出版社、山东文艺出版社、甘肃人民出版社、黑龙江教育出版社、河北人民出版社、内蒙古人民出版社、内蒙古文化出版社、中国广播电视出版社、当代中国出版社、新世纪出版社、译林出版社、长城出版社、大众文艺出版社)。无论从出版物的品种、数量,还是出版机构的数量、分布来看,汉译莎剧的市场占有率和普及率可谓空前。

与80年代相比,90年代中国出版业的市场化运作显然是推动莎剧经典大众化的重要力量。仅仅以《莎士比亚全集》出版为例,80年代出版莎剧全集的仅有人民文学出版社,而且仅出版过1次。到了90年代,莎剧全集出版16次,包括梁实秋译本和朱生豪等人的增译本(见表3-11),出版单位也不再是国家级的权威出版社,地方出版社竞相出版莎剧全集及莎剧译本。特别是90年代出版的各种莎剧译本,大都进行了市场化"包装",如贴上"名著"标签,以"四大悲剧""四大喜剧""莎士比亚名著"等名称示人,凸显莎剧的经典身份。

表3-9 莎剧重译统计(1980—1999年)

出版时间	出版物名称	译者	出版社
1980年	《奥赛罗》	方平	上海译文出版社
1982年	《丹麦王子哈姆雷的悲剧》	林同济	中国戏剧出版社
1988年	《麦克白斯》(收入出版的《莎士比亚悲剧四种》)	卞之琳	人民文学出版社
1991年	《李尔王》	方平	上海译文出版社
1991年	《罕秣莱德》	孙大雨	上海译文出版社
1992年	《两个高贵的亲戚》	孙法理	漓江出版社
1993年	《奥赛罗》	孙大雨	上海译文出版社
1994年	《麦克白斯》	孙大雨	上海译文出版社
1995年	《冬日故事》	孙大雨	上海译文出版社
1998年	《萝密欧与琚丽晔》	孙大雨	上海译文出版社
1998年	《暴风雨》	孙大雨	上海译文出版社

(资料来源于读秀图书库)

表3-10 莎剧旧译再版统计(1980—1999年)

出版时间	出版物名称	译者	出版社
1983年	《安东尼与克柳巴》《仲夏夜之梦》《尤利斯·恺撒》《错中错》《如愿》《哈姆雷特》	曹未风	上海译文出版社
1984年	《凡隆纳的二绅士》	曹未风	上海译文出版社

续表

出版时间	出版物名称	译者	出版社
1988年	《莎士比亚悲剧四种》(《哈姆雷特》《奥赛罗》《李尔王》是旧译)	卞之琳	人民文学出版社
1991年	《莎士比亚戏剧集》(《包括罗密欧与朱丽叶》《威尼斯商人》《哈姆雷特》)	曹禺、方平、卞之琳	浙江文艺出版社
1992年	"外国古今文学名著丛书"《莎士比亚著名悲剧六种》	朱生豪等	山东文艺出版社
1993年	《黎琊王》	孙大雨	上海译文出版社
1994年	《罗密欧与朱丽叶》《哈姆雷特》《温莎的风流娘们》《仲夏夜之梦》等	朱生豪	甘肃人民出版社
1994年	《莎士比亚喜剧集》	朱生豪	黑龙江教育出版社
1995年	《莎士比亚四大悲剧》	孙大雨	上海译文出版社
1996年	《哈姆雷特》	卞之琳	河北人民出版社
1998年	《莎士比亚名剧 四大喜剧》和《莎士比亚名剧 四大悲剧》	朱生豪	内蒙古人民出版社
1998年	《莎士比亚悲剧集》	朱生豪	内蒙古文化出版社

(资料来源于读秀图书库)

表3-11 《莎士比亚全集》出版表(1980—1999年)

出版时间	出版物名称	译者	出版社
1988年	《莎士比亚全集》	朱生豪等	人民文学出版社
1991年	《莎士比亚全集》	朱生豪等	人民文学出版社
1994年	《莎士比亚全集》	朱生豪等	人民文学出版社
1995年	《莎士比亚全集》	梁实秋	中国广播电视出版社
1995年	《莎士比亚全集》	梁实秋	内蒙古文化出版社
1996年	《莎士比亚全集》	梁实秋	内蒙古文化出版社
1997年	《莎士比亚全集》	朱生豪等	中国戏剧出版社
1997年	《莎士比亚全集》	朱生豪等	人民文学出版社

续表

出版时间	出版物名称	译者	出版社
1997年	《莎士比亚全集》	朱生豪等	当代中国出版社
1997年	《莎士比亚全集》	朱生豪等	新世纪出版社
1998年	《莎士比亚全集》	朱生豪等	中国戏剧出版社
1998年	《莎士比亚全集 增订本》（1—8卷）	朱生豪、孙法理等	译林出版社
1998年	《莎士比亚全集 增订本》（喜剧卷、悲剧卷、史剧卷、传奇剧及诗歌卷）	朱生豪、孙法理等	译林出版社
1999年	《莎士比亚全集》（世界文学名著世界经典影片特藏版）	朱生豪等	长城出版社
1999年	《莎士比亚全集》（世界文学名著）	朱生豪等	长城出版社
1999年	《莎士比亚全集》（世界文学名著百部）	朱生豪等	译林出版社
1999年	《莎士比亚全集》	朱生豪等	大众文艺出版社

（资料来源于读秀图书库）

表3-12　莎剧通俗读物（1980—1999年）

出版时间	莎剧读物名称	编/译/绘者	出版单位
1980年	《莎士比亚隽语钞》	邵天华	上海书局
1980年	《威尼斯商人》（图画本）	甘礼乐改编；徐福德绘画	上海人民美术出版社
1981年	《王子复仇记》（图画本）	志中改编；胡克文绘画	上海人民美术出版社
1981年	《莎士比亚历史剧故事集》	汤真译	中国青年出版社
1981年	《罗密欧与朱丽叶》（图画本）	李迪改编；华其敏绘画	中国戏剧出版社
1981年	《太尔亲王》（图画本）	杨春峰改编；陆军绘画	江西人民出版社
1982年	《王子复仇记》（图画本）	李白英改编；王宝兴、姜荣根绘画	上海人民美术出版社

续表

出版时间	莎剧读物名称	编/译/绘者	出版单位
1982年	《威尼斯商人》(图画本)	林石改编;方瑶民绘	上海人民美术出版社
1982年	《罗密欧与朱丽叶》(图画本)	达加改编;徐锡林绘	上海人民美术出版社
1983年	《李尔王》(图画本)	李文改编;朱维明绘	辽宁美术出版社
1983年	《无事生非》(连环画)	吴琛改编	上海人民美术出版社
1983年	《莎士比亚戏剧故事集》(上、下)	萧乾译	商务印书馆
1984年	《无事生非》(图画本)	褚伯东改编;姜荣根绘画	上海人民美术出版社
1984年	《雅典的泰门》(图画本)	沙铁军改编;张达平绘画	上海人民美术出版社
1985年	《哈姆雷特》(图画本)	任正先改编;苏正刚绘画	辽宁美术出版社
1985年;1990年再版	《莎士比亚妙语录》	纹绮编	甘肃人民出版社
1986年	《莎士比亚戏剧故事选》	吴绿星改写	新世纪出版社
1987年;1995年再版	《莎士比亚戏剧故事选编》(外国文学名著少年读本)	文洁若编写	四川少年儿童出版社
1989年	《莎士比亚戏剧故事集》	傅嘉嘉译	湖南少年儿童出版社
1989年	《莎士比亚儿童故事选》	严大伟译	中国国际广播出版社
1989年;1994年再版	《莎士比亚名剧》(连环画)	何星等改编;姜毅等绘画	北京日报出版社
1989年	《莎士比亚戏剧故事集简写本》	吴明译	上海译文出版社
1990年	《莎士比亚箴言录》	李道海编	吉林教育出版社
1990年	《莎士比亚戏剧故事集》	方平编译	上海译文出版社
1991年;1997年再版	《莎士比亚戏剧故事精选》	李明、赵进改写	中国少年儿童出版社

续表

出版时间	莎剧读物名称	编/译/绘者	出版单位
1991年	《新编莎士比亚故事集》	杜苕编	中国国际广播出版社
1992年	《莎士比亚戏剧故事》	萧乾译	河南人民出版社
1992年；1995年再版	《莎士比亚故事续集》(世界文学名著少儿读本)	朱孟佳译；黄小瑛、程鸥注音	语文出版社
1992年	《莎士比亚故事集》(英汉对照世界文学名著简易读本)	毛子欣译	语文出版社
1993年	《莎士比亚妙语录》	华夫编	中国广播电视出版社
1993年	《莎士比亚妙语》	赵若谷编	农村读物出版社
1993年	《莎士比亚箴言集》(世界箴言宝库)	冬原编	东北朝鲜民族教育出版社
1993年	《莎士比亚全集精彩对白与赏析》	万乔等编	中国华侨出版社
1993年	《莎士比亚箴言录》(伟人箴言录丛书)	唐淑云编	学苑出版社
1995年	《莎士比亚戏剧故事》(绘画本)	不详	新蕾出版社
1995年	《莎士比亚全集》(绘画本)	常振国编；庞邦本绘	改革出版社
1996年	《莎士比亚戏剧故事集》	萧乾译	译林出版社、中国青年出版社、中国少年儿童出版社
1996年	《莎士比亚戏剧精彩故事》	芮安改编	河北少年儿童出版社
1996年	《李尔王》《哈姆雷特》《麦克白》《奥赛罗》《仲夏夜之梦》《威尼斯商人》《第十二夜》《皆大欢喜》《驯悍记》《暴风雨》《罗密欧与朱丽叶》《恺撒大帝》(小学生丛书、连环画版)		知识出版社

续表

出版时间	莎剧读物名称	编/译/绘者	出版单位
1997年	《莎士比亚戏剧故事精选》(故事王国画丛)		湖北少年儿童出版社
1997年	《莎士比亚戏剧故事集》	王维昌、浩宇编	中国青年出版社
1997年	《莎士比亚戏剧故事全集》	萧乾、汤真译	二十一世纪出版社
1998年	《世界名著解析莎士比亚的故事》(英汉对照中学生读本)	简清国编	中山大学出版社
1998年	《莎士比亚戏剧故事集简写本》(英汉对照阶梯阅读)	王蕾译	上海译文出版社
1998年	《莎士比亚戏剧故事集》（中英对照）	曹筼译	湖南人民出版社
1998年	《莎士比亚戏剧故事全集》	何晓琪编	重庆出版社
1999年	《莎士比亚三大悲剧》（简写本、英汉对照）	王蕾译	上海译文出版社
1999年	《莎士比亚戏剧启蒙》（课外读物）	陈丽华注释	外文出版社
1999年	《莎士比亚戏剧故事全集 历史剧卷》(世界名著故事画库)	李杼等编绘	湖北少年儿童出版社
1999年	《莎士比亚戏剧故事全集悲剧卷》(世界名著故事画库)	蔡明村等编著；姬德顺等绘	湖北少年儿童出版社

(资料来源于读秀图书库)

从80年代到90年代,文学出版机制的变革逐渐推动文学出版走向大众、走向市场。莎剧作为外国文学的经典之作,依旧是中国出版界推崇的重要对象。特别是文学出版体制的市场化转型,更加凸显了莎剧经典的"文化资本"价值,莎剧以其特有的经典效应而占有广阔的文化市场。在市场化经济大潮中,莎剧文学经典在中国的传播与接受,逐渐从校园普及到社会,从精英普及到大众,从成人普及到儿童。

新时期以来,在改革开放和思想解放的大潮中,莎剧中国化、经典化的文化语境发生了巨大的变化。国外文艺思潮和文艺理论的大量涌入,开阔了国人的视野,莎剧经典在全新的接受视野中获得了更新,莎剧的经典性也在多元话语的批评和阐释中,彰显了自身的意义。中西跨文化交流日益频繁,莎剧节、艺术节及各种文化交流活动催生了一批跨文化莎剧舞台剧目,莎剧也在各种跨文化实践中逐渐与本土文化进行嫁接和融合。为了跟上经济改革的步伐,中国出版业也在改革中与市场接轨,出版的市场化运作使莎剧文学经典走向大众。莎剧在中国的经典化也进入新的阶段。因此,改革开放以来的多元话语、跨文化交流和出版业的市场化,为莎剧在中国的经典化的向前推进提供了良好的语境。

结　　语

莎剧在中国的经典化发端于20世纪初。莎剧的伦理精神、传奇之美与中国传统文化倡导的精神内核、美学追求具有一定的相似性,与国人的审美习惯和价值取向也大体相合,并且其冲破束缚、倡导自由的人文精神和开启民智、驱除蒙昧的"新民"功能非常切合中国近代社会文化转型的现实需要。因此,向西方寻求"新声"的新文化巨子将目光投向莎翁及其剧作,莎剧在近代中国广泛传播的同时也开启了经典化历程。致力于开启民智的严复、梁启超、鲁迅、林纾、田汉、梁实秋、朱生豪等新文化巨子是近代中国莎剧经典化的中坚力量,他们对莎剧的译介不仅奠定了莎剧经典化的坚实基础,也主导推进了莎剧经典化的进程,译介、批评、出版、搬演、课堂教学是这一时期经典化的主要途径。而后,翻译家、批评家、剧作家、演员、校园里的师生和戏园茶楼里的看客都参与了莎剧经典的"群选","群选"既是对经典剧目的遴选,也是对经典的认同,只有遴选而没有广泛认同的经典化是没有生命力的。近代中国的莎剧经典化对后世的莎剧经典化有规范性影响,新中国成立后的莎剧经典化可以说是其发展和延伸。

新中国成立后,我国对外国学术文化的接纳主要面向社会主义阵营,然而,莎翁和莎剧却似乎是一个例外——虽然此时莎剧在中国的传播也受到抑制,但并未像一些外国文学艺术名著那样被禁绝,《哈姆雷特》《罗密欧与朱丽叶》《威尼斯商人》等一批莎剧仍被视为经典并继续通过教学、批评等途径传播,以现实主义为内核的"莎士比亚化"被尊奉为文艺创作的不二法门,莎翁经典作家的身份地位并未被彻底动摇。这与马克思主义经典作家对莎翁、莎剧的推崇有关。这一时期对莎剧经典的遴选偏重于那些侧重于揭露批判剥削阶级的作品,对莎剧经典的解读也主要使用从作品的社会维度切入的社会学方法。"十七年"间,莎剧在中国的经典化是在主流政治意识形态话语指导下进行的。之后的十年,莎剧经典化历程处于暂停状态。

进入改革开放的新时期,莎剧在中国的经典化得以重启,而且迅速向前推进,在经典的遴选、解读、普及、认同上均取得很大进展,莎剧经典不仅是"象牙塔"里文化精英们言说的话题,而且走近包括少年儿童在内的大众,"群选"的作用得到充分发挥。莎剧经典的数量大量增加,对莎剧经典的解读视野更加宏阔,方法得到更新,对其经典地位的认知更加深入,也更加准确。戏曲舞台上的莎剧经典不仅面向国人,而且还走出国门,引起世界剧坛和国际莎学界的关注。这一时期的莎剧经典化是由文化精英、广大群众和市场所形成的合力共同推动的,其中,出版业的产业化对莎剧经典化的影响相当大,它不仅促使莎剧经典以文字、图画、音像等多种形式走近读者,提升莎剧经典的知名度与普及率,而且大大拓展了莎剧经典的涵盖范围,许多此前并不知名的莎剧剧目也成了"经典"和"名著"。这推动了莎剧经典化的进程,同时也导致了经典认定的泛化和随意性。许多出版社为了制造卖点,追逐利润,将此前知名度不高的莎剧剧目随意贴上"名著""莎剧经典"的标签,导致莎剧经典泛滥,这也就导致了经典地位的失落。其实,在有剧本传世的37部莎剧中,真正堪称经典的也就10多部,意蕴肤浅、落入俗套、结构松散、头绪纷杂、人物扁平、矫揉造作之作也并非少有。

莎剧在中国的经典化持续了百余年,除了1966—1976年间的暂停,这百余年中,莎翁的名家身份及其剧作的经典地位始终没有遭到大的挑战,这与莎剧在西方的境遇似乎不太一样。尽管西方也肯定莎翁及其剧作的不朽地位,但臧否莎翁、挑战莎剧的名流并不少见,对莎翁和莎剧的推崇也并非从一而终。例如,俄国的屠格涅夫、列夫·托尔斯泰,法国的阿尔托等都曾尖锐地批评莎士比亚的剧作。然而,这种情况在中国很少出现,莎剧在中国的经典化大体上是持续进行的。这既与马列主义经典作家对莎士比亚的推崇有关,也与我国敬畏经典、珍视传统的价值取向有关。例如,从19世纪末20世纪初开始,西方现代派戏剧声称要"颠覆戏剧中文学的霸主地位",创造削弱甚至抛弃文本的"形体戏剧",因此对莎士比亚创造的文学戏剧大张挞伐,莎剧经典被解构,莎翁经典作家的身份遭到挑战。然而,这股思潮对我国剧坛的影响并不大,无论是话剧还是戏曲,尽管也有追逐新潮的"实验",但占主流的还是文学戏剧,剧本"一剧之本"的地位不但没有降低,反而获得了提升,文学性成为衡量新时期新创剧目水准和价值的重要尺度,竞相邀请名编剧进行"订单式"创作成为新时期剧坛通行的运作模式,莎剧改编上演热度一直较高,而且一般都选用有号召力的莎剧文学名著,忠于原著成为大多数改编者遵循的原则,解构经典、挑战权威的现象并不多见,莎剧经典化的中国特色一直保持至今。